SUEÑOS SIN BRÚJULA

SUEÑOS SIN BRÚJULA

Ester Isel

Plataforma
Editorial

Primera edición en esta colección: septiembre de 2020

© Ester Isel, 2020
© de la presente edición: Plataforma Editorial, 2020

Plataforma Editorial
c/ Muntaner, 269, entlo. 1ª – 08021 Barcelona
Tel.: (+34) 93 494 79 99 – Fax: (+34) 93 419 23 14
www.plataformaeditorial.com
info@plataformaeditorial.com

Depósito legal:B 15752-2020
ISBN: 978-84-18285-33-2
IBIC:YF

Printed in Spain – Impreso en España

Diseño y realización de cubierta:
Ariadna Oliver

Fotocomposición:
Grafime

El papel que se ha utilizado para imprimir este libro proviene
de explotaciones forestales controladas, donde se respetan
los valores ecológicos y sociales y el desarrollo sostenible del bosque.

Impresión:
Romanyà Valls
Capellades (Barcelona)

A mi familia

«Cada fracaso nos enseña algo que necesitamos aprender.»

CHARLES DICKENS

Las cifras de mi vida

Mayo de 2021

Contemplo el atardecer a través de la ventana y resigo las siluetas oscuras de los edificios con el dedo índice sobre el impoluto cristal. Es un cielo vacío, sin sol ni luna, aún desprovisto de estrellas y únicamente iluminado por una mezcla de rosa lavanda rodeado de pinceladas violáceas que, sin motivo aparente, me conmueven. El perfecto lienzo que memorizar; una postal con la que evocar, en el futuro, las mismas emociones que experimento en este preciso instante.

Estoy en una habitación de hotel. En otro continente. A punto de perder la virginidad.

No hay nada malo en ello, ni siquiera alarmante o asombroso. Miles de personas tienen sexo a diario, no voy a ser la primera ni la última en buscar en Google la mejor postura, cuánto durará, si sentiré dolor, si llegaré al orgasmo. Mi amiga Kassidy me ha comprado varios conjuntos de ropa interior; lo que ella define como «algo sugerente» no es más que tela traslúcida que deja ver cada centímetro de mi piel. La llamaría para descargar mi histeria, pero recuerdo la diferencia horaria entre Londres y Los Ángeles.

«Estás aquí», murmura mi mente estimulada por la adrenalina. Como si no hubiera costado esfuerzo alguno, como si acabase de materializarme de la nada en cuestión de segundos. Mi corazón late en consecuencia, siento el roce de esa realidad colarse por mis oídos, acariciarme los poros con un aliento invisible que me eriza el vello. De no ser por los nervios que vibran en mis entrañas, el *jet lag* me habría destrozado. Dos aviones, siete horas sobrevolando las nubes y tres perdiendo mi vida en el aeropuerto. Pienso en Connor, en su expresión afable perfilada por el flequillo cayéndole frente abajo hasta cubrirle un ojo, en sus carcajadas contagiosas que me invitan a apaciguar mi pulso al ritmo de su armónica cadencia o en la sonrisa que alcanza su mirada para teñirla con fulgor, y merece la pena.

Me contemplo por enésima vez en el espejo, incómoda a causa del revelador estilismo. Con la gabardina, las gafas de sol y la peluca rubia que llevaba al entrar en el hotel estaría más decente. Detestaba disfrazarme al inicio, mi actitud era de cría insufrible al escuchar el alegato de mi mánager, Greg:

—Eres famosa, si quieres conservar tu privacidad, será mejor jugar al despiste con los *paparazzi*.

—No voy a ponerme eso —refuté señalando la ropa de camuflaje.

—Ya lo creo que lo harás —repuso con vehemencia—. Cuando te hartes de estar un mes en pijama sin salir de casa, alimentándote a base de comida precocinada, se convertirá en tu uniforme preferido.

—Ni lo sueñes —le advertí, porque desafiarle era más tentador que darle las gracias.

—Encargaré un par de pelucas más por si te cansas del color —sentenció sin inmutarse.

Tenía razón. Asumí que debía adaptarme a los cambios, por muy precipitados e inauditos que resultasen. Ya no podía ir de compras a un centro comercial sin que un grupo persistente me rodease para pedirme una fotografía. Tampoco podía cenar en restaurantes que no estuvieran dispuestos a cerrar al público unas horas o ir al cine a menos que comprase las entradas de la sala entera. Hacía demasiado que no veía a mis padres o que no quedaba con Kassidy fuera de las cuatro paredes que empezaban a generarme claustrofobia, así que adopté otra identidad en el exterior. Desde entonces me cobijo en una máscara, entro y salgo de un coche a otro, me cuelo en los sitios para no ser perseguida ni retratada haciendo lo que todos hacemos: intentar disfrutar de una rutina normal.

Para mayor seguridad, cumplimos una serie de normas: nunca publicar la ubicación en la que me encuentro en redes sociales hasta haberme marchado, no informar con antelación de mis planes para evitar aglomeraciones y ni por asomo divulgar mis locales favoritos. Echo de menos las tortitas con chocolate blanco y Oreo de Ruelle's Place. Los dulces en general.

La prensa es mi enemiga excepto durante las entrevistas de cortesía. No me puedo quejar, hasta ahora he realizado pocas en comparación con actores de renombre, cantantes que empiezan a abrirse un hueco en la industria o modelos cuya popularidad en Instagram los ha catapultado al estrellato. A pesar de que mis encuentros con los medios no se dilatan más de cinco minutos, las preguntas se repiten hasta la saciedad y debo esforzarme a conciencia para dar contestaciones creativas en lugar de reincidir en los insulsos «Empecé subiendo un vídeo a YouTube en el que le declaraba mi amor a un chico del instituto», «Estoy en deuda con mis seguidores, sin ellos no estaría aquí» o «Me encantaría embarcarme en otros proyectos como el cine, pero mis energías a corto plazo se centran en el canal y en algo de publicidad».

Greg siempre se empeña en que converse un minuto con los periodistas antes de grabar. «De esa manera serás más natural, mantén una charla con el humano y no con el objetivo de la cámara», es su consejo de oro. En mis inicios era pésima, tartamudeaba tanto que me subtitulaban; una vez tiré el micrófono al suelo impulsada por la tensión. Lo que yo catalogaba de «hecatombe que arruinará mi carrera» fueron rasgos que mis fans consideraron encantadores, conductas con las que se identificaron al instante. Contra todo pronóstico, les caí aún mejor e incluso me nominaron a los Teen Choice Awards dos años consecutivos en la categoría de *Choice YouTuber*.

Las cifras de mi vida producen vértigo: diez millones de suscriptores en YouTube, cinco millones de seguidores en Instagram, dos millones y medio en Facebook, un millón doscientos mil en Twitter. A mis veinte años. Una locura que nació de forma fortuita, tras grabar uno de mis poemas en el móvil. Tenía quince y esa semana nos habían enseñado programas de edición en el instituto, así que fui más allá y le añadí música ambiental de fondo. Lo subí a YouTube creyendo que estaba configurado como vídeo privado hasta que Jake, el chico que me rompió el corazón y al que dedicaba el poema, me escribió disculpándose por ser un capullo. Habían pasado ya tres meses desde que tuve la maravillosa idea de titular a mi obra *Tu crueldad me mata a diario*. Mi visión se tornó borrosa al ver que iba por las 150.000 visualizaciones, 739 *likes* y 200 comentarios de apoyo.

Subí vídeos con mayor frecuencia sin saber qué era monetizar, cómo hacer transiciones aceptables o grabaciones sin sonido ambiente. En un año llegaron las propuestas publicitarias de marcas, regalos de productos para que promocionase en redes sociales, contraté a un contable para que se ocupase de los pagos y a Greg, el mánager más eficiente de California, para que gestionase mi agenda, vuelos, eventos y campañas. El término *imposible* no existe en su vocabulario; si quiere algo, hallará el modo de obtenerlo. Además de seguridad, me aporta la reconfortante sensación de pertenecer a un entramado común cuando emplea el plural: «Si nos hundimos, si fracasamos, si firmamos el contrato, si subimos de cifras».

Al igual que una moneda, la fama posee dos caras. Oportunidades, la escalera ascendiente a un paraíso privado, exaltaciones que dan sentido a tus latidos. También obligaciones, presión, interés mediático. Como la pintura sobre una pared desgastada, el éxito suprime manchas y fisuras una temporada, hasta que el sol, la humedad y las interacciones humanas las sacan a relucir de nuevo, evidenciando que cubrir los desperfectos no los hace desaparecer. Y el estado en el que encontrarás algo desatendido resulta, a la larga, fatídico. En mi familia, el disgusto comenzó al comunicarles a mis padres, por videollamada, que dejaba la universidad.

—Apenas llevas un semestre —lamentó mi madre mientras frotaba los restos de pudin que se le derramaron sobre el delantal—. Puedes compaginar ambas cosas y decidir más adelante.

—Los estudios deberían ser tu prioridad —exclamó mi padre golpeando la mesa. Me sobresaltó su reacción, pues es el más indulgente de casa.

—Sabía que esto iba a pasar —rio entre dientes Brinley, mi hermana pequeña.

Estaba en primero de Literatura, mis aspiraciones eran dar clases de Lengua, aunque ese porvenir intangible no me apasionaba. Nada lo hacía, siempre fui una estudiante dispersa y mediocre. Si mis profesores hubieran hecho una apuesta sobre el alumno que se independizaría antes, sin duda Sophie Dylan no encabezaría los primeros puestos.

La vibración del teléfono me avisa de que Connor llegará en quince minutos. Enciendo las velas con aroma a vainilla y tomo asiento en el borde de la cama en busca de una canción lenta y emotiva en mi lista de reproducción. Es la tercera vez que vamos a vernos en persona, la primera de ellas en la que estaremos solos al fin. Nuestra relación, como la mayoría de las vivencias de mis últimos años, ha sido a través de una pantalla.

Nos conocimos por Instagram, mediante mensaje privado. Fue una especie de milagro que llegase a leerlo teniendo en cuenta la cantidad de solicitudes que recibo al día; Greg se encarga de responder o de eliminar dependiendo del contenido. Por suerte, Connor fue solo para mí. Escueto y directo, tierno y un tanto cursi: «Escucho tus poemas a diario, estoy enamorado de tu voz». La curiosidad me obligó a teclear: «¿Puedo escuchar la tuya?». Intercambiamos números, algo que mi mánager no habría aprobado, pero a Kassidy le encantó la idea.

Me gustó que su cuenta de Instagram no tuviera ni una sola foto de él; no publicaba más que paisajes, puestas de sol e imágenes de los conciertos a los que iba. 128 discretos seguidores. Siguiendo a 57, todos ellos familiares y amigos, excepto yo.

—No utilizo mucho las redes sociales —me explicó en una de las primeras notas de voz de WhatsApp.

La mejor frase que he oído en mucho tiempo.

Escribía con una ortografía impecable y su acento británico era irresistible, por no hablar de sus gustos musicales. Pese al desajuste de horas, chateábamos a diario y hacíamos malabarismos con las franjas de trabajo y sueño para enviar mensajes de «Buenos días», «Te echo de menos», «Acabo de poner uno de tus audios con los ojos cerrados para imaginar que estás a mi lado antes de irme dormir». No quise hacerme ilusiones hasta tenerlo frente a mí, en carne y hueso; estaba segura de que un chico tan perfecto no podía ser real.

—¿Y si tiene novia? —preguntaba Kass.

—Hemos pasado millones de horas por Skype.

—¿Y si la novia está en otro país?

—No seas así. —Me indignaba, pero en mi fuero interno rogaba para ahuyentar ese pensamiento.

—¿Y si tiene alguna manía insoportable, como llevar la misma ropa durante una semana o no usar desodorante?

—Kassidy, déjalo ya.

—¿Y si es un fan loco de esos que llevan cuerdas y cuchillos en el maletero para asesinarte, suicidarse él después y que vuestra historia sea eterna?

—¿Y si le damos una oportunidad al amor?

Se la di. «Y estás aquí», me reitero.

Corro hacia la puerta con el corazón desbocado al advertir nuestro código secreto: golpear cuatro veces con los nudillos y una palmada final. Sin quitarse la capucha, Connor me da un beso de los que elevan del suelo y nublan mis sentidos, convirtiéndole en mi única razón para existir. En ocasiones creo que lo es, y me abruma; ojalá pudiéramos estar cada segundo de cada hora juntos, abrazados, besándonos hasta olvidar nuestros nombres y extinguir las voces que me arrojan a la oscuridad, despedirme de las agendas y los sitios en los que estar, anotar cada tarea pendiente en una hoja y lanzarla por una de las ventanillas de avión que tanto odio hasta que la presión atmosférica la hiciera añicos.

—No te imaginas cuánto te he echado de menos —susurro contra su boca, y percibo el frío calado en sus labios.

—Yo más, mucho más —confiesa trazando un reguero

de caricias por mi cuello que diluye los nervios y los transforma en deseo.

Damos unos pasos en dirección a la cama sin dejar de abrazarnos.

—Ropa interior innovadora —musita con una amplia sonrisa.

Me sonrojo de pies a cabeza. Intento cubrirme el pecho, pero me sujeta las manos con suavidad y las aparta de mi cuerpo, permitiéndole ver más de lo que debería.

—¿Podemos apagar la luz? —ruego. Se me antoja imprescindible una pizca de negrura en la que ocultar mis sombras.

Sus ojos se posan sobre los míos para tratar de descifrar las inseguridades que hay tras mi petición. No las conoce todas, nadie lo hace, se me da extremadamente bien esconder mis cicatrices a los demás. Llevo años entrenando frente a una cámara, fingiendo que poseo dotes innatos para la interpretación, siendo un prisma con múltiples personalidades.

El silencio, ese forastero que me visita con menor asiduidad desde que soy una figura pública, se apodera de la habitación y me estremece. No hay nadie más, apenas dos cuerpos a punto de fundirse en uno, la escena es insólita. Me he acostumbrado a convivir con los gritos, miles de voces que corean mi apodo, pupilas y objetivos que juzgan, que me escrutan al milímetro en busca de detalles dignos de mención: una cremallera bajada, una mancha de pasta de dientes, una punta de pelo que se niega a caer en unísono junto a las demás. Esta tarde hay un individuo contemplándome, el más importante, y eso me genera temblor en las manos, sequedad en la garganta, torpeza en cada una de mis extremidades si reflexiono en que nos quitaremos la ropa y nada será igual. Los recelos me alcanzan y me tornan una masa aturdida, débil y confusa.

—¿Estás segura? —inquiere Connor como si reparase en mi vacilación.

—Contigo, de cualquier cosa. —Mi voz suena distinta, cargada de pasión.

—Está bien —murmura dándome un beso casto en el cabello, desnudándose él también.

La sudadera vuela por los aires en dirección a la puerta y su camiseta interior cae sobre la alfombra, al igual que los pantalones sin desabrochar siquiera el cinturón. Connor se deshace con agilidad de los calcetines y podría decirse que lleva puesta la misma proporción de tela que yo. Estamos en igualdad de condiciones. Nos tumbamos y provocamos un crujido sonoro de los muelles del colchón. Sus labios me rozan con ternura, las yemas de sus dedos me acarician el vientre y nuestras piernas enroscadas imitan la batalla que libran nuestras lenguas sedientas. De repente, recuerdo que no he llegado a escoger una canción.

—Necesitamos música —exclamo entre jadeos.

Quiero que sea perfecto. Tiene que serlo.

—¿Música?

—Una canción. Para que la escuchemos y pensemos en este momento. En nosotros.

—Vale, vamos a buscar esa canción —accede, y se aparta de mí para que me ponga en pie y remueva el contenido del bolso.

Indago entre las melodías de mi iPhone, husmeo varios canales de YouTube y le hago sacar el teléfono por si tiene alguna propuesta. No se queja, no rechista ni me mete prisa, espera pacientemente y asiente al encontrar *The book of love*, de Peter Gabriel. Tópico, pero nos da igual. Selecciono la repetición en bucle para que sean los acordes que suenen esta tarde, toda la noche, y le doy la espalda pidiéndole sin palabras que me termine de desnudar.

CAPÍTULO 1
Cuatro millones de suscriptores

Julio de 2020

En Los Ángeles, al contrario que en mi pueblo natal, casi siempre es verano. Atrás quedaron los inviernos gélidos en los que las calles de Detroit se transformaban en improvisadas pistas de hielo, se precisaban mantas polares para conciliar el sueño y salir al exterior sin abrigo, botas de agua y guantes era un deporte de riesgo. «Daría cualquier cosa por notar el azote del viento en las mejillas», cavilo secándome las palmas de las manos, pegajosas de sudor, contra la tela vaquera del pantalón. Extraño ese aroma indescriptible a frío que se cuela a través de tus fosas nasales, por los labios entreabiertos hasta acariciarte la garganta, adueñándose de un centímetro de piel desprotegida, embriagándote mediante un cielo plateado que te desarma y activa cada célula de tu cuerpo.

Hace algunos meses, cuando el efecto de vivir en California pasó, descubrí que no me gustaba tanto el calor. Adquirí el gesto de secarme la frente con el brazo, de resoplar y bajar la ventanilla para agitar la mano en señal de hastío en mitad de un atasco o de caminar con el móvil entre los dedos para sentirme arropada, protegida, querida en un estado que me viene grande. A marchas forzadas, me acostumbré a sacar el coche para ir a cualquier parte o que cada uno de mis vecinos fuera famoso. Uno por uno, los mitos cayeron.

Mi primer apartamento fue compartido con cinco *youtubers* con los que colaboraba semanalmente en el canal grupal Laughs And Crushes realizando vídeos de humor. Era estupendo vivir acompañada, entrar en una pandilla de amigos que me asesoraba sobre las mejores cafeterías, las horas menos concurridas para conducir o las localizaciones más impresionantes para hacer fotografías de esas que te oprimen el estómago y se graban en tu memoria. Por aquel entonces estaba sola, sin equipo de trabajo ni amigos. Con ellos sentía que hablábamos el mismo idioma y nadie se desconcertaba al escuchar al compañero conversar solo frente a una cámara o saltar del sofá con apremio para anotar una idea ingeniosa. Era similar a encontrar a un turista de tu misma ciudad en un viaje por el extranjero: puede que no nos unieran demasiadas cosas, pero la conexión fue instantánea. Se convirtieron en mi pilar indispensable.

El ambiente se crispó al ver que mis colaboraciones eran las que más visualizaciones conseguían con diferencia, aunque había sido la última en incorporarse. Los oía cuchichear, consultar qué temas había preparado para los próximos *sketches* con la intención de anticiparse, todos querían que hiciera apariciones en sus canales principales y me pedían que compartiera imágenes en las que los etiquetara para aumentar seguidores. De la noche a la mañana, se originó una competición en la que yo era el premio y cada uno de ellos tiraba de mis extremidades en direcciones opuestas. Consideré que la solución era dejar el canal colectivo, pero mi decisión no fue bien recibida y me tacharon de «oportunista, aprovechada, codiciosa y condenada al fracaso». Salieron a la luz las envidias y el rencor; ese es el motivo por el que no elaboro contenido para ningún canal que no sea el mío, Sophie's Mind.

Tras ese episodio me mudé a Brentwood, concretamente a una casa de dimensiones exageradas cuyo alquiler hubiera sido más inteligente invertir en la compra de una propiedad. Era frecuente salir a por un café a Starbucks y cruzarte con Jim Carrey o Jessica Biel. Busqué un equipo serio con el que desarrollar mi proyecto y cinco meses después adquirí mi propia vivienda. Le pedí a mi contable que revisara cada letra pequeña del contrato de compraventa con minuciosidad y le entregué las copias a Greg para que lo guardase bajo llave junto con el resto de los documentos que gestiona a diario.

Pacific Palisades es mi hogar desde entonces, y sus vistas al océano Pacífico y a las montañas de Malibú cortan la respiración. Despierto con el sonido de las gaviotas sobrevolando las olas; es agradable oler la brisa marina, escapar a la playa para una hora de desconexión, llegar al centro urbanizado en apenas veinte minutos y regresar al nirvana de las puestas de sol que te dejan sin aliento. La gran desventaja:

que la naturaleza se vea relegada a un segundo plano por el constante runrún de las cámaras y un par de periodistas que vociferan chismes descabellados para conseguir una exclusiva jugosa con la que ascender profesionalmente de reportero de calle a redactor serio de oficina con aire acondicionado. Si obviamos ese hecho, mi barrio es el sitio perfecto en el que habitan estrellas cuyos nombres desconozco. Sonará ridículo, pero estaba harta de no saber qué ponerme para dar un simple paseo por los alrededores; el pensamiento de que tropezaría con Brad Pitt en cualquier esquina me obsesionaba. Lo sé, problemas del primer mundo.

—Te va a encantar —le prometí a mi madre por teléfono cuando le mandé imágenes de mi nueva residencia.

Cautivada por el contraste plomizo de la fachada con flores de todos los rosas existentes en la escala cromática, resultó fácil dar un adelanto. Quizá fue por las plantas, que estaban en perfecto estado, ninguna mustia o comida por los insectos; eso le daba un toque hogareño, las habían estado cuidando a pesar de que nadie vivía allí desde hacía dos años. «La dueña tiene predilección por la jardinería», comentó el chico de la inmobiliaria. Preferí no indagar acerca de su identidad, a día de hoy solo sé que se trata de una cantante ganadora de un Grammy.

El número 2 de Hilson Residential es un castillo para mí, un domicilio discreto a ojos de mis vecinos. De doscientos metros cuadrados, rodeado por una valla de hormigón imponente, con dos plantas conectadas a través de una escalera de caracol caoba. Cuenta con tres amplios dormitorios, dos baños, jardín con piscina en la parte trasera y un garaje que podría dar cabida a una docena de todoterrenos mal aparcados. Espacio desaprovechado que solo ocupan el Mercedes Berlina Clase C plateado que me regalaron tras una campaña en febrero y el discreto Audi A3 Sedán negro sin marchas. Una utopía, mi realidad.

—Ha quedado preciosa —afirmó Kassidy, mi mejor amiga, al mostrarle el resultado final—. Aunque con un modelo desnudo deambulando de un lado a otro se revalorizaría.

—Estás loca —repliqué entre risas.

—Ya lo sabes; si me preguntas, te diré la verdad. Incluso mis fantasías más pervertidas.

Kass es así, espontánea. La fuerza que te empuja hacia abajo y te coloca los pies en la tierra si intuye que te alejas de los mortales. Su comida preferida son unos simples macarrones con queso, usa cubiertos de plástico y detesta ir al gimnasio. Su automóvil, un dos plazas de segunda mano que la deja tirada con frecuencia, tiene los retrovisores pegados con cinta aislante. Y no le inquieta. De hecho, ella misma le dio el primer golpecito a propósito para no preocuparse más.

—Tarde o temprano iba a suceder —fue su argumento—. Prefiero asumirlo y pasar página.

Lleva desde los dieciséis trabajando como peluquera y maquilladora *freelance* para sesiones fotográficas y eventos. Aun teniendo solo tres años más que yo, en ocasiones se me antojan tres siglos repletos de sabiduría y consejos útiles que jamás se aplicará a ella misma. Desde que Greg la contrató para la grabación de un vídeo promocional de un conocido parque de atracciones, somos inseparables.

Además de formar parte del equipo, su personalidad arrolladora atenúa la melancolía de vivir a 3.700 kilómetros de mi familia. Adorarla es fácil, encarna lo opuesto al estereotipo de Hollywood. Ni es millonaria ni excéntrica, todo lo que sabe de la fama es a través de los clientes que la contratan y de los que nunca habla mal, solo murmura con despecho su mantra, «Si fuera a un programa de televisión a contar tus mierdas...», cada vez que la llaman para pedirle favores de última hora que no le pagarán.

—No me acostumbro a tu palacio —recalca mientras entra en el salón e inspecciona la estancia como si fuera la primera vez que la ve. Cuando me mudé a California esa era mi reacción: devorar cada decorado con los ojos a punto de salir de las cuencas, maravillada por comidas, árboles, playas, prendas fabricadas en China, pero que vislumbraba en torno a un halo hipnótico por encontrarse en el lugar en el que los sueños se cumplen.

Aprovechando que su día libre coincide con mi tarde de grabación, he invitado a Kass a casa para que me ayude con el especial *unboxing* de regalos de mis seguidores y así agradecer que hayan enviado cartas y paquetes a mi apartado de correos.

—¿Cuántas horas va a durar el vídeo? Tienes más de treinta cajas —exclama mi amiga con gesto abatido.

Se ha cambiado el color del cabello, que cae ondulado por su espalda como una cascada infinita, ahora de un tono avellana con reflejos claros que resaltan el gris de su mirada. Viste ropa deportiva ancha de colores vivos sin combinar estampados; ella misma se define como «un poquito hortera».

Es diez centímetros más baja que yo, pero lo compensa con creces llevando tacones y plataformas. Sin esperar mis indicaciones, se abalanza sobre una bolsa de plástico precintada y la rasga con habilidad para descubrir su contenido al tiempo que se descascarilla dos uñas de su transgresora manicura flúor.

—Dios, Sophie, ¿quién te manda eso? —inquiere fulminando un consolador negro con mis iniciales grabadas en letras púrpura.

—Alguien perturbado. —Me encojo de hombros, lo alarmante es que me haya habituado a recibir regalos así.

—Estoy harta de los peluches de oso, ¿no podrías haber dicho que te gustaban los anillos de Swarovski?

Un aspecto vital que tener en cuenta: tus seguidores anotarán, memorizarán y te obsequiarán con cualquier peluche, chocolatina o prenda que confieses que te apasiona. El garaje repleto de osos polares es la prueba de ese dato que desvelé en un *Preguntas y respuestas* que tomaron al pie de la letra.

—Tengo dinero para comprármelos, Kass.

—Ya, pero yo no.

Me levanto para ajustar la posición del trípode y la cámara. Saco dos focos y los enciendo, mi amiga empieza a sacudir una mano para darse aire y bufa.

—¿No puedes grabar sin esas cosas? —Apunta a las luces con expresión acusadora—. Estamos en julio.

Le doy la razón, aunque a estas alturas me he habituado al bochorno. Condenarte a un verano perpetuo a cambio de vivir tu sueño es un precio que estoy dispuesta a pagar.

—Hay que sufrir para disponer de buena luz —objeto.

—Retócala al editar como hacen en las pelis.

Podría haber prestado atención en el curso al que Greg me obligó a asistir.

—No soy tan hábil para eso —confieso.

—*Youtubers*, no sabéis hacer más que vender productos que no necesito —se mofa recogiéndose el pelo en un moño despeinado.

—Calla y deja de moverte o no encuadraré nunca.

Giro la cámara ligeramente hacia la derecha para que se vean las placas de plata y oro que envió YouTube cuando alcancé los cien mil y el millón de suscriptores, respectivamente. El próximo objetivo es la de diamante, cruzo los dedos.

—¿Viste el restaurante que te mandé? —pregunta Kassidy, ya es la quinta vez.

—Por dónde.

—Instagram.

Suelto una carcajada irónica.

—Las notificaciones están desactivadas, es imposible que encuentre mensajes tuyos entre tantas solicitudes pendientes.

—¿Nos apostamos esa caja de ropa? —me reta clavando la vista en un paquete del tamaño de una lavadora situado en la esquina más cercana a la puerta.

—Todo tuyo. —Dejo que agarre mi móvil, sabe de memoria la contraseña de la de veces que ha descolgado las llamadas de Greg fingiendo que estoy en la ducha cuando en realidad he salido sin dar explicaciones.

—¡Ajá, lo tengo! —grita con entusiasmo agitando la pantalla—. Echa un vistazo a las fotos y dime que esos platos no merecen un monumento.

—Voy a estar muy ocupada —admito. Pulso el botón de grabar y me acomodo en la alfombra, a su lado.

—¿Eso quiere decir que nada de bufés libres por ahora?

—Fotografías en bikini. —Se me revuelve el estómago al recordarlo—. Mejor no.

—Bueno, ¿al menos puedo llevarme el bolso canela de Michael Kors? —Me dedica una de sus miradas de cachorrito y parpadea sin cesar, adquiriendo el aspecto de un dibujo animado.

—Claro. —Con Kass comparto la ropa de colecciones nuevas que llega a mi puerta antes que a las tiendas, sesiones gratis en balnearios, invitaciones a restaurantes y las gratificaciones que la profesión pone a mi alcance—. Pero despégate del iPhone porque tenemos que empezar a grabar el vídeo.

—Te pagaré con mis contactos para encontrar trabajo cuando este decorado desaparezca —comenta meneando las manos a nuestro alrededor. Bromea, sé que lo hace, pero la simple idea de enfrentarme a lo desconocido me genera incertidumbre—. Oh, espera. Mira esto.

Señala la pantalla, una solicitud de un tal Connor Lascher.

—Ni se te ocurra responder —advierto.

Eso suele acarrear consecuencias: notificaciones constantes, preguntas incómodas, amenazas.

—¿Por qué no? Es supermono.

—Todos lo son, y, si les pones una simple frase de agradecimiento, me avasallarán. Sigo maldiciendo la noche en la que contestamos privados de fans.

—Internet y vino no son una buena combinación.

—Perfecto, ignora el móvil y céntrate en la cámara. —Le coloco un dedo en la barbilla y presiono hacia arriba.

—Pero es para morirse de amor, de verdad. —Me entrega el teléfono con su mensaje en pantalla.

«Escucho tus poemas a diario, estoy enamorado de tu voz.»

Empalagoso y conciso. Mentiría si dijera que una parte de mí no siente curiosidad.

—Llevas mucho rato leyendo el texto —ríe mi amiga.

—Yo... No... —Noto cómo me arden las mejillas, la combustión va más allá de las altas temperaturas y sería estúpido culpar de ello a Los Ángeles. Consciente de lo absurdo que es negar la evidencia, confirmo que una simple oración me ha provocado cosquillas en las entrañas.

—Te ha gustado.

—No es lo típico que acostumbro a recibir.

Mi público se compone de chicas, la mayoría de entre doce y dieciocho años. Las limitadas interacciones que he leído del género masculino resaltan mis atributos físicos o hacen insinuaciones sexuales explícitas.

—¿Es guapo? —Kass se aproxima para pegar la nariz a mi brazo, arruinando mi encuadre por completo.

—No lo sé, solo publica atardeceres, cielos tristes, nubes... O conciertos.

—¿Qué tipo de música?

—*Indie*.

—Aceptable.

—128 seguidores y sigue a 57 —informo examinando detenidamente su perfil de arriba abajo.

—Genial, es discreto. No te recomiendo salir con un guaperas famosísimo.

—¿Quién ha hablado de salir? —Arqueo una ceja y finjo que el fugaz pensamiento de tener una cita con ese extraño no ha cruzado mi mente.

—Tus ojos brillando, tu sonrisa de idiota, el hecho de que hayas olvidado la maldita cámara y sigas observando sus fotos de meteorólogo frustrado...

—No debería responder.

—Pero te mueres de ganas.

—¿Tan malo sería?

—Si me pides consejo como espectadora, te diré que te alejes de él. Saldrá contigo y luego se dedicará a escribir libros sobre vuestra relación como hace Taylor Swift en cada CD.

—Igual que hacen la mayoría de artistas, sean hombre o mujer —puntualizo—. Además, no te he pedido consejo.

—Como amiga, sal con él —opina ignorando mi comentario—. Parece una película de esas cursis. A menos que sea un pirado, ¿cómo consultamos sus antecedentes? Tengo el número del equipo de seguridad de Madonna y me deben varios favores...

Antes de que tome una decisión, la pantalla de mi móvil se ilumina con el nombre de Greg.

—Habíamos acordado tres días de vacaciones antes de la próxima conferencia —le recito al terminar. Cuando llamas a alguien más de seis veces al día es habitual omitir los saludos de cortesía.

—Internet no se va de vacaciones —reprende, tajante. Autoritario debería ser el apellido de mi mánager.

—Genial. Qué tengo que hacer.

—Mandarme el vídeo del *unboxing* de regalos para que lo edite.

—Lo estoy grabando.

—Date prisa, hay que publicarlo este fin de semana o tendremos que modificar eso de «subo vídeo cada sábado a las ocho».

—Puedo editarlo yo. —De hecho, lo prefiero.

—Si te dejo hacerlo, no estará a tiempo. Grábalo, mándame el archivo por Google Drive y listos.

—Va a ser un archivo muy largo —insisto.

—Tienes fibra óptica, no hay excusas.

—No estoy segura de querer que lo edites.

—Cobraré lo mismo a fin de mes, solo intento ahorrar tiempo y que no hundas tu reputación. —Sé que está sonriendo, no me resisto a seguir sus bromas cuando detecto que hay margen.

—¿No es un poco enfermizo que pretendas pasar la noche contemplando mi cara?

—Si lo terminas antes de las siete, podré tener la madrugada libre para ver a chicas que sí que me interesan —contraataca, esta vez desconozco si es cierto o solo se trata de una maniobra para dejarme fuera de combate.

—¿Tienes una cita?

—No es de tu incumbencia.

Sus evasivas y alusiones a la privacidad me irritan. Durante una época creí que se debía a esa atracción inexplicable que siento a su lado. Me autoconvencí de que no era más que admiración y gratitud hacia la figura que se encarga de dirigir mi vida, de simplificarla y de organizar cada nota de mi agenda. Por mucho que aborrezca su armadura o esos silencios que acompaña de expresiones como «Yo gozo de permiso para opinar sobre los detalles de tu existencia y tú jamás sabrás más allá de mi café preferido, mi afición a comprar llaveros en cada sitio que visitamos o mi animadversión a los *e-mails* sin asunto». Me juré que, por carismáticas que resultasen su profesionalidad y actitud de «lo tengo todo bajo control», Greg y yo no somos una buena idea.

—Borde —espeto—. ¿Algo más?

—Eso es todo por ahora, te dejo seguir con la grabación. Avísame cuando lo envíes, saldré a cenar y volveré para editarlo.

Cuelgo y reprimo el ansia de lanzar el iPhone contra la pared. Respiro con los ojos cerrados para buscar ese estado de paz que mencionan en las clases de yoga; conmigo nunca funciona. Ni posturas en equilibrio, soltar una retahíla de improperios o expulsar el aire contando hasta mil. Examino el techo del salón, un cielo celeste salpicado de estrellas. Greg lo pintó hace un par de meses ante mis quejas por el acoso de los *paparazzi*. Este paisaje es mi vía más directa a la serenidad en mitad del caos.

—¡No puedo salir al jardín sin oír las cámaras! ¿Cómo voy a vivir así? —bramé con dramatismo.

—¿Tanto necesitas el aire exterior? —La perplejidad se apoderó de su semblante, como si no entendiese mi queja o la hubiese formulado en japonés.

—Me gusta el cielo.

—Hay una amplia gama en la sección de imágenes de Google. —Curvó sus labios en una sonrisa ladeada que apaciguó parte de mi enfado.

—El real —repuse.

—Si te consigo un cielo, ¿dejarás de quejarte?

—Por supuesto —afirmé, creyendo que era un farol.

Hasta que le vi aparecer con pintura y rodillos esa misma tarde. Pasé dos horas riendo a carcajada limpia ante la situación, derramando lágrimas y sujetándome el vientre con firmeza a causa de las agujetas. Por supuesto que debía esperar algo así de Greg.

—¿Cuántos suscriptores tienes ya? —La demanda de Kassidy me devuelve al presente.

Señalo el espejo circular que hay sobre la chimenea, el que utiliza mi mánager para pintar con rotulador las cifras importantes. El número cuatro fulgura con un contorno grueso y de dimensiones considerables.

—Dios, ¿cuatro millones?

Asiento en silencio. Suspiro por última vez antes de adoptar ese tono mecánico de presentadora de las noticias y empezar la introducción del vídeo.

La estridente alarma de mi despertador suena a las seis, cuando el sol aún se está abriendo paso entre mis cortinas y la luz anaranjada tiñe el blanco de las sábanas. Sobre ellas se encuentra el pijama, desdoblado y del revés, abandonado a su suerte hasta que regrese horas más tarde. Abotono la camisa de rayas ocres horizontales y me enfundo el pantalón de pinzas negro que completa el estilismo de ejecutiva, una estrategia para vender a una adolescente como seria, responsable, rentable. Añado los toques finales: una pulsera en la muñeca izquierda, la estudiada rutina de crema hidratante y maquillaje, pelo recogido y un bolso a conjunto con los mocasines de ante marrón.

El chófer espera en la puerta para llevarme a LeFleur, la agencia que determinará si soy apta para convertirme en la imagen de los bañadores Dalvin este verano. O, en otras palabras, los profesionales que han invertido cantidades desorbitadas en universidades prestigiosas para observarme desfilar en bikini y calcular mi índice de grasa corporal a simple vista.

Llego en veinte minutos, con el pulso acelerado a pesar de haberme puesto los auriculares durante el camino. Sospecho que la lista de reproducción «El mundo no se acaba» ha dejado de surtir efecto. El edificio que hay ante mí es un rascacielos inmenso revestido con plataformas plateadas; el techo está repleto de enormes luces que se encienden y apagan al detectar el movimiento, y los pasillos son tan espaciosos que podrían dividirse en varios carriles. «Respira, en una hora estarás fuera», me animo.

Es la primera campaña en la que mostraré más piel de la habitual, ni siquiera he conseguido el trabajo todavía, nada es seguro hasta que está firmado y revisado por abogados. Subo hasta la décima planta y espero en una sala con sillas acolchadas cuyas paredes están cubiertas de pósteres tamaño real de los artistas consagrados de LeFleur.

Rebusco el teléfono con urgencia en el bolso, uno de esos sin departamentos en los que cada objeto parece ser absorbido por un agujero negro, y le escribo un mensaje a Greg: «Odio que no estés aquí». Su compañía es imprescindible; me deja sola con poca frecuencia, en este caso es política de la agencia que las celebridades acudan por su cuenta para no lidiar con representantes. La respuesta de mi mánager llega de inmediato: «Estaré esperándote a las 11:30 en el Café Girard».

Una chica morena, de melena lisa por debajo de la oreja y ojos color zafiro, entra en la sala. Va tan empolvada que su faz brilla a cada paso que dan sus piernas kilométricas. Se acerca a mí y me deslumbra con una sonrisa de anuncio de dentífrico. Es el rostro más simétrico que he visto en mi vida: frente minúscula, cejas cuidadosamente perfiladas, pestañas abundantes que delinean su mirada alargada, nariz discreta y labios carnosos. Si la perfección existe, lleva su nombre.

—¿Es tu primera sesión en la agencia? —Me analiza con determinación, el verbo «intimidar» cobra un nuevo significado para mí.

—Sí.

—No tienes la altura necesaria para ser modelo. ¿A qué te dedicas?

—Soy creadora de contenidos, *youtuber*, del canal Sophie's Mind —me presento tendiéndole la mano—. Sophie Dylan.

—Encantada, soy Nia Cavens, modelo regular de Le-Fleur.

La charla se dilata un par de minutos. Me habla de cómo la descubrieron a los doce años en una función de teatro, de su familia repartida por Nevada y Texas y de su novio,

Fabri, un futbolista europeo. Anota mi móvil, me da su tarjeta y promete que me llamará para presentarme a su círculo de amigos.

Cuando se marcha, dejando la fragancia de su perfume en el ambiente, el interrogante «¿a qué te dedicas?» sigue resonando en mi cabeza. Esa es la cuestión que más me incomoda porque, sin lugar a duda, hay una amplia variedad de respuestas posibles. En Detroit, donde la mayoría me recuerda como a una niña dispersa, introvertida y patosa, no soy más que uno de esos desgraciados sin oficio que graba sandeces para compartirlas con un grupo de antisociales que ríen sus gracias por internet. Algo así como un *hobby* que desempeñas en tu tiempo libre, una compensación económica para la que no precisas entrevista ni validación porque incluso un gato puede hacerse viral si es lo suficientemente adorable. Sí, esa sería la descripción aproximada que tiene mi entorno de la profesión de *youtuber*.

Los Ángeles es totalmente distinto a Míchigan. La gente pasea con muecas arrogantes, escupe a los dos segundos de conocerte cuáles son sus negocios, sus sueños y aspiraciones, lo que han conseguido y lo que ambicionan para ese año repleto de oportunidades. Aquí soy un número pintado en la frente, cuatro millones en mi cabellera castaña, cuatro millones en el añil de mis ojos, cuatro millones en mi metro sesenta de altura. Cada uno de mis rasgos es una cualidad que explotar para vender un vestido, un colgante, un deportivo, una aplicación. La duración de la conversación es proporcional, en la mayoría de las veces, a las cifras de tus redes sociales. Todo son sonrisas si superas el millón; nadie reirá a más de tres chistes seguidos si hace semanas que tus números no suben. Un simple «Disculpa, debo atender una llamada» es sinónimo de «Corre el rumor de que tu carrera se está desmoronando, prefiero que no nos vean juntos».

Conocer a un chico es imposible por una simple razón: nadie cree que la Sophie Dylan real tenga una cuenta de Tinder. Chateé con fauna de todo tipo hasta que Greg lo descubrió, me echó la típica reprimenda de «Si yo te he encontrado, también lo hará la prensa» y se acabó la aventura cibernética para mí. Me queda la vida real, pero en California no hay ni un solo hombre disponible para tener dos citas la misma semana. La población se divide en modelos, actores, deportistas olímpicos y multimillonarios de nacimiento.

He aprendido a escoger bien las personas con las que me rodeo, descartando mensajes y llamadas de compañeros que se pasaron el instituto burlándose de mi ropa, haciendo parodias de mis poemas y encerrándome en los baños durante el baile de graduación. Mi familia, Greg y Kassidy son todo mi universo. Mi confianza en ellos es ciega y sé que nunca me darán la espalda, aunque a menudo no entiendan las emociones que experimento en esta carrera delirante. Aun así, pese al cariño de los fans, las comodidades del dinero y mis apoyos incondicionales, hay instantes en los que me siento terriblemente sola.

Salvo por la hora paseando en bikini delante de la mesa rectangular tras la que varios ojos me valoran y la comida con Greg para comentar los detalles de la reunión en LeFleur, dispongo del resto de día libre. Saco mi libreta celeste, la que utilizo para anotar ideas de vídeos, y leo la interminable lista de cosas que reservo para esas horas en blanco de mi agenda profesional. Es una distracción pasajera, mi plan alternativo gana la partida y termino en casa, tumbada entre los cojines del sofá, viendo alguna novedad de Netflix o respondiendo las llamadas perdidas de mi madre.

El atardecer llega antes de lo esperado; no soporto que el tiempo vuele cuando no tengo compromisos, pero tampoco soy una gran adepta del silencio. Me desmaquillo despacio, es uno de esos momentos del día en los que no me quedan fuerzas. Algunas noches incluso paso por alto el examen de mi fisonomía, de forma tan redonda que no me permite pasar más de una semana comiendo bollería industrial. Mis ojos son diminutos sin *eyeliner*, por lo que siempre aplico rímel y sombra negra en los párpados para darles mayor intensidad. Mi boca esboza un mohín de desaprobación, nunca me gusta el reflejo del espejo, el tono diáfano de mi piel bajo la base de maquillaje, mi nariz puntiaguda, los pómulos rellenos y el labio inferior ligeramente desproporcionado. Rara vez sonrío enseñando los dientes ante las cámaras, estoy convencida de que advertirán el colmillo derecho ligeramente más subido que el izquierdo. Con una rigurosidad alarmante, presto especial atención al mentón, donde escondo una cicatriz que me hice a los siete años al caer de la bicicleta, motivo por el que aplico el doble de polvos bronceadores en esa zona. Me recojo la melena, larga y lisa, en una coleta alta. Si algo puedo tolerar de mi aspecto es el pelo, moldeable, con posibilidad de ser cortado, rizado, cambiado de color sin inconveniente.

Inseguridades, marcas, defectos. Me pregunto si sería diferente de no haber estado maquillada en el primer vídeo en el que mostré la cara. Quizá me habrían llovido un aluvión de comentarios negativos y *dislikes*, o quizá un grupo reducido pero fiel me habría apoyado y ahora no tendría que continuar con la máscara de joven de proporciones idóneas, vida envidiable y profesión de ensueño. Quizá, si el resto no me juzgase, yo misma tampoco lo haría. Me aceptaría, sería una de esas chicas que salen a la calle con gorra y gafas de sol, ni una gota de pintura ni crema, ajena a sus puntos débiles y complacida con el presente. No obstante, he aprendido a usar sonrisas, cosméticos, ropa, cualquier coraza que me ayude a disimular mi vulgaridad. No vine al mundo perfecta, jamás llegaré a estar conforme con la persona que me escruta desde el otro lado de la pantalla, del espejo o del escaparate de una tienda. Odio sus brazos demasiado cortos, las prisas con las que entra en la ducha porque no está satisfecha con su cuerpo desnudo, sus rodillas anchas, la marca de nacimiento en el gemelo izquierdo, su manía de morderse las uñas en un ataque de ansiedad al contemplar durante más de cinco segundos una imagen tomada desde un ángulo poco favorecedor.

Me desplomo sobre la cama, totalmente deshecha de dormir una sola vez, lamentando no haber adquirido la técnica infalible de mi madre y sus sábanas a prueba de balas. Rompo la regla número uno de Greg: no mirar las redes sociales antes de acostarme, por si las malas noticias me quitan el sueño. En esta ocasión no leo comentarios ni espío cuentas de la competencia, sino que voy directa a la bandeja de entrada de Instagram y selecciono la conversación de Connor Lascher.

«Escucho tus poemas a diario, estoy enamorado de tu voz.»

El texto sigue ahí, rogándome que conteste. ¿Un emoticono? ¿Uno de esos estúpidos corazones que pone la gente que no tiene ganas de escribir pero se ve en la obligación de confirmar la lectura de tu mensaje? Sin embargo, yo me muero por iniciar un diálogo, así que tecleo sin divagar.

«¿Puedo escuchar la tuya?»

Su respuesta no se hace de rogar, un número de teléfono cuyo prefijo desconozco. Lo busco en Google, es de Londres. Con el pulso acelerado, a sabiendas de que mi mánager estaría negando con la cabeza y gritando que no cometa semejante tontería, lo guardo en la agenda y entro en WhatsApp para iniciar un chat.

SOPHIE_21:33
¡Buenas noches, chico sin foto! :)

CONNOR_21:33
Son las cuatro y media de la tarde.

SOPHIE_21:34
En Los Ángeles ya ha anochecido.

CONNOR_21:35
¿Quién eres?

SOPHIE_21:35
Ya lo sabes ;)

CONNOR_21:36

No es posible.

SOPHIE_21:37

Tan posible como darle tu número a alguien y que esa persona te agregue.

CONNOR_21:37

¿De verdad eres Sophie Dylan?

SOPHIE_21:38

Sophie está bien :O ¿Nunca utilizas emoticonos?

CONNOR_21:38

No me gustan.

SOPHIE_21:38

¿Ni abreviaciones?

CONNOR_21:39

Nop.

SOPHIE_21:39

Vale. ¿Qué me cuentas de ti, Connor Lascher?

CONNOR_21:40

Sigo alucinando… Si te soy sincero, no pensaba que leerías mi mensaje.

SOPHIE_21:40

¿Arrepentido?

CONNOR_21:41

Todo lo contrario, aunque temo que me dejes de hablar de repente o seas imbécil.

Me jodería tenerles manía a tus vídeos.

SOPHIE_21:41

Disfrutarías llenándolos de comentarios despectivos.

CONNOR_21:41

Jamás.

SOPHIE_21:42

No me sorprendería.

Es lo que hace la gente hoy en día, soltar crueldades escudándose tras un seudónimo.

CONNOR_21:42

Eso no va conmigo.
¿Cómo te explico que eres un sueño hecho realidad?

SOPHIE_21:43

Eres el primer chico que me dice eso.

CONNOR_21:43

No te creo.

SOPHIE_21:43

El 90 % de mis suscriptores son chicas.

CONNOR_21:44

Me alegra ser el primero. Pero me apuesto lo que sea a que hay más de un canal con nombre falso para despistar.

SOPHIE_21:45

Confirmado. Yo misma creé uno cuando nadie me seguía para darle like a mis propios vídeos. Nivel muy patética.

CONNOR_21:45

¿Me prometes algo? Nada friki, te doy mi palabra.

SOPHIE_21:45

Veré qué puedo hacer.

CONNOR_21:46

Prométeme que esta no será la última vez que hablamos. Que estas palabras no sean fruto de la casualidad o del aburrimiento.

Tengo mucho más que decirte, infinidad de primeras cosas que desearía compartir.

No sé si volveremos a escribirnos. Y está bien. Por unos minutos olvido lo que detesto, la presión y el trabajo, y me sugestiono con sus halagos. Mis facciones se reducen a una amplia sonrisa.

SOPHIE_21:48

Te concedo el honor de empezar. ¿Cuál es la primera cosa que quieres decir?

Me das miedo, Sophie.

¿Por qué?

Me haces sentir emociones muy fuertes sin tocarte.
Si llegamos a vernos algún día, me pararás el corazón.

¡Chico con fe! Pareces muy seguro
de que llegaremos a conocernos...

Lo sé, peco de optimista. Pienso ahorrar desde
este momento para ir a alguno de tus eventos.

Esta vez lo conseguiré.

¿Esta vez?

¿Recuerdas la campaña de pujas
para cenar contigo? La del año pasado.

Me da escalofríos pensar en ello...

El ganador me metió mano por debajo
de la mesa durante toda la noche.

Fue culpa mía. Solo invertí diez libras.

SOPHIE_21:55

Acabo de hacer la conversión.
¿Conocerme tiene el escaso valor de trece dólares?

CONNOR_21:56

Cuando te tenga delante podré
contestar a eso con propiedad.

SOPHIE_21:58

Sigue soñando, Connor ;)

CONNOR_21:58

No tengo intención de despertar.

CAPÍTULO 2

Tras la pantalla

Nunca me han apasionado los mensajes de texto. Me incomoda desconocer si ese «ja, ja, ja» es pura inercia, un requisito para restarles dramatismo a las verdades escritas que asusta admitir o si la persona está riendo realmente. Soy una fiel admiradora del lenguaje no verbal; me deleito en las muecas, las miradas a los ojos que se tornan vergonzosas y se desvían al infinito si la charla llega a un punto personal, la piel sonrojada por un comentario inapropiado, el eco de una risa escandalosa que amenaza con no detenerse jamás… Advertir si mi interlocutor se inclina hacia mí en señal de interés; ver cómo gesticula, la elegancia de sus manos creando dibujos invisibles que cortan el aire, la inquietud palpable en el tic de una pierna que se mueve compulsivamente. Toda esa información que palidece en meras letras anotadas. Distantes, ambiguas, una aproximación vaga de la identidad que se oculta tras la pantalla.

La inmediatez de la que creemos gozar en internet se pierde por completo y da lugar a las excusas. Un mensaje visto que debes justificar con un «estaba conduciendo y al llegar a casa olvidé responder», un audio escuchado que «volveré a reproducir más tarde porque no oigo nada con el bullicio del centro comercial». Los más prudentes pasan días alejados de WhatsApp para evitar que veas el indiscreto «en línea» y los acribilles a cuestiones que seguirán sin contestar. Siento cierta envidia al ver películas antiguas en las que bastaba con una llamada de teléfono, incluso las cartas eran un método efectivo a pesar de llegar meses después. Sin lugar a duda, chatear se queda a años luz de la emoción arrolladora que sintieron nuestros padres y abuelos al recibir correspondencia.

Con Connor es distinto. Se me acelera el corazón y soy incapaz de parpadear a la espera de su respuesta; pasaría horas seguidas sin apartar las pupilas del móvil, imaginando su voz, el aroma de su colonia, el tono exacto de su pelo con los rayos de sol incidiendo sobre él. «Porque me despierta curiosidad y dispongo de minutos para invertir en telebasura o realidad», me engaño.

Dejo correr las manecillas del reloj y colmo mis días libres de diálogos superficiales con destellos de cierta relevancia, sumida en la representación mental que yo misma conformo de él. Una paleta de colores infinita y sin reglas en la que derrochar mi creatividad concibiendo mezclas disparatadas que buscan una aproximación tridimensional a su expresión escrita. ¿Será de esos individuos cortantes que exponen las palabras sin gesto alguno para suavizarlas? Al fin y al cabo, no utiliza ni un emoticono, y en mi mente sus frases suenan rotundas, afiladas, sin tapujos. ¿O será de los que redactan de una manera y hablan de otra totalmente opuesta? Puede que la timidez sea su rasgo más destacado, que opine en apenas un susurro, pero disfrute paseándose por las sílabas, dándoles forma a cada una de ellas con un perfecto acento británico. No me importaría descubrirlo, esa es la explicación de que lleve el iPhone en la mano a todas horas y de que busque pretextos creíbles para iniciar una conversación, como el enlace de mi nueva canción favorita o una imagen de los trozos de *pizza* hawaiana que sobraron anoche y podría comerse si viviera por aquí.

CONNOR_10:10

Son las dos de la mañana, estoy más cerca del desayuno que de la cena.

Si lo tuviera delante, me gusta pensar que acompañaría esa oración de una sonrisa.

SOPHIE_10:11

Aquí son las diez de la mañana. Desayunar pizza es un plan perfecto.

CONNOR_10:12

Desayunar contigo lo sería.

51

Su condicional me hace volar. En mis desesperadas tentativas por sacarle información que da con cuentagotas, soy yo la que hace insinuaciones con la finalidad de que añada, niegue o explique algo sobre él.

SOPHIE_10:20

¿No tienes responsabilidades que atender?
Un trabajo, estudios, novia…

CONNOR_10:21

Por suerte es verano y aún no he empezado la universidad.
Aun así, perdería horas de sueño para hablar contigo.
Sigo sin creer que seas tú.

Detesto que lance balones fuera.

SOPHIE_10:21

Soy yo. ¿Necesitas pruebas?

CONNOR_10:22

Prefiero no despertar de este sueño.

SOPHIE_10:22

Eres cursi.

CONNOR_10:22

Y tú sincera. En las entrevistas pareces más comedida.

SOPHIE_10:23

¿Entrevistas?

CONNOR_10:23

Lo confieso, he visto unas cien desde
que me respondiste. Estaba preparado para odiarte
si no me escribías ni un simple emoticono.

SOPHIE_10:24

Tuviste suerte de que Greg no viera tu mensaje.

CONNOR_10:24

¿Quién es Greg? ¿Tu novio?

SOPHIE_10:24

Peor. Mi mánager.

CONNOR_10:25

La mano ejecutora que te hace el trabajo sucio.

SOPHIE_10:25

Es una especie de secretario que me descuartizaría
si supiera que he dicho eso.

CONNOR_10:25

¿Te fías de que otra persona lleve tus negocios?

SOPHIE_10:26

Lo conozco desde hace unos años, forma parte de la familia.
Literalmente. Mis padres planean incluirlo en el testamento.

CONNOR_10:26

No sería la primera familia que se
rompe por asuntos económicos.

SOPHIE_10:27

¿Pretendes ser mi amigo o asustarme?

CONNOR_10:27

Ninguna de las dos cosas.

SOPHIE_10:27

¿Entonces?

CONNOR_10:29

Seré directo, lo que comenté de tu voz…
Podría extrapolarlo a ti en general.

SOPHIE_10:29

¿Qué quieres decir exactamente?

CONNOR_10:30

Que me resultas adorable, Sophie.
Y, si continuamos hablando, podría enamorarme de ti.

Mis argumentos caen, uno a uno, convertidos en finas capas de papel que el viento derriba con suma facilidad. Una simple frase es capaz de derretirme, atrás queda la frialdad que desprende un texto. Mis yemas acarician la tipografía como si deseasen llegar a él, anhelando esa declaración de intenciones murmurada al oído, su aliento viajando por mi cuello, generando descargas que me retuerzan sin tregua y que, en la distancia, no son más que un grato hormigueo. Y yo necesito más. Sin oportunidad de añadir algo, nuestro diálogo finaliza cuando mi teléfono se ilumina con el nombre de «Mamá».

—Hola, cariño. ¿Es buen momento?

Ese es su saludo oficial, una modesta petición para colarse en mi día a día. Por desgracia, la respuesta ha sido negativa más de una vez, he olvidado llamarla más tarde y colecciono conversaciones que nunca tuvimos.

—Hola, mamá. Tengo una hora, prometo que nos pondremos al día.

—Genial. Tu hermana se morirá de envidia cuando le diga que he conseguido más tiempo contigo en una mañana que ella en un mes.

—¿Qué tal le van las clases?

—Ya sabes cómo es el último año de instituto, pero lo superará. Se está esforzando mucho.

Brinley es una especie de Greg en versión femenina, nada se le resiste.

—Sé que faltan meses y que estás ocupadísima, por eso lo comento con antelación —suena emocionada—. Haznos un hueco en diciembre, cariño. He escrito a Greg para asegurarme de que no te obliga a trabajar el día veinticinco.

Hablar de Navidad en julio me fatiga.

—¡Mamá! —exclamo indignada—. ¡No le escribas, nunca! No es mi tutor legal.

—No te enfades, Sophie, valoramos lo que hace por ti.

Le mandan postales de las vacaciones, le envían un regalo por su cumpleaños y es el primero al que felicitan las fiestas.

—Soy la última en enterarse de las cosas —me quejo—, no quiero recibir un *e-mail* informando de mis compromisos familiares.

—Cariño, siempre estás tan ocupada... Sé que es tu estilo de vida ahora, lo comprendo, pero aún se nos hace raro gestionarlo.

—Lo sé. ¿Qué tal está papá?

—Liado con el trabajo, cuenta las horas para irnos de vacaciones. Tiene envidia de que el restaurante me diera los días libres pendientes antes que a él. —Ríe y sé que se está tapando la boca y mirando a su alrededor, como si las paredes la oyesen.

Les ofrecí ayuda para pagar la universidad de Brinley y la rechazaron con su clásico «No sabes lo que va a durar YouTube, ahorra lo que puedas para tener una seguridad económica en el futuro. Además, ambos contamos con la suerte de amar nuestra profesión». Doy fe, son unos cocineros prodigiosos.

—La propuesta de que trabajéis en mi equipo sigue en pie —le recuerdo, es la única contestación que me hace sentir bien.

—Me desenvuelvo como pez en el agua entre fogones. Y estoy segura de que la opinión de tu padre sigue siendo la misma. «Cariño, no tengo ni idea de cómo encender el móvil» —recita imitándolo; mi madre posee una habilidad especial para conseguir su tono resignado—. Te borraría los seguidores y haría las fotos torcidas.

—¿Y qué me dices si tu trabajo se limita a gritar a los *paparazzi*? —bromeo.

Mencionar a la prensa es garantizar una hora, como mínimo, en la que mi madre comparte conmigo las noticias más inverosímiles que han publicado sobre mí, ilustrándolas con recortes que me manda por correo de cualquier revista que haya estado a su alcance. Río y oculto esa parte vulnerable que no asume las críticas. La promesa secreta que me hice al trasladarme a Los Ángeles fue simple: «Habrá detractores, rumores, te diseccionarán en la televisión nacional, es probable que te hundas y olvides el propósito de esto. Pero jamás de los jamases permitirás que tu familia sufra en el ascenso a ese sueño».

Por la noche, hecha un ovillo, oteo las estrellas que brillan con sutileza en la penumbra. Afligidas, constituyen un cuadro lúgubre, como si ellas también añorasen Detroit.

A la mañana siguiente me deshago de las sábanas y camino hacia la ventana para abrirla de par en par, recostándome en el alféizar con el iPhone entre los dedos. Confirmando la reciente rutina establecida que gira en torno a Connor, le escribo. Como si lo echase de menos, como si fuese el combustible que preciso para iniciar el ajetreado día que me espera.

SOPHIE_06:05
Buenos días, Connor.

CONNOR_06:06
Buenas noches, Sophie. Son las diez.

SOPHIE_06:07
Aquí las seis.

CONNOR_06:07
¿De la mañana? Vaya, debo gustarte para madrugar tanto…

Aunque ayer no te despediste de mí…

SOPHIE_06:07

Si esperas que te dé explicaciones… No estamos en ese punto. Y, para tu información, no he madrugado por ti.

Tengo una reunión a las siete y media.

CONNOR_06:08

Prefiero creer que, en parte, te has despertado para hablarme.

SOPHIE_06:08

Eres el primero al que saludo hoy.

CONNOR_06:08

Me siento halagado.

SOPHIE_06:09

Cuéntame cosas sobre ti, no es justo que tengas acceso a mis entrevistas y yo no pueda ponerte cara.

CONNOR_06:09

Te diré algo de mí, el físico no es la parte más importante.

SOPHIE_06:10

Debes de ser muy feo…

CONNOR_06:10

¿Eres superficial?

SOPHIE_06:11

En ciertos momentos. Pero, seamos sinceros, ¿quién no lo es?

¿Acaso no seleccionamos ropa, coches o videojuegos por su aspecto?

Seguro que eres uno de esos adictos a matar zombis que se gastan cien dólares si Ubisoft vende que han mejorado los gráficos.

No me digas que eres la típica que compra los libros por su portada. O que decide qué película ver juzgando la cantidad de tíos macizos sin camiseta que aparecen en ella. De todos modos, no me refería a comprar.

En nuestra interacción no hay dinero de por medio.

SOPHIE_06:13

Claro que lo hay.

¿Has olvidado los trece míseros dólares que perdiste para cenar conmigo?

CONNOR_06:14

Nunca me lo perdonarás.

SOPHIE_06:14

Ojalá seas horrible.

CONNOR_06:15

¿Por qué?

SOPHIE_06:15

Sería demasiado trágico que alguien que escribe tan bien y vive en la otra punta del mapa fuera guapísimo.

CONNOR_06:16

Puedes imaginarme como quieras.

SOPHIE_06:16

Eso ha sonado fatal, Connor.

CONNOR_06:16

No era mi intención...

SOPHIE_06:17

Dijiste que vas a la universidad, ¿qué estudias?

CONNOR_06:18

Geografía en el University College de Londres.
Sí, es una carrera con salidas limitadas.

SOPHIE_06:18

No oirás críticas mías al respecto, yo no seguí el camino
convencional precisamente.

¿Qué edad tienes?

CONNOR_06:19

Veintidós.

SOPHIE_06:20

Yo diecinueve.

CONNOR_06:20

Lo sé. Lo miré en Wikipedia. Tu cumpleaños
es el treinta de diciembre.

SOPHIE_06:20

Eres un acosador.

CONNOR_06:21

Si lo fuera, no te lo estaría confesando. O sí…

No lo sé. Me intrigas, Sophie.
Cuanto más indago sobre ti, más quiero conocerte. Pero de verdad,
no esas preguntas estúpidas como tu color favorito, si prefieres
playa o montaña o tu canción preferida.

SOPHIE_06:22

Te parecerá una tontería, pero siento curiosidad, ¿cuáles son tus gustos musicales?

CONNOR_06:22

Indie, hiphop, los clásicos.
Como si no lo hubieras visto en Instagram…

SOPHIE_06:23

¿Y tu canción preferida?

CONNOR_06:23

¿En serio?

SOPHIE_06:24

En serio.

CONNOR_06:25

Vas a reírte de mí, pero me estoy obsesionando con tu voz.

No se me ocurre qué agregar y, sin que sirva de precedente, me alegra recibir una llamada de Greg para anunciar que el *unboxing* de regalos de fans ya está subido al canal y que ha colgado un par de *stories* con el enlace. Recuerdo la conversación que tuve con Connor por privado, apenas dos frases, pero suficiente para que mi mánager se entrometa, así que hago una captura de pantalla y borro el chat.

Dispongo del tiempo justo para ducharme, desayunar algo ligero y ponerme al día de las publicaciones en Facebook antes de que Vledel haga sonar el timbre de casa diez veces. Mi genio sin lámpara, el que transforma un evento soporífero en la fantasía más extravagante y colorida que solo su visión privilegiada logra componer. O, como lo describe Greg, «el estilista zumbado pero eficiente que proporciona ropa de marcas prestigiosas a cambio de menciones en redes sociales».

Se presenta con el maletero repleto de conjuntos guardados en bolsas de plástico y cuidadosamente etiquetados con el nombre del diseñador y la franja horaria en la que está permitido ese *look*. Podría verlo a kilómetros de distancia gracias a su exagerada cresta negra con las puntas de un azul eléctrico impactante a conjunto con sus ojos. Se quita el chaleco y hace un par de comentarios sobre los nuevos tatuajes que está planeando con un ilustrador amigo de un amigo del hermano de su preparador personal. Su lista de contactos es interminable.

—No tienes espacio —dictamino señalando sus brazos, cubiertos hasta los hombros con dibujos de flores entrelazadas e iniciales de miembros de su familia y algún ex cuya existencia le quita el sueño.

—Empezaré por la espalda.

Cuelga las carísimas prendas del perchero móvil que puse en el salón ante su descontento al tener que depositarlas arrugadas en el sofá, y me da un abrazo.

—¿Traes ropa para lo que queda de año?

—He tardado tres semanas e infinitas llamadas de teléfono para conseguir estos trapitos, por no hablar de las noches sin dormir combinando cada pieza y cerciorándome de que no hay nada de tonos pastel, porque no somos predecibles. Así que no te permito que uses ese sarcasmo para referirte a mi trabajo.

—Me alegra verte —confieso.

Es cierto. Vledel forma parte del equipo desde el principio, cuando otros estilistas se negaban a contestar los mensajes de Greg o le mandaban una «lista de motivos por los que no vestirían jamás a una *youtuber* adolescente cuyos poemas de amor están dirigidos a niñas carentes del dinero suficiente para permitirse un simple bolso de mano».

—Sí, bueno... A mí me alegra ver la luz del sol, contrátame a jornada completa para que rechace los próximos desfiles que surjan. No soporto a las modelos.

—Ni ellas a ti —concreto.

Le he visto pelearse con varias chicas que se negaban a salir a la pasarela si no era con el diseño que cierra el desfile. «No soporto los egos», es el comentario que más repite Vledel. Eso y «no te voy a desvelar mi nombre completo en ninguna circunstancia, ni con alcohol de por medio». Asegura que se lo cambió al descubrir que en Hollywood nadie te contesta al teléfono si suenas a corriente y aburrido.

Como es tradición, revisamos sus propuestas y nos escabullimos a la cocina a por un batido natural y *superlight* de verdura que relegamos por un refresco gaseoso con patatas fritas.

—Si no entro en ninguno de esos vestidos, será culpa tuya —lo amenazo.

—Por favor, el que no va a entrar en nada soy yo. Estoy harto de tantos rechazos y ahogo las penas engullendo. Ojalá tuviera diez años menos para sobrevivir a base de comida a domicilio.

—También preparan ensaladas a domicilio, y no estás mal para tener treinta y cinco.

—Treinta y cuatro y catorce meses —puntualiza—. No lo sé, Sophie, voy a retirarme del mercado por un tiempo.

—Eso dijiste el mes pasado y a los dos segundos tuviste una cita con la camarera pelirroja y el abogado de estilo surfero.

—El corazón toma sus propias decisiones.

Ese es su discurso antes de preguntarme por Greg, su amor platónico. Llegó a pedirle una cita, y fue tan atrevido que le ofreció un par de esmóquines para que «no eligiéramos lo mismo, no hay nada más ridículo que una pareja vestida igual». Mi mánager musitó un cortés «no estoy interesado». Vledel, que no está acostumbrado al rechazo, casi tropezó del disgusto, y esa es la poderosa razón por la que Greg nunca se encuentra disponible cuando tengo que elegir prendas para algún evento.

—¿Sigue soltero?

Jamás admitirá que está colado por él, pero los alfileres clavados en mi piel en lugar de en el dobladillo de las camisas lo delatan.

—No lo sé. Regla de la casa, nada de cuestiones personales —recito.

—Me encantan los chicos misteriosos.

—Greg no lo es. Más bien malhumorado, serio e intenso. —O eso me fuerzo a creer.

—La profesionalidad es un atributo superatractivo. ¿Te has parado a escuchar la voz de tirano déspota que pone por teléfono? Por eso nunca descuelgo sus llamadas, me desconcentra y termino enviándole un *e-mail* para verificar si he entendido bien lo que pide o mi cerebro ha dejado de funcionar por falta de riego sanguíneo. Ya sabes a qué me refiero. —Apunta a su entrepierna y pongo los ojos en blanco.

Quien afirme que una sesión de vestuario no agota es que no ha pasado cuatro horas seguidas subida a un taburete con infinidad de agujas a su alrededor, hundiéndose entre telas y miles de combinaciones que resultan aceptables, pero no deslumbrantes, así que volvemos a empezar hasta que las prendas están modificadas a una medida aceptable y cada complemento queda guardado en una bolsita de terciopelo con el número de estilismo que hemos decidido. Hago una foto de cada propuesta por si las etiquetas se caen o no descifro la letra de Vledel, que se asemeja más al cirílico que a nuestro abecedario. Finalizo tan cansada de las pruebas que lo único que me apetece es tumbarme en la cama y poner una serie de fondo que ni me dignaré a mirar. Una jornada más completada, una reunión más que tacho de la agenda.

* * *

El sonido de un mensaje de WhatsApp se convierte en mi despertador favorito, anunciando el inicio de un nuevo y prometedor día. Sonrío antes de echar un vistazo a la pantalla, sé que es él.

CONNOR_08:14

Buenas noches, Sophie.

SOPHIE_08:14

Buenos días, Connor.

CONNOR_08:15

¿Hoy también tienes reuniones?

SOPHIE_08:15

Un viaje a Nueva York.

Todavía dispongo de tres horas para hacer la maleta y rezar a los dioses de cada religión para que el avión no se estrelle.

CONNOR_08:16

¿Miedo a volar?

SOPHIE_08:17

Pavor, en especial al despegue.

CONNOR_08:17

Tu confesión me ha fulminado… Nunca vendrás a verme.

SOPHIE_08:19

Una pastilla y duermo como un bebé.

CONNOR_08:19

¿Eso es un sí?

SOPHIE_08:20

Es un «no lo sé porque no te pongo cara».

Podría confundirte con cualquier geógrafo británico.

¿Puedes enseñarme una fotografía tuya?

CONNOR_08:21

Es pronto.

SOPHIE_08:21

¿Pronto para qué?

CONNOR_08:22

Para que me rechaces.

SOPHIE_08:22

Si es por lo que dije de ser superficial…

A los siete años acompañé a mis abuelos a adoptar un perro de la protectora de animales. Y terminaron llevándose a uno cojo sin raza. No soy tan horrible.

CONNOR_08:23

No pienso que seas horrible.

SOPHIE_08:23

Lo pensaste.

CONNOR_08:24

Ni por un segundo.

SOPHIE_08:24

Vamos, Connor…

No es justo, tú sabes cómo es mi cara.

CONNOR_08:25

No te habría pedido una foto aún, te doy mi palabra.

SOPHIE_08:25

Connor.

CONNOR_08:26

Dime.

SOPHIE_08:27

¿Puedes mandarme una nota de voz?

CONNOR_08:27

Si me envías tú otra a cambio.

SOPHIE_08:28

Trato hecho.

Grabo un insulso «hola, Connor, encantada de hablar contigo».

CONNOR_08:37

No escuches mi audio hasta que no estés en el avión.
¿Lo prometes?

SOPHIE_08:37

Lo prometo.

CONNOR_08:38

Si un meteorito nos fulminase mañana, moriría feliz sabiendo que
una parte de mí, por ínfima que sea, ha colisionado con tu mundo.

SOPHIE_08:39

¿Tan impresionante es lo que has mandado?

CONNOR_08:39

Es una auténtica mierda, Sophie.
Pero es mi pequeña huella de fan embelesado.

Mi mayor vicio es aplazar cosas. Para la semana que viene, el mes que viene, el año que viene. En mi idioma se traduce a «nunca lo haré». A menos que Greg se presente en mi puerta con un megáfono gritando la penalización que deberé pagar si no salgo de la cama y cumplo con mis obligaciones. Sucedió una vez. El rubor en las mejillas me acompaña mientras preparo las maletas y hago malabarismos para que quepan los cinco vestidos de Dior, los atuendos deportivos de Asos y los cuatro pares de Adidas que las marcas han enviado. No sé cuántas veces al día esperan que me cambie si apenas estaré veinticuatro horas en Nueva York.

El taxi espera puntual en la puerta de casa a las once. Greg sale del asiento del copiloto; lo observo durante unos segundos, en ocasiones me cuesta recordar que es mi mánager y no el modelo de un anuncio de perfumes, altísimo y atlético. Su rostro roza la perfección, con las cejas muy pobladas y unas larguísimas pestañas que delinean su mirada de color verde oscilante salpicada por mil puntitos de tonos anaranjados, como una puesta de sol. Parecen unos ojos mágicos, cambiantes con su temperamento, el clima o los tonos de ropa que viste, los cuales se reducen a uno: negro. Camisetas básicas, tejanos o pantalones de vestir, deportivas Nike e incluso zapatos de charol. Todo ello negro y, por mucho calor que haga, a conjunto con su chaqueta de motero sexi sin moto. He llegado a la conclusión de que las odia, pero nunca me explica por qué.

—Llegas tarde y ni siquiera tenías que llegar a algún sitio, estamos en la maldita entrada de tu casa —refunfuña despeinándose el pelo, oscuro y liso, más de lo habitual.

Es ese aire de aparente dejadez, cabello revuelto e irresistible barba de dos días, que emula la naturalidad de alguien que acaba de levantarse y se considera capaz de conquistar a su propio reflejo, el que vuelve locas a las chicas.

—Tres minutos tarde —subrayo.

Sus labios se curvan en un mohín de desaprobación, similar a sus sonrisas irónicas, arquea la ceja izquierda y carga con mi maleta hasta colocarla cuidadosamente en el maletero.

—¿Has metido un muerto? —pregunta pasándose los dedos por el mentón.

Necesito más de unos minutos para saber si está de buen humor o no. Aun así, me arriesgo.

—Un par de trapitos que me ha prestado tu amigo Vledel. —Entrecomillo «amigo» con los dedos por si no capta la evidencia.

—Me apetece tanto irme de viaje contigo… —comenta con amargura, y se pone las gafas de sol sin darme tiempo a averiguar de qué tono son sus ojos hoy; mi favorito: un verde esmeralda tan oscuro que tienes que aproximarte y contemplarlo con detenimiento hasta apreciar un color oliva o viridián.

—¿Llevas el pasaporte? —inquiere con voz mecánica, el tono de trabajo.

—Sí.

—¿La ropa etiquetada?

—Sí.

—¿No existe ningún motivo por el que debas entrar de nuevo en casa y hacer que perdamos el avión? —Su sonrisa torcida acompaña a su interrogante y conforma la sátira perfecta.

—Lo llevo todo.

—¿Sujetadores incluidos?

Si no me sacase veinte centímetros, le daría una colleja en la nuca por hacerse el listillo. Ocurrió hace tres semanas, cuando olvidé meter ropa interior y volvimos a por ella porque me niego a comprarla en una tienda y ponérmela sin lavar. Un razonamiento lógico.

Esta vez llegamos sin correr por el aeropuerto y sorteamos a pasajeros que vagan de una tienda a otra para matar el aburrimiento. El vuelo se retrasa dos horas, estoy tentada a ponerme los auriculares y olvidarme del mundo con el último disco de Lorde hasta que Greg golpea mi hombro.

—Memoriza —sugiere mientras me entrega un papel.

Como es habitual en los eventos, me da su famosa lista con las palabras malsonantes que no puedo pronunciar bajo ningún concepto en presencia de menores. «A menos que esperes que vídeos tuyos insultando circulen por la red y no vendas más entradas», me previene su semblante de advertencia. Antes de embarcar me da la habitual pastilla para dormir y me cede el asiento próximo a la ventanilla, mi favorito.

Le devuelvo la hoja confirmando que he retenido su contenido y me entrega un libro. Al principio bromeaba acerca de su manía de educarme.

—No van a darme un título universitario por mucho que lea.

—No rechaces estudiar en un futuro.

Pero sé que no era en serio, él se graduó en Filología Inglesa y ha acabado «reservando habitaciones de hotel y vuelos a una adolescente con un pésimo uso de la ironía».

—He contactado con un terapeuta —confesó—, sostiene que las personas con ansiedad a volar se relajan al centrarse en otras cosas. Así que lee, es realmente bueno.

Y lo hice por la simple curiosidad de saber cuáles eran sus gustos literarios. Desde entonces forma parte del ritual: acariciar las páginas de una novela física, nada de *e-books*, iPads u ordenadores. Hoy rompo la tradición y pospongo la lectura para descargar el audio de Connor antes de poner el móvil en modo avión. Escucho su voz por primera vez, coincidiendo con el despegue, tal como le prometí.

—Me gusta la idea de que estés pensando en mí, sin conocerme ni ponerme rostro, por el simple hecho de escuchar mi voz —musita un tanto inseguro, y se me eriza el vello de los brazos—. Es lo que me ha ocurrido a mí en miles de ocasiones con tus poemas, olvidándome de un mal día, centrado en cada metáfora, en tus pausas, acompasándome a tu respiración. Puede que en un futuro lejano subas a un avión para venir a verme, lamento confesar que con mis ahorros no llegaría más allá del mar. Si esa utopía llega a producirse, prometo mandarte audios tan largos como necesites para distraerte durante el despegue. A decir verdad, no me cabe ninguna duda, Sophie; tú y yo, sea en esta vida o en otra, nos miraremos cara a cara.

CAPÍTULO 3

Acero sensible

Amanece. Contemplo el paisaje a través de las cortinas de seda desde las cuales alcanzo a ver un patio interior iluminado por la tenue luz de cuatro farolas aún encendidas. Odio que esté desierto, que las vistas de mis habitaciones nunca sean al exterior. Para evitar que sepan dónde me hospedo, que hagan cola en la entrada y el director del hotel se presente personalmente en mi puerta para anunciar que debemos marcharnos. Como ocurrió tras los eventos de Denver, Boston y Memphis.

No veo coches pasar, pero los oigo en la lejanía. Alguien está despierto y ese simple pensamiento, por insignificante que sea, me hace sentir acompañada. No es fácil transformar estancias ajenas en tu hogar, por eso dispongo de una lista de peticiones que Greg denomina «exigencias de diva». A mi parecer, se asemejan más a un kit de supervivencia para conservar la cordura en mitad del torbellino. Hay días en los que no sé en qué ciudad estoy y los meses del calendario desfilan ante mí a un ritmo vertiginoso. Las velas aromáticas ayudan; cierro los ojos y aspiro el perfume a vainilla, evoco esos domingos en familia en los que jugábamos a tirarnos globos de agua en el jardín y hacía galletas de distintas formas y tamaños, cuantas más mejor, para llenar la bandeja del horno antes que mi hermana. Eso es la felicidad, un recuerdo de cuando mi vida era simple.

Mi segunda petición es un cojín de plumas, similar a los que abrazaba en mi cama de Detroit. Por más empeño que ponga, no sé dormir con almohadas. Mi madre es la culpable; ella y su falta de previsión al encargar mi cuna, la cual tardó meses en llegar, y, a esas alturas, mi versión diminuta con pañales ya se había acostumbrado a la suave muralla fortificada compuesta por seis cojines a su alrededor. El requisito indispensable que pone el broche final a mis demandas consiste en llamar al servicio de habitaciones para pedir que me traigan algo de chocolate; un trozo de pastel, bombones, chocolatinas, lo que sea con el 70 % de cacao que vaya a aportarme energía y buen humor. A veces me puede la presión y me alejo de Greg para no pagar mis frustraciones con él, ese es el momento en el que preciso mi dosis de glucosa.

Una reflexión fugaz acude a mi mente; la desecho, pero regresa de nuevo hasta que se torna probable, factible, inevitable. Llamar a Connor. Hago el cálculo mental, en Europa deben ser las tres de la madrugada. Es imposible que esté despierto. Aun así, le mando un icono sonriente y espero, con el corazón en un puño, a que se haya desvelado y mire el móvil, a que no se haya acostado todavía viendo una temporada seguida de *Juego de tronos* o, quién sabe, buscando más entrevistas de Sophie Dylan.

—Joder —me saluda su gruñido soñoliento mediante una nota de voz de WhatsApp—. Más te vale acompañar ese icono con una explicación decente para despertarme a las 3:28.

Contengo la risa. Si no tuviera la certeza de que le caigo bien, me tomaría en serio sus palabras.

—Quería darte las gracias por el audio. Me distrajo los minutos necesarios para evitar cavilaciones sobre la muerte y la capacidad de experimentar dolor si la explosión dura apenas unos segundos —confieso, y camuflo mi gratitud entre tintes de dramatismo.

—Me alegra que hayas sobrevivido a un vuelo de dos minutos.

—Son casi seis horas —apunto.

Me dejo llevar por el impulso y presiono el botón de videollamada sin preocuparme por peinarme o buscar un ángulo favorecedor. Si logra ver una imagen nítida de otro color que no sea gris difuso, será un milagro.

Acepta la invitación, en su lado no se advierten más que sombras.

—Estás muy oscuro, Connor —saludo riendo.

—Porque estoy durmiendo. O eso intento —protesta.

«Pero no ha colgado, le interesas más que unas monótonas horas de sueño.»

—Vamos, hace un día magnífico. ¿Te enseño mis vistas?

Antes de que responda, enfoco la pantalla hacia la ventana.

—Son unas vistas horribles —espeta. Percibo que se está despertando por la cadencia de su respiración—. Qué feo es Nueva York.

—Puedes venir si quieres, tenemos toda la planta ocho reservada —lo invito.

—Qué ostentoso —bufa.

Guardo silencio. No sé cómo tomarme su comentario.

—¿Sophie?

—Sí.

—Estaba bromeando.

—Ya… —Pero noto la punzada de desilusión arraigada en mi pecho.

—Por si no estás entendiendo mi humor a estas horas de la madrugada, me alegra que hayas escrito. Y hablado. Y *videollamado*. —Espera unos segundos a que añada algo, no se me ocurre el qué—. Quiero escucharte sonreír.

—Las sonrisas no emiten sonido —puntualizo.

—Discrepo. —Le oigo moverse, sentarse contra el cabezal de la cama—. Las comisuras de los labios alzándose ligeramente y provocando que los diecisiete músculos de la cara se flexionen, puede que hoyuelos en las mejillas, un latido fuerte que resuena en los oídos, arrugas en el rabillo de los ojos cuando la sonrisa los alcanza e ilumina… Te prometo que soy capaz de percibir todas esas cosas.

—Estás loco —sentencio, un loco peculiar y entrañable.

—Puede. Y te acabo de escuchar sonreír.

—Debería dejarte dormir.

—Deberías encender una luz para que pueda saber si estoy charlando contigo o con un cíborg.

—Solo si tú también me dejas verte —lo reto.

«Dirá que no, se desconectará de repente, tapará la cámara con el dedo y simulará que no funciona.»

—Está bien —accede contra todo pronóstico.

—A la de tres. Una…, dos… y… tres.

Enciendo la lámpara de la mesita de noche, sin esperanzas de que Connor haga lo mismo. No llevo maquillaje, mi pelo está recogido en una trenza lateral despeinada, no me lo sequé anoche y hay un par de mechones rebeldes.

Nada de eso me importuna al verlo, delinearlo y devorarlo por primera vez. Olvido quién soy. Me sumerjo en su imagen y mi periferia se diluye como una gota en mitad del océano. Las piezas del rompecabezas que había creado de él vuelan por los aires, sustituidas por nuevas de colores vivos que me aceleran el pulso. La ficción se ve superada por una realidad que me arrebata el aliento. El castaño chocolate de su pelo, que le cubre las cejas, acentúa la palidez de su piel. No obstante, mi atención se centra en sus ojos, inmensos, amables, color avellana. Sonríe y lo oigo. Percibo cada milímetro de su rostro en movimiento; sus pupilas brillándole a la madrugada, sus pómulos alzándose ruborizados, la hilera de dientes que reluce al separar los labios y pronunciar un discreto «hola». No se me da bien leer a las personas, pero su aspecto se asemeja al de actor secundario, el antagonista al chulito de expresión amenazante y mandíbula apretada, ese tipo de chico que desprende bondad y se convierte en tu mejor amigo. El que vela para que nadie te haga daño.

—¿He pasado el examen? —inquiere frunciendo el ceño.

—Yo no…

—Tú sí. Me has hecho un buen repaso facial, Sophie.

—Es… normal. Cualquiera observaría con esmero cuando le presentan a alguien.

—Claro… —Ríe y se apodera de una parte de mí—. ¿Mi cara merece la pena para sufrir la angustia de cinco minutos de despegue?

Ya lo creo que sí.

Horas más tarde, mientras me abrocho el cinturón y trago la pastilla que templará mis nervios en el vuelo rumbo a Los Ángeles, sigo creyéndolo. Saco mi libreta celeste y apunto algunas ideas bajo la atenta mirada de Greg.

—¿Qué haces? —curiosea al verme anotar a la velocidad del rayo.

Es otra de mis manías: los poemas y quebraderos varios mejor sobre papel.

—Escribo.

—¿Para YouTube?

—Puede —musito coronando la página con el título «Ocho horas de distancia».

—Pensaba que estabas harta.

Lo estaba hasta hace poco. Stacey, una escritora amiga de un amigo que vive frente a Vledel, ha redactado los textos durante los últimos dos meses. Acudo al estudio mensualmente para grabar la voz en *off* y Greg se encarga del montaje. Solo edito los vídeos que realizo en casa. Presiento que eso va a cambiar. No sé de dónde proviene esta repentina inspiración, o puede que lo sepa y Connor sea el culpable. Él y sus audios ridículamente empalagosos.

Kassidy está tan entusiasmada con mi aventura cibernética como con su nueva conquista, un rapero que está empezando en el mundo de la música y que le manda mensajes antes, durante y después de sus sesiones para compartir más que una relación profesional. Mi amiga me llama al día siguiente de mi regreso a California y, por el volumen de su narración, ha habido besos en esa cita que tuvieron y que solo era «ir a tomar unas cervezas, pero terminamos en su casa fingiendo que veíamos una peli».

—No va a durar —me asegura al otro lado de la línea—. Cuando saque su próximo *single* y las adolescentes le tiren tangas al escenario, pasaré a ser una idiota más que le lame el culo.

—Eres tan optimista…

—Realista, Sophie. Mis antecedentes lo confirman.

Y lleva razón, en asuntos del corazón es la chica con peor suerte del estado.

—Puedo hacer un vídeo contigo en busca de solteros. «Kassidy a la caza de un buenorro» o algo así.

—No degrades tu canal a un *reality* cutre, me conformo con experimentar el amor a través de ti. ¿Cómo fue el viaje?

—Horrible, como siempre. —Resoplo y echo un vistazo a la maleta, aún sin deshacer—. Jamás superaré el miedo a volar.

—Me refiero a la estancia —aclara.

—Encerrada en el hotel, le pedí a Greg que comprase camisetas y pines del Empire State Building, hay una bolsa para ti en alguna parte.

—Te quiero por ello. ¿Qué tal la conferencia?

—No lo sé, me pongo tan nerviosa que mi mente retiene una cuarta parte de lo que ocurre. Los comentarios en redes son positivos. —Y es lo que importa.

—¿Nada más que contarme aparte de trabajo? —Su tono de periodista a la espera de un suceso suculento que desmembrar en directo me provoca una risita risueña.

—Hablé con Connor.

—Por supuesto que lo hiciste. —Estoy segura de que está guiñándome un ojo.

—Lo vi. Tiene cara, y resulta que es más guapo de lo que había imaginado.

—Sé sincera, realmente pensabas que era un viejo pervertido.

—Es posible —coincido.

—¿Hiciste capturas de la videollamada?

—¿Por quién me tomas? ¿Un fotógrafo hambriento de exclusivas?

—Por una amiga solidaria que ilustra sus romances con imágenes —aclara enfatizando el concepto «amiga».

—No lo pensé.

—Claro que no, eres una sosa. Mi romance, si es que puedo denominarlo así, está llegando a su fin antes de empezar y no me das datos para seguir creyendo en el amor —se esfuerza por poner voz trágica—. Brad y Angelina lo dejan, Taylor Swift y Calvin Harris también. ¿Dónde quedaron los cuentos con finales felices?

—Le pediré una foto a Connor para mandártela. ¿Contenta?

—Lo dudo, pero me conformo con que me des permiso

para abrir algunos de tus paquetes. Mi apartamento es minúsculo y detesto saltar cajas.

Lo había olvidado. Le di la documentación para que re cogiera las cartas y los regalos que hubieran mandado a mi apartado de correos.

—Tienes vía libre para abrir y quedarte lo que te guste. Pero antes tendremos que grabar otro *unboxing*.

Me pone en manos libres y empieza a destripar cartones y plásticos.

—He dormido al lado de un colgante de Tiffany's los últimos días, necesito aire. Creo que son diamantes —anuncia con exaltación.

—Hazle una foto para subirla a *stories* y es todo tuyo.

—Me falta el oxígeno. Imagina un mono negro de Adidas con un collar de lágrimas aurora boreal. —Juraría que tiene los ojos llorosos.

—Prefiero no recrearlo, el deporte y los pedruscos no casan.

Pero me manda una selfi y no combina tan mal como creía, es un estilismo que Vledel aprobaría para un evento desenfadado al mediodía.

Esa misma tarde recibo un correo de Greg con mi planificación para los próximos días y noticias de la campaña que firmamos con LeFleur.

Acaban de enviarme las fotografías de los bañadores Dalvin, quieren que las publiquemos cuanto antes para que las rebajas de julio coincidan con la presentación de la nueva colección. Quedaron encantados contigo.

G.

No sé qué hice bien, apenas recuerdo el bochorno y la vergüenza al posar sesenta minutos para tres entendidos en moda. Respondo con una carita sonriente y dejo que mi mánager lleve a cabo las publicaciones desde su casa. Arrincono el tema hasta que un mensaje de mi madre me pone en alerta esa misma noche: «No hagas caso a nadie, estás estupenda, eres mi niña preciosa». Encuentro la explicación en la sección de comentarios de Instagram: un aluvión de críticas y usuarios que se contestan unos a otros y que opinan sobre mí.

«Photoshop. Me gustaría verla recién levantada, sin retoques ni maquillaje.»

«Los bikinis son impresionantes, a ella le sobran algunos kilos.»

«Lo que hace la gente por dinero.»

«Está gorda.»

«Miradle las piernas, ¿cómo se ha atrevido a subir estas fotos?»

«Como siempre, las marcas se venden ante el número de seguidores. Esta chica ni es modelo ni tiene las medidas para hacerse este tipo de sesión.»

«Parece una foca.»

«¿Y si promocionas cremas para la celulitis? Te hacen más falta.»

«La vi en persona en el evento de VidSuccess y es guapísima. Dejad de hablar sin saber, necesitáis una vida.»

«Ordinaria, enseñas más de la cuenta.»

«Chicas, calmaos. Las mujeres tenemos que apoyarnos.»

«¿Por qué tengo que defender unas fotografías que no me gustan? ¿Por el hecho de que la protagonista sea una mujer? Este no es el ejemplo que quiero para mis hijas.»

«Soy de Detroit, estudié con ella y os aseguro que está operada, su cara no era así en el instituto».

«El problema no es de Sophie, sino de la gente que le aconseja mal.»

«Que ganes dinero usando tu cuerpo va en contra del feminismo y el poder de la mujer que tanto abanderas en tus vídeos.»

«Te sigo desde el principio y admiro tu trabajo, tus escritos son la banda sonora de mi vida desde que rompí con mi primer novio a los diecisiete. Eres prácticamente parte de mi familia, por eso te daré un consejo: no vendas tu cuerpo. Tenemos suficiente con tu alma y con las emociones que transmites usando las letras.»

«¿Esta es la chica que publicaba frases de amor en internet? ¿Ahora es modelo?»

«La prostitución de los *millennials*.»

Quinientos. Setecientos. Mil comentarios que me zarandean y llenan mi boca de un regusto agrio. Un portazo severo y repentino que retumba en mi interior, recoloca mis órganos y me baja de las nubes. Greg no tardará en moderar semejante espectáculo y colgará algún mensaje a favor de las diferentes tipologías de la silueta feminina, sé que no me mencionará nada. Nunca lo hace desde el ataque de ansiedad que sufrí al compartir una fotografía recién levantada que eliminé por la controversia que se generó en Twitter. Desde entonces no leo opiniones. Excepto hoy.

Las inseguridades me alcanzan como olas que llegan lentamente a la orilla y golpean mis pies un par de veces hasta desaparecer y dejar restos de espuma sobre mi piel. Cuando creo que no van a reagruparse, me doy cuenta de la cantidad de litros que posee el mar. De nada sirve cerrar los ojos, tomar aire, soltarlo lentamente. Los insultos, los juicios de valor y la carnicería siguen ahí.

«Tú solita te expones subiendo este contenido, siendo famosilla, ganando con una foto lo que yo tardo cinco meses en ahorrar. Así que ignora mis palabras si no son de tu agrado, pero opinaré sobre lo que me dé la gana. ¡Viva la libertad de expresión!» Ese fue el alegato de @summerhappiness17 cuando pedí respeto y que pararan de compartir los pantallazos que habían hecho de mi selfi después de borrarla. Algo similar escribirían en el presente si les recordase que nadie merece ser acorralado en una habitación en la que le gritan sus defectos, lo machacan y destripan su autoestima. ¿Acaso esos fantasmas virtuales tendrían el coraje de decirme a la cara lo que teclean tras una pantalla?

Hoy en día se ha extendido el mantra de «los cargos vienen con sus cargas». Si quieres ganar millones, llenar estadios, firmar autógrafos y pisar alfombras rojas ataviado de excentricidades caras, debes prepararte para el destrozo que hará de ti la sociedad. Te analizarán minuciosamente en busca de un botón descosido, una cremallera ligeramente bajada, un mechón de pelo que sale del moño, una uña rota, la tela arrugada de tu falda, las pestañas postizas mal colocadas, un diente que sobresale de la perfecta línea que forman los demás. Cualquier excusa es bienvenida para ser jueces del *reality show* de la fama. Si te presentas al *casting*, aunque no ganes el premio gordo, nada volverá a ser igual.

Tu vida ya no es tuya, para bien o para mal. Por cada

fiel grupo de seguidores que adularán tus peripecias y crearán cientos de cuentas de fans en las que defenderán a capa y espada tus deslices, anunciarán tus próximos proyectos y el precio de la marca de ropa que llevaste la semana pasada, habrá otro conjunto igual de agresivo. Movido por el odio. Manifestarán su animadversión en tus redes sociales y en las de las marcas que trabajen contigo, difundirán rumores falsos y extenderán el rencor como quien lanza un cigarrillo en un campo inmenso a sabiendas de que la combustión del verano alimentará ese fuego imposible de extinguir. Ese es el peligro de internet, una apreciación negativa inicia una pandemia. Y, si algo se repite con frecuencia, termina convirtiéndose en realidad.

Colgar una imagen, desde tu lugar seguro y después de pasar millones de filtros, suena a una tarea asequible. Casi me avergüenza reconocer los minutos que puedo dedicar a seleccionar y retocar una fotografía. Si fuera posible alcanzar esa perfección en el día a día, daría horas de sueño, de vida, para transformar mi mundo en uno de mis vídeos perfectos, cuidados, en los que cada cosa posee las proporciones exactas para ocupar su lugar. En ocasiones me asaltan las dudas. Me debato sobre si el instinto protector de Greg es una herramienta vital en toda carrera bajo la mirada pública o si se trata de un mecanismo desarrollado especialmente para mí. ¿Cree que soy débil, incapaz de digerir la cruda honestidad? ¿Que mi salud mental se verá afectada si no construye diques de contención?

—Eres de acero, Sophie, de un acero sensible difícil de encontrar —es su manera de describirme.

Fuerte y frágil al mismo tiempo. Pero no todo el tiempo.

Releo un par de comentarios para persuadirme de que son absurdos, pero las cifras se disparan en mi contra y no las consigo acallar. «Gorda, vendida, guarra, mantenida», claman las voces. Esa noche es la primera que me acuesto sin cenar.

El único sonido proveniente del móvil que no ignoro esa semana es el mensaje de Nia poniéndome al corriente de que ella y dos amigas de LeFleur asistirán a una fiesta. Convencer a Greg de lo que sea es escalar un muro de hormigón de siete metros con las manos atadas a la espalda. La cosa cambia si acabas de regresar de un viaje. Los trayectos, las reuniones con representantes de marcas y los fans agolpados en el aeropuerto a la espera de un pedacito de Sophie le agotan. En consecuencia, pasa los días siguientes exigiendo menos, trabajando en la sombra hasta que se planta en mi puerta con una nueva hazaña a la que destinar las energías que hemos repuesto. Pero para eso aún falta.

Le informo de la invitación de Nia; a pesar de que no le deba explicaciones de cada paso que doy, me gusta mantener una relación cordial, sobre todo en vista de que a la prensa le encanta llenar portadas con fotografías robadas de cenas, paseos, toples en la playa y fiestas. Me contesta con un «pásalo bien» y temo que no esté en sus plenas facultades. O quizá le doy pena después de lo de Dalvin, quién sabe. No hacer preguntas sigue siendo la premisa que rige nuestra relación.

Paseo por el vestidor con tres perchas en la mano, en busca de la elección idónea. Lanzo las propuestas sobre la cama y detallo los pros y los contras de cada una. El vestido turquesa, con volantes en los hombros y un lazo de raso en la espalda, es escandalosamente corto. El blanco tiene un corte perfecto, palabra de honor y falda de vuelo. Sin embargo, no es la opción adecuada cuando te baja la regla. El mono *burgundy* fue mi prenda preferida hasta que me percaté de lo bajita que me hacía, y Vledel no me ha prestado tacones cómodos con los que superar una velada de pie. Echándome las manos a la cabeza, arrastro los pies rumbo al vestidor y saco tres diseños más, entre los que me decanto por uno ancho y oscuro por encima de la rodilla. Aplico capas y capas de pintura hasta que aparento diez años más, unos toques finales con la plancha para que en mi melena no quede ni una sola punta rebelde y estoy lista para salir.

El taxi me deja frente a la puerta del local más exclusivo de Malibú, una discoteca en la que, si no estás en la lista, no importa lo mona que le resultes al encargado de seguridad o las muestras de cariño que le profeses: no pasarás. El interior huele a perfume caro. Las paredes son negras, teñidas por las luces que deambulan de un lado a otro y se mecen al ritmo de los cuerpos en la pista de baile central. Le mando un mensaje a Nia y no tardo en encontrarla sentada en un rincón, escoltada por dos chicas preciosas. Se despide de ellas entre risas y camina en mi dirección, su diminuto vestido camisero de satén rosado le cae sobre los muslos con suavidad.

—Me alegra que hayas venido. —Me saluda con la mano separando el aire.

—Gracias por la invitación —le grito al oído, la música está tan alta que apenas se puede mantener una conversación.

—¿Habías estado antes en el Gold? —Sus dientes resaltan con el pintalabios color berenjena.

—No, es un sitio alucinante.

—¿Cómo estás?

—Bien, aunque preferiría tomarme unas vacaciones.

—Hazlo, mi novio ha reservado dos semanas para irnos a Bali cuando termine la temporada. Cuento los segundos.

—¿Sigue en Europa?

—Unos días más, está en una de esas concentraciones de verano que hacen los equipos de fútbol. Ambos vamos al gimnasio, pero solo uno puede comer. —Ríe, aunque no sé si se trata de una broma o si exterioriza sus frustraciones—. Y tú, ¿no tienes a nadie a la vista?

—Nada serio por ahora. —La imagen de Connor se materializa entre los destellos de la pista, por el momento es solo para mí.

—Ven, vamos a hacernos una foto para el recuerdo. Al lado de la barra quedará genial.

Saco el móvil y la hago con el brazo tembloroso, a duras penas alcanzo a ver con nitidez entre los contrastes cromáticos.

—Te falta práctica en el arte de hacer selfis. Dame. —Agarra mi teléfono, lo sube diez centímetros y entonces finge darme un beso en la mejilla sin que sus labios lleguen a tocarme—. Listo.

Mi fotografía y la suya tienen el aspecto del dibujo de un crío de cinco años en comparación con *La Gioconda*.

—Mándamela, no tengo ninguna contigo en Instagram.

—Espera, la subiré directamente —indico abriendo la aplicación.

—Sin filtros, la luz es perfecta así —aconseja mientras el barman nos prepara unos cócteles. Me da una copa y brindamos por encima de la canción pop que está sonando.

—Está fortísimo. —Lucho por acostumbrarme al picor en la garganta que me deja el alcohol.

—Eso es porque no estás habituada a beber. Si lo mezclas con naranja, sabrá más dulce.

Niego, no me apetece añadirle azúcar.

—¿Cómo llevas el lío de Dalvin?

No esperaba que sacase el tema tan pronto, aunque, tratándose de la agencia que la representa, podía intuir que llegaría a sus oídos.

—Prefiero no pensar en ello —admito.

—Me ocurrió algo similar a los quince, di el estirón y mi cuerpo pasó de ser un palo que admitía tanta pasta como quisiera a tener que contratar a un preparador personal y limitar mi dieta a batidos de verduras. Fue duro. Al final asumes que la sociedad se guía por una doble moral hipócrita; si estás gorda critican tu sobrepeso aludiendo a posibles problemas de salud, infartos, incluso te recomiendan un nutricionista. Eso si los periodistas no deciden poner un círculo alrededor de tu barriga e iniciar rumores de embarazo. Y si estás delgada; padeces anorexia, bulimia y maltratas a tu cuerpo.

—Es agotador —coincido.

—Opiniones y más opiniones... Lo importante es que tú, que eres la que va a vivir ahí dentro —señala mi pecho—, estés satisfecha contigo misma. Mierda, te estoy deprimiendo con una de mis charlas.

—Para nada.

En cierto modo, escuchar a alguien con mis mismas preocupaciones me hace sentir segura, parte de un colectivo al que fustigan injustamente.

—¿Animamos la noche? —propone.

—¿Otro? —Agito la copa vacía de mi cóctel, la suya ha desaparecido.

—Hay una manera más eficaz de pasarlo bien ingiriendo menos calorías.

Frunzo el ceño sin comprender.

—Vamos, ¿nunca te han ofrecido cocaína?

—Yo no… No tomo drogas.

—¿Nunca?

—Nunca.

—Para todo hay una primera vez.

—Tengo límites —reitero. El alcohol es lo más fuerte que estoy dispuesta a experimentar, una necesidad para alejarme del declive emocional. Y me pregunto: ¿cómo puedo ser un ejemplo que seguir estando rota? ¿Cómo pueden ser quienes me dan la fama los que me causan dolor?

—No digo que esta sea la noche, pero ocurrirá. Y no tienes que sentirte mal por ello, solo es un poco de diversión, un sedante para el estrés.

—Pensaba que eran mitos, que los famosos no podían trabajar a un ritmo tan alto si están drogados. —Por más que desearía cambiar de tema, hay una curiosidad indescriptible que me incita a indagar.

—Mi objetivo no es morir de una sobredosis, sino seguir aguantando y rendir. La fama no tiene nada que ver; son millones, ofertas, fiestas impresionantes y hoteles lujosos. Una raya de coca es como una siesta tras pasar la noche en vela.

Aguardo con los codos recostados en la barra y no la acompaño a los baños. ¿Acaso verla consumir me corrompería? Prefiero fingir que se está retocando el maquillaje, que la persona que regresará minutos después tendrá las mismas facultades que la que me ha dejado tarareando una canción, acariciando una nueva copa de líquido incoloro con tres hielos y una cereza.

Nia no tarda en volver y, más sonriente que antes, me conduce hasta la zona reservada para presentarme a sus amigas. Holly, de melena negra y rizada, entrecierra los ojos cuando le explico que soy *youtuber*.

—Oh, ¿y te ganas bien la vida?

—Me da para vivir de ello.

—Échame un cable, mi representante quiere abrir un canal para subir los *making of* de las sesiones. Obviamente, no tengo tiempo para llevarlo, ¿quién gestiona tu contenido?

—Yo misma.

—¿En serio?

Asiento.

—¿Podría pasarte el contacto de mi equipo para que lleves mis redes?

—No creo que pudiera con dos canales.

—Claro. —Me examina como si hubiera rechazado un millón de dólares.

Jenna, la tercera componente del inseparable trío, emerge de la pista de baile y se sienta a mi derecha con una elegancia inaudita para los tacones de aguja infinitos que calza.

—No eres modelo —asume con un recorrido superficial por mi aspecto.

Ese gesto reduce las cifras de mi vida a los kilos que me sobran y a los centímetros de altura que me faltan. ¿Por qué debería consternarme la opinión de alguien que acabo de conocer o de un usuario anónimo que ni siquiera utiliza imagen de perfil? ¿Acaso ellos poseen la verdad absoluta? Desconozco la respuesta, pero en este instante les doy el poder de gritarme cómo debería ser. Por encima de la música y de mi propia voz.

—¿Y cuáles son tus próximos proyectos? —inquiere tras las presentaciones formales.

—Dos campañas de accesorios. Siguen insistiendo con el perfume, pero es demasiado.

—¿Sabes lo que necesitas? Un libro. Yo publiqué uno y fue un éxito de ventas, siete semanas seguidas en la lista de los más vendidos.

—¿Sobre qué?

—Algo de una cantante enamorada de un modelo superegocéntrico. No lo sé, es un poco ridículo, idea de la editorial, no recuerdo el nombre de los personajes.

—Como si tuviéramos tiempo para escribir… —replica Holly.

Bailamos y bebo, ellas se limitan a pedir sorbos de mi vaso con los que solo se humedecen los labios. Holly se recuesta en la barra para captar la atención del rubio con barba que le pone copas gratis a cambio de inspecciones descaradas a su generoso escote. Jenna se contonea a la caza de un acompañante que le saque una cabeza porque «no hay nada más patético que agacharte para besar a un hombre». Cerca de las tres de la madrugada, hacen otra visita a los baños.

—Me marcho o Greg me matará —le confieso a Nia.

—¿El bomboncito irresistible que te acompaña a todas partes? —Su sonrisa burlona me irritaría de no estar afectada por la bebida.

—Mi mánager —rectifico.

—Deberías traerlo alguna vez. ¿No has tenido nada con él?

—Trabajamos juntos.

—Eso le daría más morbo, como la fantasía de toda modelo: tirarse a un diseñador.

—No hay nada entre Greg y yo.

—Te gusta —insiste.

—Es guapo, lo admito, pero nuestra confianza no da para... más.

—Te mueres de ganas, se te encienden los ojos al hablar de él.

—No es verdad.

—Un par de copas más y estarás aireando tu amor a los cuatro vientos.

—No me arriesgaré a llegar a eso, tengo que irme —repito.

—Espero verte pronto. —Me lanza un beso al aire—. No quiero estropearte el maquillaje, ese iluminador te sienta genial.

—Gracias. ¿Te apetece pasar el domingo por mi casa? Es mi único día libre, podemos grabar un vídeo de *Preguntas y respuestas*, esos siempre son divertidos.

—Soy más de viernes por la noche. —Me guiña un ojo y desaparece entre la multitud.

Tomo un taxi a casa, tan exhausta y mareada que las voces se han apagado por completo. La resaca que me espera es monumental.

El precio de los sueños

Los sueños desgastan y liman con fervor
porque a todos nos sobran capas, pigmentos, gramos.

A veces solo puedo centrarme en eso;
la sensación de que nunca será perfecto,
de que nunca habrá paz.

CAPÍTULO 4
La habitación de mi infancia

Me anudo una toalla al cuerpo y salgo del baño a regañadientes en busca de un pijama limpio, pasando por alto la vibración del móvil que ha interrumpido mi concierto privado en la ducha. Simular que el bote de champú es un micrófono constituye una de mis tradiciones preferidas desde que vivo sola y nadie compara mis melodías con aullidos procedentes de animales torturados.

Las diminutas gotas siguen deslizándose por mis hombros; en agosto no utilizo el secador y dejo que mi pelo se sanee al aire libre. Mis pies, descalzos, trazan un charco de agua sobre el parqué de mi habitación mientras me pongo una de las viejas camisetas de tirantes de algodón que empleo para estar en casa. Lanzo la toalla empapada a la cama y camino en dirección al dichoso teléfono, que se mece con insistencia sobre el mármol del lavabo.

—Quince minutos y tres segundos —exclama la voz de Greg al otro lado de la línea.

—¿Qué? inquiero sin comprenderle. Paso la mano por el cristal empañado y dibujo círculos en él.

—Lo he cronometrado. Ese es el tiempo que malgasto taladrándome los oídos con tonos, uno detrás de otro, hasta que salta tu contestador.

—Podrías haber dejado un mensaje.

—Que nunca escucharías.

—¿Quién te asegura que te estoy prestando atención en este instante? —Aprovecho para quitar los restos de jabón de la mampara con un trapo.

—No me obligues a presentarme en tu puerta.

—Pensaba ver *Mr. Robot*, aunque quizá preferirías *Peaky Blinders*. Mi nevera está vacía, pásate por algún supermercado que encuentres de camino. Lo haría yo misma, pero no sé si tomas cerveza, palomitas dulces o fulminas a cualquiera que coma viendo una serie.

Su risa sarcástica refuta mi oferta.

—¿Te ha surgido un plan mejor para pasar la noche?

—Como si fuera a consensuarlo contigo —espeta—. Tenemos que darles una respuesta.

Un ácido corrosivo se extiende por mi pecho.

—Escribo poesía y reflexiones breves, no biografías —recalco.

La propuesta de publicar un libro ha llegado finalmente a la bandeja de nuestro correo electrónico con un par de requisitos que no esperaba y que siguen sin convencerme.

—La gente tiene interés en ti —expone mi mánager.

En mi mente tuvieron suficiente con un breve *50 cosas sobre mí*.

—¿No crees que a los diecinueve es un poco prematuro redactar mis memorias?

—La editorial lo describe como «un viaje al pasado para poner en perspectiva el acusante éxito de la joven *influencer*».

—Venden humo. ¿Qué voy a contar? ¿Con cuántos meses empecé a andar? ¿Que mi primera palabra fue *puta*?

—Vaya, desafiante desde el principio.

—Greg, no me apetece publicar un libro a menos que sea de poemas y algunos textos personales —insisto, a sabiendas de que es una batalla perdida.

—A mí me apetece menos llamarte constantemente para recordarte que escribas un dichoso capítulo, pero todos los *youtubers* lo hacen.

—¿De eso se trata? ¿De reproducir la fórmula que otros han inventado?

—Piénsalo, ¿a cuántos menores de catorce conoces que lean poesía? El ser humano es cotilla por naturaleza, les encantará saber el nombre de tu primer perro, tu apodo cuando eras una mocosa y si suspendías sistemáticamente en el instituto. Los hará sentirse identificados contigo.

—Tu alegato no me persuade —bufo.

—Encaja en la estrategia planteada a largo plazo, Sophie. Diversificar el proyecto, que tus ingresos no dependan de un solo canal.

—Lo sé, pero no estoy segura de querer hacerlo.

—Tú misma admites que no te ves publicando vídeos en YouTube a los treinta. Y no es nada disparatado, como sí que lo era la línea de test de embarazo con tu nombre.

—Su carcajada maligna consigue que olvide el libro durante unos segundos.

—Te odio.

—Puta —balbucea sin parar de reír.

Tras varias reuniones para negociar el contrato, las fechas de cada capítulo y de la publicación final, la propuesta de mis memorias se hace tangible. El mensaje de Greg es lo primero que leo al despertar el 14 de agosto, día en el que inicio mi incursión literaria:

Acuérdate de escribir algo, lo que sea. Y adjunta un par de fotografías familiares, le darán un toque entrañable.

G.

Me acomodo frente al ordenador, entro en el procesador de texto y tecleo estupideces para llenar la página en blanco con una imagen menos aterradora. Alentada por la confianza que me otorgan las líneas iniciales, tomo aire y me dejo llevar, abriendo una minúscula ventana a mi pasado y a esos detalles que nadie ha divulgado sobre mí en internet. Las ideas revolotean en todas direcciones, como mariposas imposibles de atrapar, así que pruebo a cambiar de estancia, de silla, de vistas, hasta descubrir que las notas del móvil son el sitio menos imponente en el que mostrar mi fragilidad.

La habitación de mi infancia está repleta de peluches, estanterías con libros de ciencia ficción y vibra con paredes azul cielo. Puede que por eso adore ver las estrellas en el techo de mi actual salón. Cierro los ojos y estoy allí, de vuelta en Míchigan, espiando a mi vecino pasear en monopatín, golpeando las paredes para que mi hermana pequeña baje la música que heredó de mí, pero que en cuestión de semanas detesto porque he madurado. O eso creo. Solo hay un objeto de esa estancia que no me pertenece: la plaquita dorada que en infinidad de ocasiones he acariciado con la punta de los dedos, pero a la que nunca he osado colocar un posesivo delante.

Cinco años atrás, en una clase de Lengua, la profesora Riley leía mimando las palabras y nos castigaba con dictados interminables hasta que el aula se sumía en un silencio sepulcral. La lección terminó, recibí mi examen del semestre corregido y ni me esforcé por simular una mueca de sorpresa; sabía de antemano que iba a suspender. Un cuatro y medio era derrochar generosidad conmigo. Había pasado la tarde anterior memorizando páginas, repitiendo nombres de autores en mi cabeza, anotando fechas relevantes con las que impresionar. A la hora de la prueba, como era habitual, la ansiedad se apoderaba de mí y dejaba mi mente en blanco. Tal era el estado que alcanzaba que no se me ocurría copiar al compañero, utilizar chuletas o dar el cambiazo por un folio de mis apuntes. Ese ha sido mi mayor problema: reducirme a un manojo de nervios en las citas cruciales.

Pero, al leer la cuidada caligrafía de la profesora Riley en la pizarra con la que anunciaba que se convocaba un certamen literario en el instituto, algo se encendió en mí. Más que una bombilla fue un estadio entero con letreros de neón y focos cegadores que conformaban mi nombre. Podía enfrentarme a ello, podía mostrar que en la tranquilidad de mi hogar no era un completo desastre. Revisaría tantas veces como hiciesen falta las oraciones, buscaría sinónimos, repasaría cada coma y signo de puntuación hasta alcanzar la excelencia. O presentaría pulido al máximo el texto del modesto nivel que fuera capaz. No le había enseñado mis escritos a nadie. Nunca. Jamás. Antes habría preferido gatear sin protección sobre cristales rotos, dejar que penetrasen la carne y navegaran por la sangre directos al corazón. Una muerte paulatina sería menos bochornosa que mostrar ese interior romántico y melancólico que se reflejaba en mis párrafos. En mi fuero interno, a pesar de las esperanzas y de los esfuerzos invertidos en el certamen, esperaba que me considerasen infantil, absurda, insulsa. Aun así, participé.

Estaba ilusionada, pletórica, mis ojos se iluminaban como los de un crío frente a un árbol de Navidad abarrotado de regalos. Quería ganar, iba a ganar. Hice un par de cuentas rápidas sobre mi competencia directa y la arrogancia se adueñó de mi rostro. Era asequible. Envié mi obra y soñé, literal y figuradamente, que anunciaban mi nombre y salía a leer un fragmento de mi creación ante el resto del instituto con las mejillas empapadas en lágrimas cual deportista al besar el oro olímpico.

Mi utopía, como era de esperar, no se cumplió. Otra chica recibió los aplausos, saboreó la felicidad que había anticipado y sonrió al recoger su plaquita dorada, un diploma de papel satinado firmado por el claustro y un ramo con tres azucenas blancas. No se inmutó al olvidar la placa en un asiento de la sala de actos y yo la recogí, mirando a ambos lados para cerciorarme de que era un robo seguro, metiéndola en la mochila sin remordimientos.

Fue el objeto que contemplé durante años, el premio de consolación de quien sabe que nunca ganará nada «porque me dieron toneladas de ambición, pero escasas motas de talento». Cuando deposité los sueños en la almohada, tiempo después, afloró ese poema viral que lo cambió todo. Y la plaquita dorada, a la que no soportaba observar más de cinco segundos sin romper a llorar, brilló como si estuviera compuesta de cada rayo de sol, de cada constelación del firmamento, de cada vela encendida en la que confías más que en tus propias capacidades.

No soy escritora. Pretendía estudiar Literatura y ni siquiera duré más de un semestre en la universidad. Si tuviera que definirme, sería como un éxito fruto del fracaso.

Crecí en una acogedora casa en Detroit. Mis padres son cocineros y mi hermana, decida lo que decida, será un genio. Ya lo es. Se le dan de maravilla las matemáticas, colecciona menciones de honor en sus trabajos de Ciencias y me pide la contraseña de Netflix para ver documentales. La próxima en pisar la Luna o en descubrir nuevos planetas será ella, Brinley Dylan.

Yo, en cambio, fui un despropósito desde pequeña. Llegaba tarde a todas partes, no hacía los deberes a tiempo, suspendía por inercia y, lo peor, no me incomodaba la mediocridad. Estaba acostumbrada a ella; era, en cierto modo, lo que se esperaba de mí. El inicio de mi éxito fue, como comentaba, debido a un error. Estaba en el instituto, apuntada a siete extraescolares para coincidir con Jake, mi primer amor. Y con ello me refiero a un sentimiento unilateral que, lejos de ser correspondido, fue ignorado por más señales evidentes que mandase. Como el club de fans que le creé en Facebook, las camisetas con su nombre que entregué a las animadoras para apoyarle los dos meses en los que no pudo jugar a *rugby* por una lesión de rodilla o las fiestas a las que intenté colarme con la esperanza de que se fijase en mí.

Nada salió bien. Con el corazón reducido a pedazos, escribí mi primer poema de desamor, el relato de mi trágica visión de la adolescencia, la crueldad de los bailes de instituto si acudes sin pareja y de mis noches sollozando hasta la extenuación. Todo ello ambientado con una canción triste de Sigur Rós. Reconozco que, por muy emotivo y necesario que me resultase generar ese material audiovisual, no era merecedor de salir a la luz. Pero, al parecer, olvidé seleccionar la opción de vídeo privado.

Así empezó mi fama, con un despiste, un drama, un error. Al recibir un mensaje de disculpa de Jake, pensé que se trataba de una broma, imaginé el vídeo atestado de comentarios negativos y un *ciberbullying* similar al de Rebecca Black. Un sudor frío recorría mi frente, espasmos involuntarios zarandeaban mis manos, la fatiga me gobernaba al teclear Sophie's Mind en el buscador de YouTube. Lo que advertí fue tan inesperado como emocionante: notas de apoyo, cien mil visualizaciones y el número de *likes* que aumentaba sin cesar.

No obstante, tardé en compartir otro vídeo. El motivo no era la falta de ideas o un bloqueo creativo, sino el miedo, un tipo de miedo muy concreto que llevo experimentando desde que tengo uso de razón: pavor al rechazo. Supongo que la mayoría nos encontramos fuera de lugar en algún momento; yo me siento así en cada situación. Diferente, singular, confec-

cionada de un material que no encaja en ningún molde. 70 %
de inseguridad, 30 % de introversión, autoestima inexistente.

Creí que se debía a la adolescencia, que las voces mentales
se apagarían al alcanzar la madurez. Al contrario, cuanto más
consciente soy de mi edad, de mis responsabilidades y de lo
que se espera de mi imagen, mayor es el pánico. No a fracasar, porque no considero que tener un público te otorgue el
estatus de triunfador, sino a decepcionar.

La aprobación nunca proviene de mí misma; haga lo que
haga siempre podría ser mejor, más. No retengo los números exactos de seguidores, reproducciones o entradas de un
meet and greet. Lo que jamás olvido son los comentarios negativos, los denominados *haters*, los *dislikes* son más que un
clic. Se personifican en fantasmas que acallar, horas divagan-
do sobre qué hay defectuoso en mí para no agradarles. Quiero caer bien a todo el mundo, pero aceptarme a mí misma
conforma un enigma.

172, ese es mi único tatuaje, de trazos diminutos, en la muñeca derecha. La cifra de «no me gusta» de mi primer vídeo
en YouTube. Un recordatorio particular de que, por muy alto
que subas, las leyes del universo hallarán el equilibrio justo
para hacerte bajar.

Me detengo y releo. ¿Demasiado sincero? ¿Demasiado patético? Si bien podría mejorarlo con un par de correcciones, lo que hay en esas líneas es una verdad tan pura que me
hace sentir vulnerable. Mi corazón descrito en unos cuantos
párrafos, un término que evoca olores y voces, el siguiente
que torna mi salón en el hogar que me vio crecer. Las co-

mas dejan de separar enumeraciones y son una vía para expulsar emociones mientras los recuerdos me golpean; los puntos ya no delimitan frases, se me antojan una fiel armadura, una súplica silenciosa para expulsar aire y retomar la próxima aventura.

La honestidad que desprende cada sílaba me estremece, es una cualidad que no demandan de mí con frecuencia. Quizá no haya sido mala idea embarcarse en este proyecto, quizá abra puertas a recovecos de mí que me apetece explorar. Tras una breve pausa, añado un par de páginas más, un final redondo al primer capítulo de un camino incompleto. Incapaz de releer las líneas de nuevo, con el vello de punta y mis inicios agolpados en el pecho, se lo envío a Greg. «Gracias por animarme a salir de mi zona de confort», añado a modo de posdata.

*   *   *

La revisión de la editorial llega doce días después. Mi cuerpo se paraliza en anticipo a lo que padeceré al ver secciones de mí bajo la lupa de profesionales. Espero una aterradora estampa de mi texto subrayado, colmado de anotaciones, palabras sustituidas por sinónimos más cultos, construcciones sintácticas más cuidadas. En su lugar, hay un nuevo capítulo:

Desde que tengo uso de razón, hay un sueño recurrente que se repite cada noche. Camino por las calles de Detroit, donde pasé mi infancia, y las personas me detienen, saben mi nombre, entablan conversaciones conmigo como si fueran amigos de toda la vida. Me pregunto cómo han llegado a descubrir detalles tan íntimos, por qué muestran interés en mí, qué me convierte en especial a sus ojos.

Años más tarde, gracias a vosotros, el sueño es una realidad. ¿Destino? ¿Premonición? Mi madre lo denomina señales. «Eres especial incluso soñando», le gusta decir. En mi familia siempre existió la convicción de que haría grandes cosas, hasta cuando yo misma abandonaba toda esperanza. Esa es la clave del éxito durante los años en los que no hay más que anhelos: creer en ti mismo o hallar a alguien que lo haga.

A los seis escribí mi primer poema. Pronto empecé a coleccionar premios literarios y percibí que lo que me llenaba no era salir al escenario a agradecer al jurado y leer mis creaciones en voz alta, a pleno pulmón. Lo que yo deseaba, más que respirar, era compartir mis historias. Emocionar. Conectar con alguien cuyas experiencias distan de las mías, pero que acepta mis reflexiones en su mundo y convive con una parte de mí.

La universidad me ayudó a canalizar la multitud de ideas que navegaban en mi mente, desordenadas, a la espera de consejos con los que perfilarme como escritora. Del breve período en el que estudié Literatura me llevo eso y grandes amistades que alumbran esas etapas más complicadas. Las que no veis, la presión y las dudas, la cara oculta de la fama. «Naciste predestinada a triunfar», afirma mi círculo cercano. Y les creo, la bruma de incertidumbres desaparece y las escasas horas de sueño se ven compensadas con vuestro cariño incondicional.

Paro en seco antes de llegar al desenlace. ¿Cómo debería sentirme ante eso? Definitivamente, peor que si hubieran transformado mi borrador en una versión decente y publicable.

No tardo en recibir una llamada de Greg en la que maldice a la nada, insulta cinco veces a su portátil por no ser más rápido y le da una patada a un objeto que cae al suelo provocando un estruendo sordo.

—¡Joder!

Intuyo que se ha tirado el café encima. Contengo mi rabia hasta que se calma, pues tiende a dejar de escuchar cuando está alterado.

—Basura de correcciones —masculla al fin.

—¿Qué mierda es esta? ¿Para qué se supone que debía escribir si han modificado cada coma?

—Estoy más cabreado que tú, créeme.

Suspiro, aliviada hasta cierto punto; Greg es más eficaz si se lo toma como un ataque personal.

—No encuentro nada en el maldito contrato con lo que patearles la entrepierna —farfulla.

—¿Y si les ofrecemos dinero?

—Por desgracia, no parecen interesados. Llevo toda la mañana llamando a los editores y la única respuesta que me dan es un vago «Las niñas que dan pena ya no venden, queremos que sea una obra inspiradora».

Me reenvía el correo de la editorial, las palabras textuales son: «Las chicas sin autoestima no venden. Pretendemos motivar, lanzar el mensaje de que, si crees en ti, lograrás lo que te propongas. Los lectores quieren soñar».

—¿Soñar una mentira? —vocifero indignada.

—Es patético.

—Hay que hacer algo al respecto, no me siento cómoda publicando una obra que no refleja mi realidad.

—Lo estoy intentando —discierno la desesperación en su voz.

Esta vez no lo consigue. El libro está listo en tres semanas, con una fotografía mía en portada y el título, *Sophie Dylan, una vida a través de la pantalla*, en color blanco y tipografía manuscrita. Contiene más imágenes familiares a lo largo de los años que capítulos, y no reconozco un párrafo íntegro de mi puño y letra más allá de la dedicatoria y los agradecimientos. Cumpliendo los plazos con rigurosidad, sale a la venta el 29 de octubre y ese mismo día es número uno de ventas en Amazon, iBooks y cualquier plataforma digital o librería física. Bajo petición expresa del contrato con la editorial, concedo varias entrevistas telefónicas, acudo a programas como *The Ellen Show*, *BUILD Series* o *Jimmy Kimmel Live!* y comparto la promoción de la obra en mis redes sociales. El vídeo explicando a mis seguidores lo ilusionada que estoy por embarcarme en este viaje literario junto a ellos es lo más difícil que he tenido que hacer.

Ahí está, por enésima vez, el abismo que separa a Sophie's Mind de Sophie Alison Dylan. Lo que esperan de mí, lo que saben, lo que intuyen por mi apariencia, mis poemas, la parte que permito que vean, la que no es más que una rendija en la esquina de una pared impenetrable. Promociono una mentira, alimento el *storytelling* que tanto detesto, sonrío en los eventos promocionales y reprimo la ansiedad al ver a los representantes de la editorial en la sombra, con los ojos centelleantes al calcular los fajos de billetes que amasarán.

En coyunturas de confusión, cuando me veo sobrepasada por actos, compromisos y apariencias, desaparezco. Mi identidad queda anulada y no es más que un nombre desgastado sobre el que alguien va a pintar un dibujo para cubrir mis imperfecciones. Las chicas solitarias, vacilantes y corrientes no tienen cuatro millones de seguidores.

Hace siete meses, cuando alcancé los 800 k en YouTube y el furor se contagió a los números de Instagram, nos vimos desbordados por la cantidad de propuestas publicitarias que recibí. Esa semana perdí el control.

—No puedo seguir con esto —le advertí a Greg por teléfono, gimoteando desconsoladamente.

Él es el único ante el que me he permitido caer.

—Sophie, claro que puedes. Vas a conseguir una carrera envidiable.

Pero me asustó que hablase de futuro, «vas a conseguir», restándole trascendencia a lo que estaba sucediendo ese día en mi cabeza. «Si ahora es una locura, ¿qué ocurrirá si las cifras aumentan?», dudé.

—No puedo, no puedo, no puedo —reiteré cual autómata.

Sin colgar el teléfono, Greg pidió un taxi y llegó a mi casa en menos de veinte minutos. Me abrazó, esa es la vez que más próximo lo he percibido. Perdí la cuenta del tiempo que estuvimos así, de pie frente al umbral de la puerta, con sus brazos rodeándome la espalda, acariciándome el pelo, murmurando frases de alivio. Olvidé que su vida y la mía eran distintas, que solo se unían por el concepto «negocios» y que había interrogantes que no debía verbalizar porque Greg jamás los iba a despejar. Con él me invade la extraña sensación de ser una cría inmadura. Ese día no me sentí mayor, pero noté que sus veinticinco años estaban más cercanos a mis dieciocho.

—Sophie, respira. —Me senté en el sofá y él se arrodilló sobre la alfombra, frente a mí.

—No sirvo para esto.

—Ni se te ocurra pensar en ello un segundo más.

—Greg, no puedo. Lo siento, te daré la parte que te corresponde de beneficios. Te lo daré todo.

—No me importa el dinero, pero, si quieres que te dé mi opinión, no deberías tirar la toalla.

Creí que iba a darme un discurso sobre responsabilidades, esfuerzo y empeño; en lugar de eso, tomó mis manos entre las suyas y las acarició de forma distraída hasta que dejé de temblar.

—Eres diferente al resto, ambos lo sabemos. Hay personas que actúan de manera racional y analítica, pero tú no eres así, tú eres puro corazón. Y tenemos un problema con eso porque vas a sentirte desubicada y sola en muchas ocasiones, la industria de los *influencers*, la moda y el entretenimiento están diseñados así.

—Nadie va a interesarse por mí, solo soy un decorado. No les concierne lo que hay más allá del encuadre de un objetivo.

—No te imaginas el poder que ejerces en chicas que buscan un modelo que seguir. Alguien real. No voy a permitir que te rompan, Sophie. Somos un equipo.

—No sé si…

Me tomé unos segundos para ordenar mis pensamientos. «Quiero dejarlo», «Vas a perder tu empleo», «Estoy exhausta y no lo soporto ni un día más», «Si no he abandonado mil veces antes, ha sido por ti».

—No tengo nada más que aportar al proyecto —resumí.

Greg se acarició la barbilla mientras cavilaba una réplica. Admiro eso de él, que medite lo que digo, que no imponga un discurso que me empuje al vacío, sin alternativas ni oportunidad para debatir.

—Por una vez, y sin que sirva de precedente, te recordaré que eres la artífice de toda la magia. Puede que me ocupe de un par de tecnicismos, unos toques que añaden color al resultado final. Sin embargo, la que dibujó el mapa sobre un folio en blanco eres tú.

Al día siguiente apareció en mi puerta con un paquete alargado envuelto en papel violeta.

—Para ti —indicó.

Lo abrí, era un espejo enmarcado en fornituras plateadas. Me preguntó dónde quería colocarlo y él mismo taladró la pared y lo emplazó encima de la chimenea. Después me miró con expresión seria, la de un padre acompañando a su hija al altar el día de su boda, y me entregó un rotulador.

—Quiero que escribas 800k en el espejo —ordenó.

—No seas narcisista.

—Te aterran los números, y la única forma de superar ese miedo es enfrentándote a él a diario. Ahora agarra el rotulador, escribe 800k y resigue el dibujo hasta que puedas verlo desde la escalera.

Lo hice. Pensaba borrarlo en cuanto se marchase, pero cambié de opinión. Imaginé a ochocientas mil chicas inspirándose con mis escritos, emocionándose con ellos, buscando una representación entre un catálogo de mujeres perfectas, adictas a la cirugía estética, anoréxicas, saliendo con alguien distinto cada semana para llenar los vacíos de la soledad. Y deseé ser la alternativa.

«Puedo ser ese ejemplo», me susurré observando detenidamente mi reflejo sobre los números.

CAPÍTULO 5

Secretos

Vledel camina de un lado a otro, colocando diseños en perchas con ímpetu y buscando las etiquetas que faltan para comprobar que cada prenda esté emparejada con su alma gemela.

—Oh, toma. Una infusión para ti también. He pensado que podríamos saltarnos el ritual de la bebida con gas y las patatas fritas, llevo una semana a base de bocadillos con mayonesa y carbohidratos. Tengo que dejar la carne roja, pero no me imagino siendo vegano.

Me entrega un vaso alargado con «Sophy» garabateado en tinta negra.

—Bienvenida al club de «Starbucks escribió mi nombre mal» —balbucea con una aguja entre los dientes.

—Es agradable que todavía exista gente en el mundo que desconozca mi nombre —murmuro. Doy un sorbo al contenido, que sabe a agua sucia, un brebaje que no debería ingerir.

—Gracias —me limito a decir. Deposito el vaso sobre la mesa y me intereso por la ropa—. ¿Un chubasquero?

—Evento en Londres, frío polar y lluvia permanente. Es el lugar más depresivo del planeta.

Que su ex viajase allí y conociese a un patronista millonario con el que ahora va a casarse es la explicación a su desprecio hacia los británicos y su clima.

—Iremos del hotel al recinto, con un paraguas será suficiente.

—Tengo un par de estilismos para tu querido mánager, e incluyen gorra —anuncia con emoción, saca el móvil y me enseña fotografías.

—No se los pondrá. —Nunca lo hace, prefiere su uniforme de negro perpetuo.

—Le mandaré la ropa por correo, las evasivas no funcionarán esta vez.

—Mmm... —musito, no me atrevo a preguntar.

—¿Qué ocurre? —Sin esperar a que responda, inicia su discurso sobre diseñadores de los que no he escuchado nunca hablar y sus argumentaciones intensas—. ¿No te gustan los apliques dorados cosidos sobre tul? Te aseguro que son tendencia en todos los continentes, Elie Saab está preparando un desfile superinnovador y Zuhair Murad no tardará en sucumbir a los encantos de estas telas. Pura artesanía.

—Vledel, necesito que me hagas un favor. Pero tiene que quedar entre tú y yo —manifiesto cortando su monólogo;

sé que podría pasarse horas charlando de moda. Charlando en general.

—Oh, nena, no te imaginas la cantidad de conquistas que han pronunciado esas palabras en los últimos días.

—Sin comentarios —espeto con un mohín de desaprobación.

—Más tarde te daré detalles, primero cuéntame qué necesitas.

—Ropa. Informal. Para salir por la tarde, puede que por la noche. Nada demasiado llamativo.

—¿Una cita?

Me ruborizo.

—¿Con un chico?

—Puede.

—Sabía que este día llegaría. Tengo un par de conjuntos perfectos para ti.

—Nada de transparencias ni escotes —aclaro; para mi estilista, una cita es equivalente a encajes reveladores sin sujetador, gasas vaporosas, faldas de tutú y tacones incomodísimos.

—Te gusta.

—No lo conozco —confieso encogiéndome de hombros.

—Oh, una primera cita. Me apasiona la idea.

Va al coche a por la ropa que denomina «el repuesto de emergencia que nunca llegué a devolver» y me presta varias propuestas diarias con las que salir y pasar desapercibida.

—Una cosa más —pido, y cruzo los dedos.

—¿Chaqueta de cachemir? ¿Un *clutch*?

—No le menciones a Greg lo de la cita.

Con un guiño cómplice, me indica que sus labios están sellados.

Dos días después, pongo rumbo al aeropuerto acompañada por mi mánager y un remolino de tensión estancado en mi garganta. Greg parece advertirlo e inicia una retahíla sobre las noticias del periódico que lleva en la mano, la mayoría centradas en Trump.

—Eres patético distrayéndome —le comunico al desplomarnos sobre unas sillas de plástico endebles frente a la cola de embarque.

—No te distraigo a ti, pequeña ególatra. —Propina golpecitos a las maletas con la punta de sus Nike—. Trato de alejar el pensamiento de que pasaré más horas en un avión que en Inglaterra y que no podré visitar el Museo de Historia Natural. Y, si te soy sincero, van a timarnos con el cambio de moneda.

—¿No tenerlo todo bajo control te perturba? —Lo observo de reojo, una sonrisa jactanciosa se dibuja en las comisuras de sus labios.

—Está todo bajo control.

Pastillas para dormir. Libro para el viaje. La dichosa lista de vocablos prohibidos en presencia de menores. Una planta de hotel íntegra para nosotros. Propinas para el recepcionista, el botones que nos acompaña cargando las maletas y el servicio de habitaciones que ha decorado la estancia con una cesta de fruta y una nota manuscrita que nos da la bienvenida. Sí, todo bajo control. Excepto mi mente.

Recuerdo los primeros eventos; apenas acudían veinte

chicas y pasábamos la tarde en alguna cafetería cercana compartiendo nuestros poemas preferidos, respondía a cuestiones inocentes sobre cuál era mi comida favorita, dónde solía inspirarme o qué música escuchaba a la hora de escribir. Conforme mi popularidad aumentó y las cifras se dispararon, se hizo complicado atender a todos los fans en dos horas de evento. A pesar de las quejas de los organizadores o de los constantes avisos de Greg para finalizar, conseguía alargarlo dos o tres horas más, hasta que el público quedaba satisfecho y mi cabeza no me reprochaba la falta de humanidad. «Me lo debes por haberte llevado al sitio en el que estás», me han repetido en el pasado. Sigo a la espera de que mi cerebro formule una réplica que nadie logre rebatir.

Ahora es diferente. No veo caras, nombres, seres individuales, sino una masa de guerreros afilando sus armas antes de la batalla, que corean mi usuario mientras golpean libretas, se alzan en los hombros de alguien con cámaras para capturar cada segundo, meciendo sus móviles y disparando sin piedad, cegándome con *flashes* y la advertencia de «no pongas una mala cara, no dejes de sonreír, sé la mejor actriz posible, todas esas instantáneas están ya circulando por internet». Las horas de avión, viajando cada vez con mayor frecuencia fuera de los Estados Unidos, se palpan en mi estado alicaído.

Tres horas de sueño en el que las pesadillas son las grandes protagonistas; dos de maquillaje porque los temblores me impiden delinear los párpados; quince minutos de camino al recinto; una eternidad siendo examinada por mis fans. Estiro del vestido vaquero que eligió Vledel, el más discreto de los estilismos propuestos para el acto, acaricio la tela y meto las manos en los bolsillos dos segundos antes de sacarlas de nuevo. Lamento haberme mordido las uñas. Me falta el aire, me sujeto en las superficies que hallo a mi alcance para evitar resbalar y que mi caída se haga viral, hasta que tomo asiento por miedo a tambalearme. Incluso sin haber empezado, cuento los segundos para terminar. Como mucho regalaré quince minutos.

Por suerte, en esta ocasión no estoy sola. El panel lo conforman un grupo de *youtubers* internacionales: Carly Cuteness, experta en *hauls* de moda y tutoriales de belleza; Jaggie Player, un australiano guapísimo conocido por su humor grabando *gameplays*, y Marzia Melody, la nueva revelación musical que alcanzó la fama con una *cover* de Ed Sheeran. El aforo de veinte mil personas se reduce a cinco mil por cabeza. No logro evitar preguntarme cuántas de ellas habrán venido por mí.

¿Me querrán más que al chico de mi derecha o mi desmesurada inquietud carece de sentido porque en Londres nadie sabe quién soy? Lo cierto es que prefiero obviar los datos; el evento es un éxito, todo vendido, ni un solo asiento vacío. Los números no deben preocuparme esta vez.

El moderador distribuye el tiempo de manera equitativa, esforzándose por otorgar la misma relevancia a los cuatro. Nos incita a contar nuestros inicios, a dar consejos a las nuevas generaciones que están empezando, a compartir anécdotas humillantes, lo más extraño que nos han regalado, esa situación incómoda que no logramos olvidar. Tras una hora de ameno coloquio, da paso al turno de palabra del público. Algunos asistentes oscilan como un péndulo desbocado y pierden el hilo de sus discursos al oírse a través del micrófono, otros rompen a llorar y agradecen que hayamos ido, los más osados piden subir a la tarima con pretensiones de abrazarnos.

Para concluir, nos dividimos en dos equipos y realizamos un *challenge* antes de reunirnos en una sala privada con aquellos seguidores que han adquirido la entrada *premium*. Un par de selfis, sonrisas postizas y abrazos para que los cien dólares valgan la pena. Cuando las conversaciones rozan la intimidad, no sé qué expresión poner ni qué consuelo dar, cómo actúa un sujeto al que alaban hasta la extenuación y no se cree con el poder suficiente para cambiar vidas de ese modo.

—Gracias a tus vídeos conseguí declararme a mi mejor amigo, tenía miedo de que la amistad se viese perjudicada y tú me diste el valor —explica una chica pelirroja a la que la vergüenza delata con la mirada fija en la sombra que proyecta sobre el suelo de granito.

—Lo eres todo para mí —afirma una adolescente bajita de ojos aguamarina bañados en un manto de lágrimas—. Hace dos años me diagnosticaron un cáncer, has sido mi compañía diaria.

—Venimos desde Texas —admiten dos amigas tiritando y dando saltitos de euforia, con ojeras de no haber pegado ojo la noche anterior debido a la excitación—, también odiamos volar como tú, pero no podíamos dejar pasar la posibilidad de conocerte.

Me tratan como a una hermana. Saben mi segundo nombre, la fecha de mi cumpleaños, me piden que les firme los móviles, el más atrevido me ofrece su brazo. «Me tatuaré tu firma esta misma tarde», asevera un chico que salió del armario con mi texto basado en ser uno mismo.

¿Cómo lo he conseguido? ¿Cómo he afectado al transcurso de tantas vidas y he otorgado valores positivos a personas que, como yo a su edad, creían que el primer desengaño amoroso, no destacar en nada o pelearse con tu hermano pequeño es el fin del mundo? En lugar de alegrarme, de estrecharles con la misma fuerza que sus dedos sujetan mi carne como si fuera una fantasía de la que no anhelan despertar, me contraigo con la responsabilidad de ser un modelo para ellos. ¿Y si toman decisiones sugestionados por mí y les sale mal? ¿Y si esa chica rompe con su novio y pierde el mayor apoyo que tiene? ¿Y si pude haber hecho vídeos más alegres, pero no pensé que alguien con leucemia los vería postrado en una cama de hospital? ¿Y si mi voz es lo último que escucha alguien?

Mi mánager interviene, rescatándome con su habitual «¿Os hago otra foto?», y la estancia se llena de risas. Anotan sus cuentas de Twitter para que los siga y se despiden sollozando mientras insisten en que me quede con sus pulseras de la suerte o con ese colgante significativo que les regaló su madre en una fecha especial. Somos los últimos en salir, el resto se despidió media hora antes con el pretexto de acudir a reuniones que no son más que el eufemismo de hacer turismo antes de llenar el *jacuzzi* y arrasar el minibar del hotel. No juzgo a nadie, cada uno cuenta con su propia forma de mantener la cordura.

De hecho, cualquiera que viva semejante sacudida y logre salir ileso debería describirse como sobrenatural. Greg ha amueblado bien mi cabeza, preparándome tanto para los sacrificios del éxito como para un final en seco. Pero ni siquiera él está listo para triunfar. Ignora las palpitaciones que empiezan al ritmo de los aplausos animándote a dar la cara, la valentía necesaria para pronunciar el primer «hola» sobre un escenario en el que los focos te persiguen y tu voz suena a decibelios infinitos a través de enormes equipos de sonido dignos de un concierto de Beyoncé.

Antes de lanzarme a los leones, aprieta mi mano derecha fuerte y susurra la palabra «equipo». Entonces me invade la convicción de que irá bien. Él permanece en la parte trasera, en la penumbra de las cortinas, y sonríe de manera genuina. Juraría que ese es su sueño de toda la vida, la respuesta a «¿qué quieres ser de mayor?», «¿dónde te ves en cinco años?», «¿qué le pedirías a una estrella fugaz?». Hace que mi pecho se ensanche, me insufla la dosis precisa de arrogancia para confiar en que estoy a la altura. Greg desconoce que la adrenalina reside en mi cuerpo hasta mucho después, que me impide conciliar el sueño y me despierta de madrugada con taquicardia, esperando que alguien jalee mi nombre siguiendo el compás. Pero me encuentro sola frente a la ansiedad.

Las siguientes horas me pertenecen, me lo he ganado a pulso con mi encanto y un par de chistes para rematar las miradas que he cruzado con el chico australiano. Internet arde en busca de un *hashtag* para *shippearnos*, la campaña perfecta que te otorga notoriedad.

—¿No ibas a quedar con Connor? —me recuerda Kassidy por teléfono.

—Es *marketing*, idea de su agente —explico metiendo la ropa del evento en la maleta. La habitación del hotel está intacta, a excepción de las mantas arrugadas de la cama.

—Estupendo. Ahora centrémonos en las cosas que pueden ir mal si sales del hotel para ver a ese londinense.

—Ya le he enviado un mensaje, no voy a echarme atrás.

—¿Y si tiene novia? —persiste mi amiga.

—Hemos pasado millones de horas viéndonos por Skype.

—¿Y si la novia está en otro país?

—No seas así.

—¿Y si tiene alguna manía insoportable, como llevar la misma ropa durante una semana o no usar desodorante?

—Kassidy, déjalo ya.

—¿Y si es un fan loco de esos que llevan cuerdas y cuchillos en el maletero para asesinarte, suicidarse él después y que vuestra historia sea eterna?

—¿Y si le damos una oportunidad al amor?

—¿Amor? —repite.

Se hace el silencio.

—No quería decir… Olvídalo. Te mando una foto de lo que llevo puesto, no pretendo ir muy pomposa, el término medio para causar buena impresión, pero que no crea que he dedicado demasiado tiempo a planear el conjunto.

—Que es justamente lo que has hecho. —Observo cómo se pone en línea en nuestro chat de WhatsApp—. La falda es bonita, muy *vintage*, con la cazadora negra quedará genial.

Añado un pañuelo para protegerme del frío, a sabiendas de que en pleno noviembre debería llevar una bufanda. Descarto el brillo de labios y me quito colorete. Suelo hacerme un maquillaje muy marcado para que se note en las fotografías y en los vídeos. Sin embargo, en la vida real no necesito aparentar diez años más.

Me recojo el pelo en una trenza lateral, ese peinado con el que me siento cómoda y arreglada, guardo los pendientes en su cajita y me pongo el colgante plateado en forma de llave que una seguidora me ha regalado. No me creo que esté haciendo esto, que haya salido de la habitación sin remordimientos, que haya contestado a la llamada de Greg con un vago «Me voy a la cama, el evento ha sido intenso» y no esté arrepentida. Atravieso las puertas del ascensor, paso la recepción del hotel y respiro al cruzar el umbral de la entrada, bajando la vista por si la gorra no es camuflaje suficiente.

Le envío la ubicación a Connor, y él me pide que le espere dos calles más abajo, cerca de una boca de metro. Paseo en círculos, agitada, consciente de que cada segundo que transcurre sirve a modo de detonador para que mis pulsaciones se disparen. Voy a verlo, en persona, aún no lo creo posible. ¿Cómo se saluda a alguien con quien has ligado descaradamente a través de una pantalla, pero que no conoces en absoluto? Estoy al corriente de sus gustos, de sus horarios, de las asignaturas que estudia este semestre y de la música que escucha por las mañanas al salir a correr, pero eso no garantiza que me vaya a gustar. Quizá su carácter diste de los destellos que he percibido mediante su perfil *online*, ¿y si es tenso? ¿Y si no encontramos tema de conversación? ¿Y si me golpeo contra el semáforo más cercano y dejo de pensar durante unos minutos? «No pierdes nada por verlo, hoy has estado frente a veinte mil individuos. ¿Acaso no puedes con uno más?»

Al límite, recostada en una marquesina de autobús para no caer de bruces al suelo si me desmayo, lanzo inspecciones intermitentes al degradado del cielo que da paso a un azul eléctrico. Y entonces lo distingo entre la multitud. La cabeza más alta que sobresale de un grupo de universitarios que trota en mi dirección, no me fijaría en él si no fuera Connor, mi Connor. Lleva una sudadera gris con la capucha bajada, se pasa una mano por el pelo y olvido respirar. En directo es mil veces más apuesto; desde sus cejas despeinadas por el flequillo hasta el blanco de su perfecta dentadura, pasando por sus labios, que parecen suaves, y lo compruebo sin previo aviso cuando se inclina hacia mí y me da un beso en la mejilla.

—Hola, Sophie —saluda con expresión radiante.

Me quito la gorra, soy diminuta a su lado. Alzo la vista hasta sus ojos avellana y me ruborizo. Sin saber qué hacer, me abalanzo a sus brazos, hundo la cara en su ropa y aspiro la deliciosa fragancia a jabón entremezclado con menta. Sus amigos nos observan riendo a carcajadas, algunos incluso silban.

Nos separamos y agarra mi mano al instante, como si le embargasen los mismos recelos que a mí y necesitase confirmar que soy real, que no me ha asustado verlo, que me agrada más de lo que esperaba. Me deleito contorneando cada centímetro de su rostro sin temor, retándole a que me suelte uno de sus «me has hecho un buen repaso facial, Sophie». Su mirada me responde con intensidad, sometiéndome a un escrutinio que viaja de mis pupilas a mi boca, envolviendo sus intenciones con un lazo en forma de sonrisa.

Parte del grupo se despide y solo quedamos cinco al llegar a Hyde Park. El bullicio crea una melodía de idiomas diversos a nuestro alrededor. Hay una feria de puestecitos adornados con luces de colores, artesanías, artistas que retratan a los turistas que desafían al frío, varias atracciones, una noria inmensa y vendedores ambulantes. Nada supera la cola que hay para patinar en la pista de hielo.

—¿Te apetece? —me pregunta al oído para que pueda escucharle por encima de la música y el gentío.

Niego y aprieto su mano más fuerte. «Quiero estar contigo, a solas, lejos de cualquier distracción», digo sin palabras. Parece entenderlo porque hace unas señas a los demás y tira de mí en dirección opuesta a la feria, dejando atrás las caravanas de algodón de azúcar y gofres que impregnan el aire con aroma dulzón.

—Perdona por aparecer con amigos. No quería que te sintieras violenta al estar solos. Por si te repelía o algo así. —Me guiña un ojo, pero encuentro verdad en su confesión.

—Al contrario.

—Oh, ¿es tu voz ese sonido que oigo?

—Muy gracioso. —Le doy un golpecito en el brazo, un toque amistoso que nos sorprende a ambos.

—Eres preciosa —declara sin más.

—Y tú eres igual de cursi que por WhatsApp —me burlo, cuando lo que pretendo expresar es que nada ha cambiado, me hipnotiza tanto o más que cuando nos separan ocho horas.

—¿Es una queja? —inquiere eligiendo un lugar en la hierba en el que sentarnos.

—Una apreciación.

Nos hemos alejado de las colas, de las familias agarradas de la mano que suponen una barrera para quienes serpentean en diagonal. Bajo los árboles, en la zona en la que algunos atrevidos dan de comer a las ardillas y coleccionan la puesta de sol más discreta del mundo, decidimos hacernos nuestro hueco particular. Londres solo es triste para los daltónicos, podría discernir infinitos grises en esta ciudad y poner un adjetivo desgarrador a cada uno de ellos. Qué extraño resulta viajar a la otra punta del mundo y sentir que puedes dejar allí parte de ti.

—Tengo una apreciación mejor —propone Connor.

Espero a que hable, pero se recuesta contra un tronco y me contempla con los ojos rutilantes.

—¿Qué? —le animo.

Se inclina ligeramente hacia mí, aunque mantiene aún unos centímetros prudenciales. Advierto una cicatriz en su barbilla y no reprimo el impulso, la resigo con el pulgar, acallando su discurso con mi contacto.

—No sé qué he hecho para tener tanta suerte —musita con una sonrisa torcida, casi con pudor a que un movimiento brusco asuste a mi mano intrépida—. Me aterraba que... no funcionara.

—¿El qué?

—Nosotros. Que me vieras y te pareciera... poco.

Desvía la vista al césped, a las huellas que deja la gente al deambular de un lado a otro cegada por el frenesí de tonalidades y sonidos. Nadie presta atención al cielo, siento que esta tarde me pertenece únicamente a mí, al igual que Connor. Tengo la certeza de que no pasa desapercibido en el campus y alguna de las amigas de su grupo se muere por él, colecciona sus cucharillas del café y sale a correr aunque deteste el deporte porque lo idolatra. Puede, incluso, que haya una chica en su clase de Recursos Ecológicos que le pida los apuntes solo por adorar su caligrafía mientras yo me conformo con la tipografía estándar del móvil. Y sé que sería feliz con cualquiera de ellas, Connor no precisa cifras astronómicas ni focos que sigan su trayectoria, solo simplicidad. Así que eso seremos él y yo esta tarde, dos amigos a distancia bajo el firmamento londinense, una estampa a la que prometo volver la semana que viene o en unos años, traspasando las nubes o cerrando los ojos en mi habitación con una panorámica al mar. Nos pensaré tanto que desentrañaré los secretos ocultos de este momento. Su mano posada sobre una rodilla, la mía a medio camino entre la perplejidad y la piel de Connor.

—No me pareces poco —objeto.

—Dice la chica que ha volado a otro continente para dar una conferencia delante de veinte mil fans. —Su risa es jovial, infantil e incontrolable.

—No lo sé, no lo asimilo. A veces es como colarse en otra vida durante unas horas.

—¿Y cuál de las dos vidas prefieres? —Su aliento acaricia mi rostro, mi campo visual se limita a él.

—Ahora mismo, esta —aseguro sin dudar.

El rubor de mis mejillas arde, hago una regresión a los ocho años y tengo frente a mí a ese niño atrevido que me robó mi primer beso y se limpió la boca antes de bajar del columpio que deseaba ocupar. Me alegra estar sentada, que mi torpeza pase inadvertida. Este no es un evento en el que me vayan a analizar desde todos los ángulos posibles, estamos él y yo, sin público ni distracciones. Entonces, ¿por qué me reduzco a un manojo de nervios? «Porque las cifras son así, mágicas y cambiantes. Una persona posee el poder de miles si es lo suficientemente importante para ti», matizo.

Sus ojos besan primero, sus labios acarician la piel enardecida después. Ruego que este viaje no termine nunca y que, si lo hace, quince minutos en coche sean suficientes para volver a verlo y esta añoranza que experimento cuando todavía estoy a su lado no sea más que la muestra de lo mucho que llegaré a quererlo. Una caricia suave de su boca da paso a otra más voraz, dos saludos juguetones y sus dientes estiran mi labio inferior hasta ganarse un gemido.

Eso es la libertad, estar rodeada por sus brazos, rozando sus labios en un recorrido ascendente a las estrellas, sin saber qué ocurrirá al abrir los ojos, ajena a cualquier decorado que nos rodea y no somos nosotros, sus manos moldeando mis mejillas, un suspiro que se escapa de mi cuerpo para acudir al suyo. Segura de que guardaremos bajo la piel cada estela que vislumbremos esta noche, todos los latidos acelerados que quiero llevarme de vuelta al oeste del mapa, como si otro humano o imagen fueran incapaces de causarme las sensaciones que me provoca él.

No hay tomas falsas, repeticiones ni escenas eliminadas; esto es la vida, una única oportunidad para hundirme ante una experiencia nueva o atesorar cada fragmento como trazos de un lienzo que me encantaría enmarcar. Para observarlo a diario, convencerme de que aún soy adolescente, que no he perdido la juventud persiguiendo un sueño que se convirtió en realidad.

Sus manos tiran de mí hasta situarme en el hueco entre sus piernas, recuesto mi espalda sobre su pecho y dejo que sus respiraciones me mezan arriba y abajo.

—¿Cómo te hiciste la cicatriz? —pregunto, puede que la inquietud más absurda después de besar a alguien.

—Fue culpa de la fuerza de la gravedad. Me golpeé con el pico de una mesa, a los cuatro años era bastante cabezón. Por suerte mis proporciones son las adecuadas para que Sophie Dylan me bese.

—Punto número uno: no te he besado, me has besado tú a mí.

—Rebatible. —La risa de su tórax agita mi cabeza en un vaivén agradable.

—Punto número dos: eso de las proporciones incita al doble sentido.

—Lo he hecho a propósito —confiesa dándome un beso en el cuello.

—Punto número tres: ¿buscas una excusa para que te piropee?

—No estaría mal, aunque prefiero pasar la noche adulándote. O, mejor aún, escuchando tu voz. Habla de lo que sea, invéntate un idioma si quieres, pero no dejes que escuche algo que no seas tú.

Me pierdo en su «pasar la noche» y aprendo a convivir con las mariposas que me genera su conversación. No se conforma con un impreciso «pasar unas horas» o con la cruel exactitud de «los minutos que nos quedan juntos» acompañado con una mirada inquisitiva al reloj deportivo que lleva en la muñeca. «La noche» es nuestro inicio sin fin, un capítulo con páginas en blanco para que sea el lector quien escriba tanto como ansíe o conserve la virginidad del papel a la espera de más pistas sobre la trama.

Sumidos en una charla liviana que sube peldaños hasta alcanzar los niveles más empalagosos, permanecemos abrazados, sus manos frotando mi chaqueta para hacerme entrar en calor, su aliento saludando a la piel de mi cuello por enésima vez, un beso en un mechón de pelo, dedos entrelazados que juegan a conocerse y alejarse. Divagamos entre sus series preferidas, los viajes que haré este año, lo estresante que es su compañero de habitación dejando ropa en cada rincón de la minúscula estancia o los estruendosos ronquidos que le obligan a acostarse con tapones.

—Definitivamente, me quedé corto pujando trece dólares —comenta entre risas.

—Me alegra saber que recaudaremos más dinero en futuras acciones.

—¿Cuándo tienes que volver? —Su pregunta nos devuelve al presente y me hace sentir menor de edad, una niña pequeña que se ha escapado para ir a jugar al parque y no recuerda el camino de vuelta.

Acaricio las costuras de su vaquero y reprimo la imperiosa necesidad de llorar. El llanto conduciría a un diálogo sobre qué me ocurre, cómo me encuentro, si ha hecho algo mal, y no me apetece perder el tiempo con cuestiones triviales.

—Puedo quedarme tanto como quiera. —Un siglo o dos si me apetece—. No nos marchamos hasta mañana.

—¿Piensas irte directa de Hyde Park al aeropuerto?

—Así podré dormir en el avión y olvidar que la probabilidad de sobrevivir si hay un accidente es muy cercana al cero por ciento.

—Eres muy pesimista para escribir cosas tan bonitas —canturrea en mi oído, y me hace vibrar de deseo.

«Las palabras esconden las grietas de mi corazón», me contesto a mí misma, y hago un esfuerzo para no sacar el móvil y anotar esa frase dramática para desarrollarla en la habitación del hotel.

Horas más tarde, Greg golpea mi puerta con los nudillos y desiste a la quinta vez. Recibo una llamada; la ignoro creyendo que no es más que su modo de despertarme, pero lo intenta hasta que respondo.

—¿Ya son las seis? —protesto. Doy media vuelta para colocarme de lado y apreciar la suavidad del cojín contra mi mejilla.

—Abre la puerta —exige con vehemencia.

—Estoy en la cama.

—Vístete y abre la puerta o tendrás que bajar las maletas sola. No me hagas esperar.

Cuelga y sé que es una de esas ocasiones en las que no bromea. Greg aborrece madrugar más que yo; ha debido dormir unas cuatro horas. Suele quedarse hasta tarde viendo reportajes de investigación y pasa la mañana siguiente refunfuñando sobre lo idiota que es por no tomarse una de mis pastillas para dormir.

—Lista. —Abro la puerta diez minutos después.

Está al teléfono, redactando un *e-mail* a la vez que habla con el recepcionista del hotel a través del altavoz para que le prepare la factura. Entra en mi habitación sin decir nada y me ayuda a recoger la ropa y a meterla en las bolsas de plástico para que Vledel no nos mate.

El viaje de vuelta se hace interminable. Ninguno parece dispuesto a conversar, así que saco mi libreta para anotar un par de frases inspiradas en Connor mientras Greg va a por dos cafés.

—Chocolate caliente —anuncia satisfecho—. Nos espera un trayecto largo.

Se lo agradezco y doy un sorbo. Está dulce y espeso, exactamente como me gusta. Acerco el vaso de nuevo a mis labios y oigo un eco lejano: los comentarios sobre mi figura en las imágenes de la campaña de Dalvin resuenan en mi cabeza. Con un nudo opresivo en el estómago, espero a que mi mánager se marche al baño para tirar el contenido en la papelera más cercana. Cuando regresa lo recibo con una sonrisa y nos dirigimos juntos hacia la puerta de embarque.

El avión al que subimos es tan diminuto que parece de juguete. Me pregunto si los porcentajes dictaminan si son más o menos seguros que uno de los monstruos de tamaño normal en los que acostumbramos a volar.

—Toma. —Me abrocho el cinturón y agarro la bolsa que me entrega Greg.

Dentro hay un libro. Una de esas novelas románticas de cuatrocientas páginas que narra una historia de amor épica que jamás sucedería en la vida real, pero que resulta irresistible en papel. A juzgar por las ediciones que lleva, cala hondo en el público.

—¿Has leído esto? —No lo imagino con los ojos vidriosos y las mejillas ruborizadas, preso de la emoción, sacrificando horas de descanso hasta llegar al capítulo en el que los protagonistas se besan.

—Rotundamente, no.

Se gira hacia el pasillo, como si hubiera algo molesto en su asiento y no soportase la irritación.

—¿Lo ha mandado alguna escritora novel para que lo promocione?

—Lo he visto en la librería del aeropuerto al salir del baño, había un corro de chicas a su alrededor, he creído que te gustaría. Tapa la portada si quieres, por si alguien te reconoce y saca una fotografía a traición. O dame el maldito libro y limítate a rezar mentalmente para que el avión no caiga en picado. No me importa, siempre que no me molestes.

Bajo la mirada al ejemplar sin replicar. Prefiero los que me presta de su biblioteca personal, con las páginas arrugadas, el lomo doblado y las puntas de la cubierta destrozadas tras haberlo maltratado en mochilas y maletas que viajan en la brusquedad de un maletero, la bodega de un avión o un compartimento en el que hay varias pertenencias a presión. Aun así, me invade una gratificación inmensa al saber que ha pensado en mí durante algunos segundos por un tema que nada tiene que ver con trabajo, sino con mi bienestar.

Y yo se lo pago guardando secretos. Deseando contárselos, pero anhelando que jamás los llegue a descubrir.

CAPÍTULO 6
Un número
que nadie recuerda

M i rostro se proyecta en la cabecera de los programas de la prensa rosa acompañado por titulares suculentos.

«Son solo imágenes», me engaño. Pero forman parte de una parcela privada que no he acordado compartir con nadie. ¿Acaso un médico relata su vida a los pacientes antes de darles un diagnóstico y abrirlos en canal? A veces siento que doy más de mí de lo que debería, y no soporto cruzar líneas. La gente cree que mi intimidad pasa a pertenecerles por ver fragmentos de ella en la distancia adulterada de una pantalla, y en esta ocasión no se trata exclusivamente de mí. Los medios comentan lo poco que saben de Sophie mediante datos incorrectos y grandes cantidades de imaginación, adornando platós con un maldito álbum fotográfico de Connor abrazándome, Connor besándome, Connor agarrándome de la mano.

Mi puerta se torna una batalla en la que periodistas y cámaras se agolpan para reclamarme con gritos desesperados y lanzarle asunciones estúpidas al viento en busca de una reacción para desmentir o confirmar teorías descabelladas e inventar nuevas. La rabia aflora en mí, un pánico visceral que me domina. Reprimo las ganas de tirarles cubos de agua hirviendo para quemarles la piel tanto como los *flashes* de sus cámaras y la insolencia de sus micrófonos dañan mi alma con sus ráfagas de intromisión y crueldad.

Recibo mensajes de mi madre en los que me pregunta cómo estoy, quién es el chico misterioso y si puede llamarme más tarde para que charlemos largo y tendido de las fechas exactas en las que pasaré por casa. «Todo bien, ahora no es buen momento. Te confirmaré los días cuando reserve el vuelo», aseguro. Lo cierto es que había olvidado su petición de pasar la Navidad en Detroit y ni siquiera sé si tendré tiempo libre. Me avergüenza escribirle a mi familia de la misma manera que mando un *e-mail* de trabajo. Presiono la tecla de enviar antes de arrepentirme y sucumbir a una conversación en la que terminaré llorando, mamá querrá consolarme y se sentirá inútil desde la otra punta del país.

Connor, que se ha saltado un par de clases porque los *paparazzi* también han invadido su campus, me manda audios que apaciguan temporalmente mi cólera. Kassidy es la única a la que respondo por teléfono fijo, tras desconectar el móvil por precaución.

—Han conseguido mi número. —La indignación con la que pronuncio cada letra se queda corta—. Tengo cinco llamadas perdidas de la CBS y una del director de la FOX.

Greg me dio los contactos para que los guardase en mi agenda bajo la advertencia de «no conceder entrevistas telefónicas sin pactarlas con anterioridad. JAMÁS».

—Chica valiente, si hay alguien que desconoce tu nombre en el planeta, es que ha vivido en una burbuja las últimas horas —sostiene mi amiga.

—Por desgracia.

—En las fotos no parecías disgustada.

—Ignoraba lo que se avecinaba.

—Reina del drama. Sé espléndida con los detalles, necesito una historia digna de los culebrones que he leído en las revistas.

—¿Tú también?

—No consigo resistirme —confiesa antes de contarme que su idilio con el rapero, ese que no tenía futuro, pero que empezaba a ser un cuelgue relevante, ha llegado a su fin. Al parecer, se presentó a su última cita acompañado de una rubia despampanante y le propuso un trío usando el argumento de «tres patas aportan mayor estabilidad a una silla que dos». Kass se despidió educadamente de la chica y le dio una bofetada al músico tras acusarlo de «putero promiscuo»—. Volviendo a tu drama… Si te sirve de consuelo, he pintado un par de publicaciones con permanente antes de salir del supermercado.

—No creo que dos ventas menos les afecten.

—Si fuera una protesta en cadena, puede que sí. Propónselo a tus fans, seguro que entre los millones que te siguen podéis organizar un buen boicot. Pero no nos desviemos del tema. Connor. ¿Cómo fue?

—Ya lo sabes, salí del hotel, nos encontramos frente al metro, dimos una vuelta por Hyde Park y nos besamos.

—Dios, eres peor que un robot. ¿Qué tal si profundizas y le das sentimiento a la narración como en uno de tus poemas?

—Escribí uno en el avión, puedo enviártelo si quieres.

—Muermo. Al menos dime si ha valido la pena este revuelo.

Se me escapa una sonrisa de idiota.

—Sí. Ya lo creo que sí. Espera, Nia acaba de comentar en una publicación de Facebook.

Con cinco corazones rojos e iconos con la baba cayendo.

—Una forma de comunicarse muy personal. ¿Son tan tontas como parecen esas Barbies oxigenadas?

—No seas cruel.

—Por favor, tienen más silicona en el cuerpo que agua. —La oigo resoplar.

—Son simpáticas, en la fiesta del Gold se portaron bien conmigo.

«Y Nia no me repudió cuando decliné unirme a su fiesta particular.»

—Todavía no me creo que salieras con ellas a una discoteca de famosillos.

—¿Sorprendida porque fuera o porque fuera sin ti?

—Sophie, sabes a qué me refiero —adquiere ese tono parental que solo utiliza conmigo—. Odias ese estilo de vida.

—Una noche no hace daño a nadie.

El alcohol es inofensivo en comparación con la opinión pública.

—Mientras no te vuelvas adicta a los quirófanos… No tengo nada en contra de las inyecciones de colágeno, pero todo lo que sube termina bajando.

El timbre de casa suena con insistencia. Advierto la sombra de mi mánager en el umbral.

—Espera, Greg está aquí —indico poniéndome en pie.

—¿No tiene llave?

Se la di por si surgía alguna emergencia, pero se niega a usarla. Camino hacia la puerta y abro con rapidez, cubriéndome la cara con la mano por si los objetivos alcanzan una distancia tan larga desde detrás de la valla.

—¿Qué mierda es esto? —inquiere acercando la pantalla de su móvil a la punta de mi nariz.

Me distancio unos centímetros para leer el encabezamiento con claridad: «Sophie Dylan y un chico misterioso dan rienda suelta a su romance en Londres». Debajo hay una instantánea nuestra besándonos. La reacción de Greg, de todas las consecuencias que acarrea la noticia, es la que más temo. Cuelgo el fijo sin despedirme de Kass y noto la tensión de cada músculo de mi cuerpo, agarrotado y a la defensiva. Mi mánager da unos pasos hacia el salón y se desplaza con brusquedad de izquierda a derecha, sin articular palabra. Su mirada desprende llamaradas.

—¿Qué hacen ahí? —pregunto señalando en la dirección de la que proviene el clamor exterior.

—No he conseguido que se vayan, va a ser jodidamente difícil —espeta con sequedad.

Conocemos a la mayoría de los periodistas, los que llevan en la profesión desde mis inicios. Para facilitar su trabajo y evitar el acoso constante, Greg los avisaba de la hora exacta a la que acudiría a un lugar, salía del coche saludando y misión cumplida: tenían material de calidad y podían marcharse a perseguir a otro famoso. Al parecer, las reglas del juego han cambiado.

—Ya tienen las imágenes, ¿qué más necesitan?

—Puede que esperen la llegada triunfal de tu caballero andante. —Niega y se da golpecitos en la frente con los dedos índice y medio—. ¿Te crees muy lista?

—Greg...

—Piensas que puedes hacer lo que te dé la gana, ¿verdad? —interrumpe—. ¿Es que no te detienes ni un segundo a analizar que tus actos repercuten en los demás?

—Greg... —Como si repetir su nombre cual disco rayado fuera a evaporar el embrollo en el que nos encontramos.

—Dime qué tengo que hacer para meterte en la cabeza que eres una figura pública.

—También soy una persona con vida privada —le recuerdo a él, a mí misma.

—Dedicarte a lo que te gusta, el dinero y el resto de los privilegios vienen con una responsabilidad. Si la cagas, me toca hacer muchas llamadas pidiendo favores para que no se descontrole el maldito circo. Hay cosas, sin embargo, que no puedo solucionar. —Su expresión se endurece—. La percepción que tenga la gente de ti, si los anunciantes deciden que tu perfil ya no encaja con sus mensajes de comunicación, si ese chico de Londres te vende a cambio de lo que le ofrezcan.

—Greg…

—Podría haberte pasado algo. Algo peor que salir en la prensa liándote con un niñato que busca sus minutos de fama.

—¿Puedes escucharme?

—No, por supuesto que no. ¿Acaso tú me escuchas a mí? Te doy consejos, hago las partes de trabajo a las que no llegas, te acompaño a cada jodido sitio, vivo por y para tu proyecto, Sophie, y así me lo pagas. Con mentiras.

—No hay ninguna cláusula en nuestro contrato que especifique que…

—A la mierda nuestro contrato, estoy hablando de ti y de mí, de nuestra relación como individuos que están juntos a diario, que no deberían guardar secretos.

—Como si me contaras mucho de tu vida —replico.

—¿Qué quieres saber? Me levanto a las cinco, reviso tus correos, programo tus publicaciones, valoro las nuevas propuestas, respondo a seguidores en tu nombre, miro el rendimiento de tus últimos vídeos, me aseguro de que Vledel te traiga ropa, compruebo la disponibilidad de Kassidy para las sesiones de fotos y eventos, repaso los pagos…

—Exactamente. Controlas toda mi existencia, y necesito que haya algo mío, solo mío, que no te pertenezca.

—¿Crees que hago esas cosas por placer?

—Por trabajo, Greg, para ganar dinero —notifico con seriedad.

Abre la boca con un dedo en el aire, pero no dice nada.

—Si nos hundimos, nos hundimos juntos, Sophie —añade, cortante.

El verde de su mirada me atraviesa y disecciona, igual que la cuchilla de un patín dibuja cicatrices sobre el hielo. Frente a él, me siento tan expuesta como en los medios.

No volvemos a mencionar el tema, pero sé que le he decepcionado. Lo percibo en sus ojos, en el tono de su voz por teléfono, en sus mensajes sin una pizca de humor e ingenio. Secos, directos, simples. «Porque le has defraudado, porque confiaba en ti y le mentiste.» Al percatarme de la magnitud de mis actos, navego mareada entre las náuseas. Greg me ayuda a vislumbrar esa chica que no soy: la buena, la comprometida, la que anhelo. Él es mi estrella polar en la oscuridad. Yo, en cambio, soy su *kryptonita*.

Connor procura animarme con la inocencia de quien lleva dos días en este mundo. Lo que a mí me aflige a él le resulta gracioso, una anécdota que contar a sus nietos.

—Creo que hemos batido algún récord al salir en todas las portadas de cada continente. ¿Dónde está la oficina para canjear el premio? —Imagino su amplia sonrisa, la mano derecha enredada en su flequillo.

—Lo siento.

—No importa —promete con el mismo optimismo—. Excepto por la entrevista que le han hecho a mi abuela mientras hacía la compra y los cientos de seguidores que tengo en Instagram en cuestión de horas, mi vida sigue igual de aburrida. Echándote de menos.

—Es una locura. ¿Has podido asistir a alguna clase de la tarde?

—A ninguna. El director me ha llamado personalmente para pedirme que me tome unos días de descanso. ¿Te lo puedes creer? Está harto de la prensa, aunque la publicidad no les vendrá mal. Puede que el año que viene propongan más destinos de Erasmus si seguimos teniendo tirón en la tele.

—Connor...

—Intento quitarle hierro al asunto. —Su tono se dulcifica.

—No deberías, soy yo la que lleva años lidiando con esto.

—Precisamente por eso, estás agotada. Déjame que te haga reír, Sophie.

—No te merezco —musito abatida—. Tu familia me aborrecerá por hacerte pasar por esto.

—Te equivocas, me ven feliz. Como nunca antes lo había sido. Tú, Sophie Dylan, me haces soñar.

No sé qué contestar, así que suspiro y me limito a sonreír para mí.

—¿Sabes qué me gusta más que tu voz? Esos silencios en los que te dejo sin palabras, pero sé exactamente lo que piensas.

—¿Y qué pienso? —lo reto.

—Que estás asustada porque vivimos en franjas horarias distintas y, de hecho, pertenecemos a clases sociales diferentes y a universos opuestos. Sé que da miedo, nadie en su sano juicio se lanzaría a la piscina desde diez metros de altura. Yo, en cambio, estoy loco de atar. No voy a permitir que un par de piedras en el camino nos separen.

—Has vuelto a dejarme sin palabras —admito con el rostro ruborizado.

—Pretendo hacerlo hasta derribar esos muros que hay a tu alrededor. Y, si no lo consigo, escalaré para llegar a ti.

—¿De dónde sacas tantas agallas?

—Esa pregunta confirma mis sospechas, no eres consciente de lo maravillosa que eres. ¿Me dejas repetírtelo un par de veces más sin llamarme cursi?

¿Cómo podría resistirme?

Kassidy, cuyas conversaciones telefónicas me mantienen a flote junto con las de Connor, se ofrece a hacerme compañía cuando rompo a llorar sin más. En una hora está en mi casa, entra por la puerta trasera y mascualla barbaridades a los periodistas que la interrogan.

—He tenido que hacerme sitio entre cincuenta cámaras. Debería ser ilegal —exclama entrando agitada, con la palma sobre el pecho—. Los he visto rebuscar en tus bolsas de la basura, ¿eso no se considera acoso?

—Te acostumbras. —Pero es mentira.

—No sé cómo lo soportas.

Deja el bolso en la encimera, saca dos *milkshakes* de fresa y ocupa uno de los taburetes de la cocina. Me desplomo a su lado y recuesto la cabeza sobre su hombro izquierdo.

—Quizá debería ceñirme a lo que la gente demanda. Hacer vídeos en los que airee mi intimidad y olvidarme de lo que prefiero no compartir. Ganaría el triple si hablara cinco segundos de Connor.

—¿Serías feliz?

¿Acaso lo soy ahora?

—No lo sé.

—Claro que lo sabes, Sophie. Te quejarías porque no eres

una muñeca superficial que aspira a llenar piscinas con billetes a base de tutoriales de maquillaje.

—Podría salir a comer contigo siempre que quisieras si el encuadre del vídeo solo fuese mi cara —sentencio—. Te caería mejor.

—Ese no es el motivo por el que me caes bien.

—Es por los bolsos que me regalan —dictamino.

Capta mi ironía y me lanza una servilleta.

—No seas idiota. Te ganaste un trocito de mi corazón cuando dijiste eso de «odio a la gente que elimina sus fotos antiguas en las redes sociales porque son horribles y tienen pocos *likes*».

—«Porque es como borrar parte de uno mismo, ese pasado que nos desagrada observar con el transcurso de los años» —recito con una mueca nostálgica.

—Eres auténtica, Sophie. Construyes tu propia fortaleza con el odio que te arrojan y no permites que la atención te cambie.

Las voces de mi mente lo rebaten, divididas en dos coros. El primero murmura: «No has cambiado en absoluto y ese es el problema, tus seguidores no aspiran a ser una adolescente ordinaria y marginada de Detroit, quieren a la estrella esbelta con vestidos de gala y viajes mágicos, la que habla de dramas amorosos porque ya los ha superado». El segundo contradice: «¿Que no eres la misma? ¿Acaso no has pensado en que la falda de tubo de Vledel no te estará bien si tomas un sorbo más del batido que te ofrece Kass? ¿No disfrutas al ver los vídeos en los que superas el millón de visualizaciones y te importa una mierda que sean de creación personal o un estúpido *challenge*? ¿Te reconoces? Eres la nueva Sophie».

—Sí, no haber ocultado ninguna fotografía de mis inicios denota coraje —coincido, e ignoro la telaraña en la que se enredan los pensamientos más oscuros, esos que logro silenciar unas horas, pero que no llegan a desaparecer.

—¿Te apetece cenar conmigo? —propone mi amiga irguiéndose, como si estuviera ideando un plan.

—No creo que pueda salir con los periodistas haciendo guardia. Nos perseguirán y será un desastre.

—Me conformo con la comodidad de tu sofá.

—Está bien, pero sin excesos. O la sesión de fotos de mañana será una hecatombe —afirmo en voz alta, para recordármelo.

—Pídele a Vledel que te traiga modelitos anchos.

Si fuera tan simple...

—¿Y destrozar su trabajo de combinar colores, formas y telas de ocho millones de dólares? —imito el tono meloso de mi estilista.

—Te perdonará, está encantadísimo con tu romance furtivo.

Sus interacciones en el grupo de WhatsApp, y que haga un meme de cada instantánea que publican de Connor y mía, lo corroboran.

—No se trata de la ropa. Las dichosas cámaras sacan cualquier defecto.

—Tener tripa no es un defecto, sino ser humana. Y siempre quedará Photoshop.

Pero, si mi cuerpo me incomoda, pedir que lo retoquen lo hace aún más.

—¿Puedes quedarte a dormir? Dime que sí. —Necesito una distracción, evadir la soledad—. Elige la película que quieras, o uno de esos *realities* a los que estás enganchada.

—Tendría que quedarme de todos modos, Greg me ha mandado un correo interminable con ideas para concretar antes.

Encargamos arroz y tallarines de Cathy's, su restaurante preferido, y los tomamos sentadas en la alfombra del salón frente al televisor de plasma. Pasamos la noche así, en pijama, Kass comiendo con palillos y riendo de que utilice un tenedor, sin reparar en que dejo la mayor parte de mi ración. No charlamos de nada trascendental, justo lo que necesito.

A las siete en punto, mi mánager echa prácticamente la puerta abajo. Salto los escalones de dos en dos y abro canturreando la última canción que he escuchado en la radio mientras Kass se da una ducha.

—Tarde y en pijama —anuncia Greg dedicándole un mohín de desprecio a mi camiseta de pandas. Traspasa el umbral y coloca su portátil sobre la mesa del salón—. Y, como de costumbre, no tenías que llegar a ninguna parte porque la maldita sesión se hace en tu casa. ¿Puede haber un comportamiento más infantil?

—¿Ves esto? Es un reloj —lo desafío moviendo la muñeca a escasos centímetros de él—. Llegas antes.

—Me adelanto a tus catástrofes para poder cubrirte. Te perjudicas a ti misma, estas imágenes son para tus redes sociales. Si en lugar de cien da tiempo a diez, te harás tú sola el resto.

Subo a la segunda planta para avisar a mi amiga y lo dejo a solas con su nube negra, de la que precipitan truenos y rayos.

—Greg, qué sorpresa —dice Vledel quince minutos después.

Pero se ha maquillado con polvos bronceadores, ha aplicado sombra púrpura para destacar el azul de sus ojos y viste como si fuera a un concierto de Katy Perry. Nada discreto. Muy premeditado.

—Vledel —saluda Greg tendiéndole la mano.

Mi estilista la contempla, juraría que se plantea besarla, pero se conforma con estrechársela y dedicarle una sonrisa lujuriosa.

—No lo molestes mucho hoy —le susurra Kass al oído.

—¿Por qué? —inquiero acercándome a ellos.

—Nada —asegura ella, y niega con la cabeza.

—¿Qué ocurre? —insisto.

—Es mejor no alterarlo —advierte Vledel—, últimamente escribe los mensajes en mayúsculas.

Una hora y media en manos de mi amiga hacen milagros con mi pelo, me aplica un maquillaje natural y me trae el primer conjunto de vestido a juego con una diadema de flores que Vledel ha seleccionado. Ponerme y quitarme trapitos es lo último que me apetece, pero Greg aporrea puertas, paredes, armarios y cualquier superficie que emita ruido para que nos apresuremos.

—Pensaba usar focos para fingir que algunas eran nocturnas, pero ya hay luz natural —expone Frank, un fotógrafo profesional al que recurrimos cada tres meses en busca de contenido de calidad.

La exhalación de mi mánager tambalea los muros de carga de mi hogar. Le siguen sesenta minutos de tortura en el jardín en los que seduzco al objetivo, inspecciono el horizonte, el suelo, alzo la barbilla, espalda recta, brazos relajados, rodillas estiradas, sonrisa, frunzo el ceño, intensa, más pasión, descaro, dulzura, natural.

Ya no sé quién soy.

Greg es el último en marcharse. Revisa las fotos del *pendrive* y murmura entre dientes que tendrá que retocar la iluminación de algunas de ellas. Incluso da un puñetazo en el mármol al encontrar unas pulseras que Vledel no se ha llevado, estoy casi segura de que lo ha hecho a propósito para estar a solas con él. Cuando mi mánager gruñe «Sophie», no sé dónde esconderme.

—Estoy ocupada —finjo sin despegar la cara del móvil.

—Seguro —increpa con desdén—. Selecciona tres ingredientes de los que te he enviado por *e-mail*.

—¿Qué *e-mail*?

—Asunto: tu hedor nubla mis sentidos. Es sobre tu nuevo perfume.

Contengo la risa; acostumbra a escribir asuntos dramáticos en los correos referentes a marcas publicitarias. Esta vez soy la única a la que le hace gracia. Mi humor desaparece al ver la fecha en la que lo redactó: antes de Connor, porque ya no nos hacemos reír.

—No firmé nada de un perfume —refuto.

—Lo hiciste. Lo que rechazamos fueron las zapatillas deportivas y la línea de ropa interior.

Y no son las propuestas más surrealistas que he recibido.

—Lo necesito para antes de las nueve. —Empieza a recoger sus cosas e ignora mi mirada.

—¿Qué hora es «antes de las nueve»?

—Es el plazo que te doy para que abras mi correo, medites qué seleccionar, pases del tema toda la tarde y recuerdes que debías contestar cuando hayan pasado unos cuarenta minutos de la hora estipulada.

—Me conoces bien. —Aunque ya no sepa cómo iniciar una conversación normal con él. No en esta vida.

—Limítate a marcar tres estúpidos ingredientes que te identifiquen y listos.

—Bien —asiento, y echo un vistazo a la bandeja de entrada.

Pero ni la lavanda ni el romero ni las petunias ni el laurel ni el jazmín ni las gardenias me representan. Nada lo hace, en realidad. Excepto por el perfume Chance de Chanel, pero supongo que es ilegal copiarles la composición y venderlo con mi nombre.

—Me tomo la tarde libre, necesito salir de este maldito caos —anuncia Greg antes de desaparecer.

Una hora después, cuando le llamo al móvil tras ver la nueva noticia que han publicado sobre mí, no responde. Las emociones me salpican desde todas direcciones; puedo encerrarme en casa e ignorar el sonido de las cámaras detrás de la valla, pero encuentran la manera de alcanzarme.

Connor Lascher, el londinense que ha hundido a Sophie Dylan

Tiene veintidós años, estudia Geografía en el University College de Londres y ha conquistado el corazón de Sophie Alison Dylan (19), alias Sophie's Mind, la *youtuber* y escritora

149

del momento. Las redes comentan la noticia con efusividad y han bautizado a los nuevos Gigi y Zayn con el acrónimo de #Sonnor.

Hace unos días pudimos ver a la pareja compartiendo muestras de cariño en Hyde Park tras un evento de Sophie en la capital británica. Decenas de reporteros se agolpan a la salida de la residencia de estudiantes en la que vive Lascher para captar las primeras imágenes del joven. Perder el anonimato se ve compensado por el interés mediático, pues las grandes marcas ya se han fijado en él.

«Es atractivo, tiene un aspecto fresco e inocente, posee todas las cualidades para triunfar delante de las cámaras», expone la directora de marketing de Luxury Online. También tiene palabras para Sophie, cuyas fotografías en bikini para promocionar una prestigiosa firma de bañadores la colocaron en el ojo del huracán recientemente: «Convierte en oro todo lo que toca, es un imán para la publicidad, aunque le convendría cuidar más su figura. Si exigimos medidas concretas a las modelos, debemos ser coherentes con los *influencers*. Trabajar en internet otorga tiempo suficiente para ir al gimnasio o contar con un preparador personal. Promover una rutina saludable es crucial».

No son las primeras críticas que recibe Dylan, definida como «la voz principal de un peligroso grupo de *millennials* que juegan a ser dioses frente al fanatismo de su público» por el prestigioso periodista y poeta Owen Peterier. Dicen que los artistas hallan la inspiración en sus etapas más oscuras y parece que la soledad ha terminado para Sophie. ¿Será este el fin de su carrera como creadora de contenidos?

Hablan de la persona, pero no reflejan humanidad. Para ellos no soy Sophie's Mind ni Sophie Dylan, solo un títere con el que jugar, un *clickbait*. La mina de oro de la que extraer piedras preciosas, una estrella que atrae público a eventos como si de conciertos de Lady Gaga se tratase, la excusa para llenar revistas que generarán debate, la cara que estampar sobre productos que se agotarán antes de salir al mercado. Para el público joven soy una aspiración; para los demás, mi nombre y mi profesión son un insulto. El prejuicio de que no desarrollo un trabajo, de que cualquiera podría hacer lo mismo, de que nadie me ha cualificado para ganar cantidades desorbitadas al mes. Y para mí, ¿qué soy? Entre tantas opiniones, no lo sé.

Toda mi vida he sido un número que nadie recuerda; ni en mis mejores sueños he sido la primera, incapaz de comprender el descontento del segundo al dejar escapar su oportunidad, ajena a la rabia del cuarto que se queda sin subir al último escalón del podio. Yo soy una cifra del final; una de esas que llega a la meta horas después, cuando ya no queda nadie para presenciar su hazaña, con los pómulos sonrojados, la piel cubierta de sudor y las entrañas en la boca a punto de salir debido al agotamiento y al esfuerzo excesivo. Quizá por eso me empeño en ser la mejor versión ahora que poseo algo que la gente admira.

La facultad fue, en todos los sentidos, una decepción. En mis puntos más bajos, para recuperar la perspectiva, acudo a la sensación que aprecié al entrar en ella. Esa carta, la de admisión a la Universidad Estatal Wayne, significó la felicidad. Lo fue, tan deseada como inesperada; ya estaba preparada para aceptar el trabajo en la cafetería de un amigo de mi padre y dedicar mi futuro a servir cafés, que mi torpeza rompiera tazas y las descontaran de un mísero sueldo con el que sería todavía más miserable.

Las cifras, en aquella época, eran altas para fardar en casa, pero no tanto para vivir de ellas. YouTube era mi refugio de la realidad, el lugar al que iba para descargar mis problemas, llenar la mente con mensajes de apoyo y enfrentarme a mí misma: «Soy mediocre, soy corriente, soy un completo desastre y nunca cambiaré».

Estudiar Literatura fue un error garrafal. Disfrutar creando, expresando tus sentimientos sobre papel, no implica que vayas a deleitarte leyendo y escrutando publicaciones de otros. De hecho, nunca he sido una gran lectora. No se trata de egocentrismo, envidia o rechazo a lo que no es de mi propiedad; yo ansiaba que me enseñasen a mejorar, obtener las herramientas para hacer brillar mis textos y pulirlos al detalle hasta alcanzar cierta excelencia. Y no fue eso lo que encontré.

Por una vez, me dejé llevar por mi intuición. Madrugar se me hacía cuesta arriba si mi destino era un aula de cien alumnos transcribiendo reflexiones de un profesor que no apartaba la vista de la pizarra, llenando la estancia de discursos carentes de significado y apuntando a mi hemisferio derecho con una pistola. El requisito para hacer amigos era asistir a alguna de las fiestas a inicios de semestre, y yo me las salté todas. Aprovechaba cada segundo libre para anotar ideas en las notas del móvil o en los márgenes de los apuntes, no me detenía a hablar con nadie en los pasillos y corría de un lado a otro con un hervidero de conceptos en mi cabeza, como si mi cerebro se revelase y la ausencia de estímulos fuese su motor para manifestarse.

Llamé a mis padres con la voz trémula y el corazón acelerado; «esto es lo que debe experimentar un asesino al confesar su crimen», pensé. Les expliqué mi propósito con la esperanza de que me hiciesen cambiar de opinión, pero, conforme pronunciaba mis cavilaciones, más segura estaba de que la decisión era irrevocable. «Voy a dejar la universidad, no soy feliz», como si fuera a serlo en otro lugar. A veces tengo la convicción de que solo en la infancia gozamos de una felicidad pura, ideal, un estado catártico que empañamos al madurar.

Siempre he sentido cierta vergüenza al «triunfar» con mi falta de estudios, he asumido que mi validación proviene de alguien que no soy yo. Una parte de mí espera y acepta el reproche de aquellos padres que ansían que sus hijos se gradúen y estudien un doctorado, esos que detestan que el ejemplo que seguir de sus retoños sea una figura sin titulación universitaria. El dicho «la vida es la mejor maestra» no es más que un consuelo para fracasados.

Confié en las cifras sin percatarme de la esperanza que depositaba en ellas y di gracias a la carrera por ponérmelo tan fácil al transformarse en la experiencia más soporífera que he padecido. No reparé en qué llenaría mi existencia si los números se volvían en mi contra, si la fama cibernética traspasaba la pantalla y contaminaba mi rutina. Hasta que ese día llegó.

¿Adónde vas si quedarte significa aceptar las heridas y marcharte es arrancar una parte de ti?

La crueldad de las cifras

Vértigo de triunfar,
temor a fracasar.
Todo depende de las cifras.
Despiadadas y mordaces,
un número más pesa con menor intensidad
que un número menos.

CAPÍTULO 7
Mi dosis de realidad

Subo las ventanillas del Audi tras dos horas de viaje, despidiéndome del olor a sal y la brisa cortando mis mejillas. Me alejo de California. De fondo, un recopilatorio de M83 ameniza los kilómetros y me despeja cuando apenas son las cuatro de la madrugada. Me espera un largo trayecto por delante, varios días al volante, parando en discretos moteles de carretera para reponer fuerzas y emprender un nuevo tramo destino a mis Navidades. Este año puedo pasarlas sin preocupaciones; después de todo, las cifras han subido. Incluso la mala publicidad es publicidad.

No soy estúpida, solo una cobarde. Por eso he preferido conducir antes que enfrentarme a un vuelo directo de Los Ángeles a Míchigan de cinco horas. Greg suele acompañarme en la ida, desaparece para pasar las fiestas solo, acompañado, en el Caribe o en Nueva Zelanda, quién sabe, y se presenta en el aeropuerto de Detroit en la fecha acordada para encarar la vuelta juntos. Este año, por el contrario, se ha excusado con un escueto «planes», lo que ha reducido mis alternativas. Pasamos por una etapa inquietante en la que nos repelemos y, por lo menos a mí, esa dinámica me causa un desasosiego constante.

—¿Cómo va la ruta? —pregunta Connor a través del manos libres, interrumpiendo la música e iluminando el coche con su voz.

—Bien, he dejado atrás la parte en la que precisaba las indicaciones del GPS. Las siguientes carreteras son territorio que domino.

—Esa es mi chica.

—Oigo villancicos, ¿has sucumbido al espíritu navideño?

—No, sigo repudiando estas fiestas… Pero mi compañero de habitación es un fiel seguidor de las tradiciones. Ha leído un artículo sobre los beneficios de estudiar con los niveles de serotonina altos y ha adornado las ventanas con luces. También tenemos un árbol coronado por un ángel del tamaño de una pelota de baloncesto. Como si transformar esta pocilga en una oda al muérdago y a las figuritas de pastorcillos fuese a hacernos aprobar los finales.

—¿Muérdago?

—El matojo más enorme y alucinante del mundo. —Ríe—. Puedes pasarte a comprobarlo.

—¿Eso es una invitación?

—Quizá…

Mentiría si dijera que no me visualicé paseando del brazo de Connor bajo diminutos copos de nieve cuando Greg confirmó que mi agenda estaba libre y podía marcharme sin problemas. La imagen se evaporó con la llamada de mi madre para recordar nuestra cita de comidas copiosas y calcetines colgados frente a la chimenea; nadie sabe reblandecer mi corazón como Clara Dylan.

—Te mandaré vídeos para que te maravilles con nuestra decoración, nos lo tomamos muy en serio —aseguro, aunque al llegar estará todo ya dispuesto.

—Prometo repetirlos en bucle si tu preciosa cara sale en ellos.

—Cursi.

—Loco por ti —contraataca con ternura.

—Te cansarás —objeto.

—Jamás.

Catalogo de milagro que nuestra relación no se haya desmoronado debido a esa semana demencial en la que los medios nos cortaron a trocitos minúsculos, analizando fotograma por fotograma, ampliando imágenes para informar de la marca de ropa que vestimos o la ruta exacta que hicimos la noche de nuestro primer beso, ahora convertida en indispensable para parejas que pretenden tener un encuentro tan especial como el de Sophie Dylan y su conquista británica.

Desecho los pensamientos y piso el acelerador.

Casa. Desconexión. Felicidad. Es un alivio saber que mis padres siempre me tratarán igual, que mi hermana será mi principal crítica porque no se pierde ningún vídeo, por muchos trabajos que deba entregar en su último año de instituto. Es el antídoto de realidad que preciso en situaciones así, las manos que no me soltarán nunca o que inventarán todo tipo de mecanismo para retener a Sophie, a secas, arañando el asfalto.

El paso del tiempo, desde que vivo en otro estado, me preocupa. Lo veo reflejado en mi padre, con menos pelo que la última ocasión en la que nos abrazamos, puede que haya menguado en altura, pero atesora los mismos ojos relucientes tras las gafas de media luna. Lo percibo en el cambio de tinte de mi madre, un pelirrojo que casa a la perfección con su mirada chocolate, y también el reciente hábito que ha adoptado de llenar la casa de flores aromáticas que no son el perfume a vainilla que recuerdo. Pequeñas modificaciones que me hacen palpitar y susurrar: «¿Qué más te habrás perdido?, ¿qué más te perderás?». Brinley ha crecido diez centímetros y está más bonita que nunca, con ojos azul cielo y una melena infinita que no necesita recoger u ornar porque se mueve con una gracia excepcional haciendo que cualquiera se detenga a observarla. Y ella ni se da cuenta, lo cual es positivo y una desgracia a la vez.

En cuestión de minutos corre la voz y algunas vecinas se agolpan alrededor de la casa de ladrillo caravista para espiar a través de los cristales. Desventajas de la tecnología y su inmediatez, una foto en la gasolinera y ya han averiguado mi destino. Mi madre se empeña en ayudarme a subir la maleta a la segunda planta y a deshacerla, sin esperar un período prudencial para mencionar a Connor.

—¿Cómo lo conociste? —Por su interés, juraría que se refiere a uno de los famosos de su quinta que me crucé en los Emmy.

—Mamá... —bufo.

—Oh, no va a servirte ese tonito conmigo. Llevo días viendo a mi hija en reportajes, enterándome de su vida por buitres carroñeros que saben más de ella que su propia madre.

—No saben nada, solo tienen unas imágenes y especulan usándolas de fondo para batir picos de audiencia.

—Dame datos o juro que abriré la puerta de casa y organizaré un *photocall* en el salón —amenaza.

Suelto una carcajada sincera, estoy segura de que ofrecería galletitas en forma de Papá Noel para nutrir a una cola que daría la vuelta serpenteando el jardín.

—¿Qué quieres saber? —Rendirse con ella es una victoria, le proporcionaré un par de detalles para paliar su curiosidad y seré libre.

—¿Cuánto hace que lo conoces? ¿Cómo? Dime que no es un extraño con el que te besaste sin más.

—Llevamos un tiempo hablando, me escribió un mensaje por Instagram. Quedamos para vernos en persona y surgió.

—Entonces, ¿lo invitarás para que le conozcamos?

—Mamá, apenas paso tiempo en casa y es muy reciente.

—Las próximas Navidades —propone ilusionada. Oigo a su cerebro planear dónde pondrá un colchón nuevo y qué platos elaborará para impresionar a Connor.

—Él también tiene familia.

—Vi a sus padres por televisión, algo estirados. Su abuela, en cambio, es un encanto. La entrevistaron mientras hacía la compra. Debe tener una buena pensión, llenó el carro de marcas carísimas. ¿Sabes de qué trabajaba su marido? Dijeron que murió el año pasado.

—Mamá… —Rebato, a sabiendas de que su palique se dilatará unos minutos más.

—Connor parece perspicaz, se desenvuelve muy bien para no estar acostumbrado a lidiar con las cámaras.

—Sí, Connor tiene un carisma especial.

—Nada de eso me importa, ¿sabes, cariño? Lo único que me preocupa es que seas feliz.

—Lo soy.

—En ese caso, las puertas de esta casa estarán abiertas para él.

A diferencia de otras chicas de nuestra edad, Brinley y yo obviamos la delicadeza con la que actuarían dos adultas y hacemos una regresión al pasado cuando estamos juntas. Volvemos a ser dos niñas de siete y diez años que juegan en la parte trasera del jardín a hacer muñecos de nieve deformes y a tirarse bolas que pretendían ir directas a la boca, pero que terminan impactando en otra parte debido a nuestra pésima puntería. Al mediodía, tras deducir que una visita por la zona no hará más que incrementar el revuelo, encargo comida a domicilio. Mi madre insiste en que saque dinero de su bolso para pagar, y yo me niego caminando hacia la puerta con mi monedero.

—Sophie —refunfuña.

—Me has alimentado toda la vida, déjame que yo lo haga hoy.

Aun así, completa el menú de lasaña y pavo relleno con una tarta de *cupcakes* caseros para celebrar mi vigésimo cumpleaños.

—Faltan seis días para el treinta de diciembre —enfatizo.

—¿Acaso crees que una madre olvida la fecha en la que un saco de patatas llorón sale de su cuerpo? No estarás aquí ese día y soplar las velas a través de una pantalla no es lo mismo —responde haciendo pucheros.

—Si pudiera quedarme...

—Lo sé, cariño.

Brinley aparece con globos y nos obliga a leer frases de sus series favoritas, las cuales ha introducido en una bolsa para que cada una seleccione tres al azar. La voz de pitufo que causa el helio que aspiramos es motivo de risas. Mi madre se alza como ganadora en la primera ronda y obtiene un *cupcake* como premio. La diversión finaliza con mi tono de móvil anunciando el nombre de mi mánager en la pantalla.

—¿Me marcho tres días y no puedes estar sin mí? —insinúo mientras subo la escalera hacia mi habitación.

«Ojalá fuera cierto», añado mentalmente.

—Llamo por una oferta.

—Ni lo sueñes, nada de trabajo —advierto exasperada—. Estos días me pertenecen íntegramente y pienso aprovechar cada segundo de ellos. Así que voy a colgar y luego...

—Se trata de tu instituto —interrumpe—. Me ha llamado el director para que des una conferencia.

—¿Qué?

—La prensa ya ha informado de que pasarás las vacaciones en Míchigan. El instituto propone una hora en la que hables de tu experiencia, algunas preguntas y una fotografía colectiva para colgar en su web. A cambio de nada.

—¿Estás de broma?

—Creí que te haría ilusión rememorar viejos tiempos. O hacer un poco de caridad —añade riendo con amargura.

—Lo que escribí sobre mis años de estudiante está basado en hechos reales. Ese lugar me da urticaria.

—No será para tanto.

—Lo es. No tenía amigos, coleccionaba suspensos, me dejaban para el final cuando había que hacer grupos en Educación Física y ni siquiera comía sola en la cafetería porque me tiraban la bandeja a diario alegando que podía servirme de inspiración para uno de esos patéticos poemas de YouTube.

—Suena deprimente. Pero puedes resarcirte, volver a ese infierno como una triunfadora, dejar caer los ceros de tu cuenta bancaria y vengarte con aires de superioridad. Te prepararé una presentación con fotos de tu casa, apuesto a que tu vestidor es más grande que el despacho del director.

—Eso sería divertido —coincido.

—Dame un par de horas y tendrás material digno.

—Pero tú también estás de vacaciones.

—Cambio de planes, me quedo en Los Ángeles.

—Nunca sacaste los billetes para ir a ver a tu familia, ¿verdad?

—Tenía que librarme de ti de alguna manera —admite antes de colgar.

Dormir esa noche se me antoja imposible. El plácido sueño de Detroit se ve sustituido por un constante runrún de mi cabeza, una maraña de mantas que me aprisionan como tentáculos y la mandíbula tan apretada que me provoca dolor maxilar. Soy incapaz de masticar durante el desayuno, así que me limito a beber el tazón de leche bajo la mirada de preocupación de mi madre. Mi padre, que ha pedido fiesta para acompañarnos, me da unas palmaditas en la espalda. Lejos de animarme, incrementa mi malestar.

Esta es, sin duda, la vez que más nerviosa estoy antes de hablar en público. No hay focos ni un recinto de dimensiones desproporcionadas repleto de fans que saben mi nombre, la sala de actos en la que nos encontramos apenas alcanza el tamaño de un huerto decente. Han colocado un par de sillas en los laterales para ampliar el aforo a diez personas más. Puede que en total haya cuarenta, cuarenta y ocho como mucho. La mayoría son estudiantes de último curso que me observan con recelo, una ceja enarcada o muecas de disgusto por tener que estar presentes en el instituto en vacaciones. «Todo lo que hayas hecho una vez puede repetirse —me aliento—. Estás sola, pero sabes qué decir, has afrontado esta situación con anterioridad. Va a salir bien.»

Brinley está al fondo con una cámara, me apuesto un brazo a que la escuela le ofrecerá una buena compensación si comparte, sin exigir una cantidad económica, los instantes que ella inmortaliza con el mero objetivo de enseñar a mis tíos y abuelos en la comida de Navidad. Mis padres se hallan sentados entre los oyentes, sus sonrisas deslumbran más que la luna llena en una noche despejada, sin estrellas que le hagan la competencia. Llevan años viendo mis eventos a través de las redes sociales y disfrutan de esta primera vez en directo, como si su hija mayor liderase la banda de pop del momento.

Sin embargo, solo estoy yo. Hoy debo enfrentarme a las masas sin la seguridad de mi ritual, la mano de Greg dándome fuerzas o su «equipo» transportándome a mi lugar seguro. El director rompe el hielo con una introducción en la que resalta el peso de la educación para forjar un carácter tenaz y emprendedor; yo, en la distancia, me froto las manos y tomo aire hasta adueñarme de cada partícula del edificio.

—Hoy tenemos el placer de contar con nuestra exalumna de mayor repercusión, un fenómeno de masas que nos cautivó desde el primer día. Su capacidad de influencia a través del entretenimiento es inaudita, indudable desde su infancia. En Fasson School nos gusta creer que tuvimos algo que ver en su éxito. Nosotros atestiguamos su talento y la incitamos a explotar su potencial con certámenes literarios y numerosos cursos creativos. Siempre fue una estudiante extraordinaria, participativa, un ejemplo que seguir que ahora goza de un medio a través del cual inspirar a jóvenes de todos los continentes. Por favor, recibamos con un caluroso aplauso a la líder de la próxima generación: Sophie Dylan.

Contengo una risa irónica ante la lista de falacias que expone sin inmutarse y salgo al escenario arropada por la ovación de los asistentes. Mis padres son los más escandalosos y no tienen pudor en levantarse para saludarme desde la distancia. El director me entrega el micrófono y, tras un breve apretón de manos que no termino de asimilar, me deja a solas sobre la tarima.

Miles de imágenes empiezan a proyectarse en la pared: paneles de coloquios, panorámicas de los fans, capturas de mi canal, redes sociales, las cifras en números enormes, fotografías de las últimas campañas que hemos realizado... Centro la vista en el asiento más alejado e imagino a Greg en la parte trasera, escuchando cada una de las palabras de mi discurso, pronunciándolas conmigo y acompañándome en cada respiración, pausa, reacción del público, tocándose los nudillos con nerviosismo en los silencios más largos de lo necesario, temiendo que me haya olvidado de la siguiente línea y sonriendo finalmente cuando recupero el ritmo de la narración.

No obstante, para este acto no hay nada escrito. «Confío en tu instinto», me ha asegurado esta mañana por teléfono, cinco minutos antes de salir. «Y yo confío en tu criterio», he contestado, porque confiar en mí misma es demasiado osado.

—Famosa. Conocida. Millonaria. Triunfadora. Así me definen en las entrevistas. Lo que hay cuando las cámaras se apagan es una chica de diecinueve años que ha tenido suerte. —Sin percatarme de ello, he comenzado a caminar por el escenario, gesticulando con la mano libre, mostrando algo similar a la convicción—. El lujo, el dinero, el reconocimiento… Todo eso es la fama, pero no el éxito. Si os soy sincera, la mayor satisfacción que alcancé fue con mi primer vídeo, pero no al subirlo a internet, sino al escribir esa sucesión de sílabas repletas de ira adolescente. Mis seguidores los llaman poemas, lo cual me parece una exageración. No sé nada de rimas consonantes en los pares ni de versos alejandrinos o figuras retóricas. Lo mío es fruto del impulso, una necesidad que no sabría explicar. Es mi manera de enfrentarme a las cosas; en lugar de declararme al chico que me gustaba, vomité una página con mis sentimientos, reduje la humillación a las paredes de mi habitación, a un canal que nadie buscaría jamás. Hasta que se hizo viral.

Redirijo la mirada del fondo hacia algunos de los espectadores, los ojos se alzan hacia mí con timidez. Puede que les interese lo que digo. Puede que una pequeña Sophie que escribe poemas, relatos o canciones esté sentada en una de esas butacas, esperando la inspiración indispensable para ser ella misma.

—Nunca pensé que conseguiría esto. —Señalo a la proyección—. Los autógrafos, los números infinitos, los viajes... No son más que distracciones, una obligación que te viene impuesta. Estar lejos de tus seres queridos, aceptar propuestas que se alejan de tu zona de confort y mostrar siempre tu mejor cara, aunque estés teniendo el peor día de tu vida, es el precio que hay que pagar por dedicarte a lo que amas. Y, pese a los sacrificios, las veinticuatro horas devanándote los sesos para generar nuevo contenido y la presión, no lo cambiaría por nada. Porque amo mi trabajo, amo a mi equipo —confieso con emoción—, y no podría estar más agradecida al universo por haberme enseñado la única cosa en la que soy buena. Emocionar, supongo.

La sala estalla en aplausos, mis padres se abrazan y acaricio la felicidad con la punta de los dedos gracias a sus expresiones de orgullo.

—El éxito es haber crecido, tornar el dolor en mensajes que ayuden a alguien, que os hagan sentir identificados —prosigo—. ¿Os habéis enamorado? ¿Os han roto los esquemas y habéis perdido el rumbo? ¿Habéis llorado cada noche persiguiendo un sueño que no se cumple? ¿Habéis descubierto que la gratificación no se encuentra en que multitudes admiren lo que haces, sino en alcanzar un solo corazón? Ese corazón es el vuestro. Hagáis lo que hagáis, el objetivo primordial es que la primera persona feliz seáis vosotros. Dejad que se os erice el vello de la nuca, no tengáis miedo a llorar o a reír a carcajadas; crear implica rendirse a las emociones. No a las cifras que te darán estatus, no a una cantidad de dinero para comprar el coche más rápido. Crear es vivir, imaginar, salir de vuestro propio cuerpo y regresar minutos más tarde con la certeza de haberos esforzado. Eso es el éxito: olvidar quién eres y convertirte en magia que conmoverá a alguien. Así que no permitáis que os corten las alas, soñad sin límites. Feliz Navidad y gracias por vuestra asistencia.

El acto finaliza con el agradecimiento del director, una ronda de veinte preguntas y la fotografía grupal prometida.

—Esta es mi pequeña —exclama mi padre abrazándome fuerte, mi madre se une y hago acopio de todas mis fuerzas para refrenar los sollozos.

—¡Qué bien hablas, cariño! Eres maravillosa —balbucea Clara con los ojos brillantes.

—He grabado algunos fragmentos, se los mandaré a Greg —comenta mi hermana.

—Le encantará verlo —coincide mi madre.

La comida y la cena se ven monopolizadas por mi charla, mi padre ha anotado sus citas favoritas y las repite hasta que pongo los ojos en blanco, suplicándole que olvide esa mañana al igual que yo lo he hecho. «Por mi bien, por mi salud mental. Para ser normal.» Esa noche nos acostamos temprano, Brin se mete en mi cama con un plato de galletas de jengibre y me ofrece.

—No, gracias.

—Estirada, el año pasado comimos dos cuencos hasta echarlas sobre la alfombra del baño.

—Precisamente por eso, hay que aprender de los errores.

Su móvil suena, echa un vistazo y lo apaga con un semblante inescrutable.

—¿Algún admirador secreto?

—No seas como mamá, yo no he metido las narices en ese lío de tu novio de Londres.

—Soy la hermana mayor y eso me otorga derecho a saber lo que pasa en tu vida.

—Nada por lo que debas preocuparte, no me interesan los chicos inmaduros de clase.

—Sigo en contra de presentarte a Orlando Bloom.

—Mi fijación por él pasó hace semanas. —Se mete dos galletas en la boca y mastica sonoramente—. Ahora soy adicta a Asa Butterfield de *Sex Education*.

—No me parece sustituto del calibre de Jon Snow… ¿Todo bien en mi ausencia?

—Sin novedades. Aunque espero que tu próximo proyecto no incluya colonizar Marte o algo así, ya es duro estar a la altura teniéndote en California.

Es la primera vez que reflexiono sobre esto, debe ser difícil para mi hermana vivir en la sombra. Quizá el pensamiento no haya acudido a mi mente antes porque la considero superior a mí: responsable, decidida, inteligente, bondadosa y genuina. Su talento es desbordante e inverosímil, ¿cómo es posible que destaque en clase, cuente con un grupo sólido de amigos, haya enviado solicitud a más de diez universidades y espere aceptación de cada una de ellas? Por no destacar lo preciosa que es, nadie se atrevería a juzgar su físico ni en el peor de sus días.

—Te llevaré cuando quieras. Pídele una semana de misericordia a Greg y seré tu chófer.

Arruga la nariz como si acabase de oler una bomba fétida.

—Ni lo sueñes, no soportaría el calor ni a los pijos repelentes —niega con efusividad—. Me gusta chuparme los dedos cuando como patatas fritas y rebañar los restos de salsa del plato.

Adoro eso de ella: su rechazo al mundo del dinero fácil y las apariencias. La amarían por ser real y Brin no anhelaría otra cosa que los muñecos de nieve que puede hacer en Detroit.

—Eres increíble, ¿lo sabías? Más de lo que yo llegaré a ser nunca. —«Recuérdalo, Brinley, tatúatelo a fuego, tú eres el diamante de la familia».

—Ya... El sistema educativo es una basura y no entras en la universidad por vocación, sino por contactos o por ser el hijo de un pez gordo. Mis expectativas no son altas.

—Deberías confiar más en ti misma. No eres buena en una cosa, sino en todo lo que haces, ¿cuánta gente crees que hay como tú?

—¿Practicas para uno de tus discursos motivacionales? Sonaste muy contundente en el instituto, con esos pobres alumnos obligados a asistir. Sus caras de funeral sí que eran un poema, y no las pantomimas que publicas tú —se mofa.

A mi hermana no le gusta ser el centro de atención.

—La costumbre. No siempre creo lo que digo.

—¿Como el libro?

Asiento.

—Si te sirve de consuelo, preferí el borrador que me mandaste, el tuyo —puntualiza—. Habría superado las ventas de ese producto prefabricado. Odio cuando nos venden historias de gente perfecta que nace con una estrella en el culo, destinada a triunfar a pesar de sus detractores o de la precariedad económica de su familia. Nadie te ha regalado nada, ni siquiera el ingenio. Has trabajado más que Carrie Zackerton exponiéndose a rayos UVA de septiembre a diciembre para presumir de piel bronceada en fin de año.

—¿Acabas de compararme con una animadora de tu clase?

—Ambas sois muy populares —apunta cubriéndose la boca con ambas manos para ahogar el sonido de su risotada.

—Tener seguidores no sirve de nada si no saben quién eres.

—Te equivocas contando números. En la vida real, como en las redes, de nada sirve que alguien te siga si nunca comenta, no mira tus fotos ni te escribe por privado para mandarte vídeos de cachorritos irresistibles. Otros, en cambio, los que forman parte de cada instante, deberían contar como un millón de personas.

Lo medito unos segundos y siento un pinchazo en el corazón. Quizá si la manera de contar de Brinley fuera la correcta, con mi familia y mi equipo seguiría siendo una celebridad.

Despierto a las ocho pasadas, con mi hermana acurrucada a mi lado, sin ansiedad. No recordaba lo que era esto: abrir los ojos lentamente, sin punzadas que avasallan mi pecho ni la sensación de estar dentro de un barco que combate la bravía del mar. Con mi cabeza libre de voces que no son la mía, rendida a la suave melodía del viento que mece los árboles. Incluso el chirriar de las cadenas oxidadas del viejo columpio que mi padre instaló en el jardín consigue apaciguar cada centímetro de mi cuerpo. Esto es paz, estar en casa, notar las respiraciones pausadas de Brin a mi lado, saber que no estaré sola en todo el día. Habrá comida, regalos, tradiciones y motivos para celebrar. Me permito desconectar el wifi y salir de la cama sin utilizar el móvil más que para mandarles un mensaje a Greg, a Kassidy y a Vledel deseándoles una feliz Navidad. Adjunto un vídeo para Connor en el que mi familia y yo lo saludamos; «Feliz Navidad, chica feliz», envía como respuesta. Y lo soy.

—A desayunar —anuncia mi madre desde la planta baja.

—¿Gofres con crema de cacahuete de Neverland? —inquiero emocionada, y echo una carrera con Brin en la escalera. Mis Navidades desde que tengo uso de razón se resumen a ese sabor dulce de receta inigualable, con masa casera y un toque de azúcar glas.

—Pensaba preparar tortitas —confiesa Clara con el delantal puesto—, olvidé encargar los gofres con la faena que tuvimos esta semana en el restaurante. Fui al supermercado sin la lista, mi cerebro de embarazada se manifiesta en períodos de tensión.

Ese es su comodín, los dichosos embarazos que le dejaron secuelas irreversibles.

—Nada de usar los fogones —gruñe mi padre, que está ultimando los platos de la comida.

—Neverland ya está abierto. Podemos ir ahora —propone mi hermana.

—No tardaremos más de media hora, andando llegaremos antes que si tenemos que esperar en los trece semáforos que hay en el camino —prometo.

Ataviadas con gruesos abrigos y guantes de nieve, nos enfrentamos a la estampa matinal. Me deleito con la composición de luces encendidas de las casas vecinas. La señora Rogers, cuyo afán en la vida es competir, ha engalanado los frágiles arbustos de la entrada con bolas pintadas a mano y enanitos disfrazados con gorros rojos. Un par de niñas descuidan sus patinetes y cuchichean, tapándose la boca con la mano, al verme pasar a escasos metros. Sacan el móvil para hacer una fotografía con poco disimulo y Brin hace lo mismo: las retrata a ellas hasta que paran de mirar.

—Está bien —recalco. Lo comprendo, habría hecho lo mismo de haberme topado con un famoso. Solo que es extraño considerarme parte de ese colectivo.

Las mesas circulares de Neverland están vacías. Sus paredes siguen pintadas de color malva, con vinilos y portadas de películas de los noventa en cada esquina. Tras echar un vistazo a la carta, descubro que ofertan un plato con mi apodo de YouTube: el Sophie's Mind, un combinado de patatas fritas, huevos revueltos, beicon y tostadas con doble ración de queso fundido y mayonesa. Es chocante que mi lugar preferido tenga marcos colgados con mi foto detrás del mostrador y la dependienta, que ha trabajado allí toda la vida, me llame por mi nombre cuando no entabló conversación conmigo ni una de las tardes en que acudí sola a por mi batido de mango y unos crepes bañados en Nutella.

Nos sirven con rapidez y salimos cabizbajas para evitar a los primeros clientes de la jornada, la mayoría familias vecinas cuya intención es iniciar una ronda de preguntas sin fin. De vuelta, con una caja repleta de gofres y mi hermana lanzando las llaves de casa por los aires e insistiendo en que vayamos a dar un paseo con mi coche para prepararse el examen práctico de conducir, distingo una cara familiar. Charlotte Wagner, compañera de clase, delegada de último curso, de popularidad media. Está imponente, maquillada mejor de lo que yo sabré nunca pese a mis tentativas, con la negra melena recogida en una coleta alta y aspecto de haber aprovechado la mañana antes de que el reloj marque las nueve.

—Hola, Sophie. —Me saluda con una sonrisa mientras sus ojos me someten a un escrutinio.

—Charlotte, ¿qué tal va todo?

Con ese diálogo ya hemos interaccionado más que en años de instituto.

—Bien, liada con la universidad. Me he escapado una semana para pasar las fiestas en familia. No sabía que habías vuelto —comenta, como si pensase llamarme de haberse enterado.

—Estoy pasando unos días en casa de mis padres.

¿Cuándo deja de llamarse «casa» a secas la vivienda en la que creciste para denominarse «casa de tus padres»?

—He visto que has escrito un libro. —Su tono, que intenta ser casual, suena forzado.

Reprimo el impulso de confesarle que tengo la placa que ganó en el certamen literario de secundaria. Aunque estoy segura de que no es tan relevante para ella como lo es para mí.

—Sí, encontrarlo en las librerías del pueblo ha sido una sorpresa agradable.

Omito que su contenido es pura ficción; la gratificación de regresar al lugar en el que creciste y hallar un pedacito de tu carrera resulta placentera.

—Me encantaría leerlo.

—Les mandaré una copia a mis padres para que te la den, aún conservo parte de los ejemplares que me envió la editorial en Los Ángeles. —Pero lo cierto es que los regalé todos, así que lo más probable es que compre uno antes de marcharme y se lo dedique.

Nos despedimos con monosílabos y un «Feliz Navidad» incómodo; ninguna sabe cómo terminar, qué decir, qué guardar bajo llave. Ella sus «no comprendo cómo has pasado de perdedora a diosa de internet, no sabes cuánto me arrepiento de no haber sido tu amiga del alma para derrochar contigo perfumes caros, vacaciones a destinos exóticos, abrirme puertas con fotos aparentemente improvisadas en tus redes sociales y escribir yo también mis memorias sobre cómo te conocí». Yo mis «espío tu Facebook de vez en cuando, tienes menos amigos que yo, pero estás radiante, haces que me arrepienta de haber dejado la carrera, envidio que lleves dos años en una relación y no necesites comunicarte con tu novio a través del móvil porque sois de la misma ciudad».

Mi madre nos espera con la mesa puesta, cuatro platos listos para colocar los gofres y empezar el festín.

—Mira, cariño, sales en portada —anuncia mi padre entrando un minuto después en el salón. Lleva una pila de periódicos, deposita uno sobre la mesa y señala el titular: «Sophie Dylan, el fenómeno de internet, regresa a su pueblo natal por Navidad».

—Has comprado demasiados —espeta Brinley poniéndose una mano en la frente y simulando indignación.

—Tengo el número exacto. Tres ejemplares para nosotros, uno para Sophie, otro para los abuelos de Nashville, para los tíos Marge y Anton, para el trabajo...

—Son demasiados, papá —indico.

Pero mi madre aparece con una caja repleta de recortes en los que salgo y se empeña en repasar en voz alta los artículos más ridículos que se han redactado sobre mí.

—«Sophie's Mind compra la mansión de Leonardo DiCaprio en Palm Springs, valorada en cien millones de dólares» —recita imitando a las presentadoras de televisión.

—Totalmente falso —declaro.

—«Sophie Dylan deja YouTube para encarrilar su carrera como actriz protagonista en *Anatomía de Grey*. Descubre los motivos que llevan a Shonda Rhimes a matar a Meredith Grey» —lee mi padre.

—Espera, esta es buena. —Brinley zarandea media página ante mis ojos—. «Sophie Dylan prepara su nueva aventura: Aerolíneas Dylan. El siguiente paso será un aeropuerto privado para evitar las largas horas de espera junto al resto de los mortales».

—Mi peor pesadilla... —lamento con la boca llena.

Desayunamos deprisa, casi nos atragantamos con la masa esponjosa de los gofres, y asiento a la expresión de mi hermana, que me suplica que dividamos el segundo entre las dos.

—A por los regalos —anuncia derrapando hasta el árbol, relamiéndose los restos de chocolate de los labios.

Somos la única familia civilizada, o loca de atar, que puede comer sin haber abierto los paquetes del salón. Me percato del cruce de miradas entre mis padres al advertir que le he comprado a Brin entradas para el concierto de Sia, un iPhone 11 y un vestido de Prada para la graduación. Ellos, en cambio, le entregan un pijama y un paraguas plegable.

—Tienes un talento especial rompiéndolos —comenta mi padre encogiéndose de hombros.

—No tenías que haberte molestado, hay bolsos de sobra en esta casa y es mucho dinero —cuchichea mi madre, fascinada con un nuevo diseño de Louis Vuitton. Insiste en devolverme la tarjeta regalo de tres mil dólares para que se compre ropa.

—Mamá, no es molestia. Me envían muchísimas cosas —finjo que es algo sin valor para que no se sienta mal.

Mi padre está encantado con la suscripción anual a sus canales de deportes preferidos y una guitarra acústica idéntica a la que usó Bruce Springsteen en su gira de 1988. Fue el primer concierto al que mis padres acudieron juntos, la historia de su beso durante *The River* es de esas anécdotas que reiteran hasta la saciedad. Sus rostros palidecen al darme unos cuadros de paisajes y flores pintados por mi madre, una tarta de arándanos del restaurante de mi padre y una redacción de mi hermana puntuada con un perfecto diez en la que relata su visión sobre mí, la cara humana de un ascenso exitoso.

—Ensayo sobre tu modelo a seguir —presume, y dibuja un corazón con las manos.

—Así que sacas buenas notas a mi costa —bromeo.

—No sabíamos qué te hacía falta —reconoce mi madre.

«Lo tienes todo y arriesgarse a comprar unos zapatos sin marca cuando los puedes comparar con un par de Jimmy Choo es fracasar estrepitosamente», estará cavilando.

—Los regalos manuales son los mejores —afirmo.

Debido a que somos una familia numerosa, la comida se celebra cada año en una casa distinta. Era el turno de mis abuelos; aun así, mis padres se han ofrecido a organizarla por segundo año consecutivo. Sospecho que lo hacen para que no tengamos que perder otro día viajando.

Axelle, la novia de uno de mis primos, pone la televisión y no cambia de canal hasta que advierte mi ceño fruncido. «Los programas del corazón son ahora el enemigo», me planteo, empatizando de una forma extrema con los artistas cuyas vidas sesgan y reparten como trozos de un pastel.

—¿Qué tal te va con los vídeos, Sophie? —pregunta mi tío Max durante la sobremesa.

—Papá, le va bien —murmura entre dientes su hija Rita con un mohín de «gana más que nosotros, por supuesto que le va bien».

El palique se desvía a un terreno seguro: Brinley y sus excelentes resultados académicos, su propósito de ir a la universidad y el premio que ganó al construir un prototipo ecológico para Ciencias. La contemplan con interés, la interrogan sin miedo y la toman en serio; conmigo es diferente, como si restasen valor a lo que he conseguido porque creen que es fruto de la casualidad. «Sophie no se ha esforzado lo suficiente», «El día en el que el *boom* de los vídeos termine lo pasará fatal trabajando de camarera», «La propia Sophie alucina con lo bien que le están yendo las cosas», o eso claman mis ecos mentales.

El tiempo se ralentiza, condensando más segundos de los que debería dentro de minutos que se burlan de mí, excluyéndome de conversaciones en las que me pierdo. El partido de *rugby* de mi primo Alexander, el nuevo trabajo de mi tío West tras haber dejado la agencia de relaciones públicas, la *start-up* para la que dispone de subvención su hermana Janet. Palabras que materializan mi lejanía, la prueba de que corté los lazos invisibles que me unían a parte de mi familia al marcharme a Los Ángeles. Sin pretenderlo, los diálogos inofensivos tienen esa repercusión en mí. La de aislarme al tratar de incluirme, sacando temas de los que no he sido partícipe y ahora es tarde para interesarse por una idea que ya es negocio, por una beca que ya te han concedido o por las dudas de dejar un empleo si ya tienes otro.

El año que viene será distinto. Brinley habrá empezado la carrera, puede que nazca algún bebé y los comentarios de cortesía se verán apagados por los llantos. Se me hace raro que algo vaya a ser diferente o que lo sea ya, como si el privilegio de evolucionar me perteneciese. Pero no es cierto, no lo hago. Me hallo en una encrucijada de cifras que suben y bajan a su antojo, dominando una parte de mí a la que ni yo misma tengo acceso. Qué absurdo sería decirles a mis padres, que han pasado tres días cocinando para treinta personas, los niveles de estrés que alcanzo si los gráficos de Greg son decrecientes. «Los números vitales son los de las sillas ocupadas alrededor de la mesa, los parientes que cuentan con salud para celebrar a tu lado las fiestas», recitarían. Y tendrían razón en parte y no la tendrían por completo.

La postal de mis seres queridos en el porche, rodeados de nieve y agitando la mano en mi espejo retrovisor, es lo último que avisto con nitidez al marcharme de Detroit. «Memorízalos, cada detalle insignificante de ellos, y retenlos en la memoria por si la próxima vez que los veas lo que encuentras ante ti no resulta familiar. O por si tú misma dejas de reconocer tu reflejo. Será entonces cuando deberás evocar esto: sus manos alzadas en el aire despidiéndote, sus sonrisas persistentes y esos ojos que te observan como si nada hubiera cambiado. Si te pierdes y no tienes mapa ni brújula, piensa en ellos hasta que recuerdes cómo te castigaban al sacar malas notas, los juguetes que te rompió tu hermana pequeña, las veces en las que te gritaron *no* y subiste llorando a tu cuarto.»

Ahora todo es *sí*, admisible. Así que, por mi bien, reprimo las lágrimas y fijo la vista en ellos hasta que se reducen a una silueta lejana. Mi familia, mi dosis de cordura y realidad.

CAPÍTULO 8
Una chica con suerte

Era consciente de mi repercusión global, en televisiones e internet como bloques indivisibles, hacía demasiado que no me detenía a diseccionarlos en individuos. Seres humanos. No me percato de la trascendencia que tengo en una sola persona hasta un par de semanas después, un martes como cualquier otro en el que no hay nada de especial. Revisar los contenidos que Greg ha preparado, subir un par de selfis, retuitear una frase de motivación, salir a correr y decidir que estoy cansada a los diez minutos... Rompiendo mis esquemas, Brin me envía un enlace, el de una carta de Charlotte Wagner publicada en el periódico de la Universidad de Phoenix, posteriormente compartida por medios de alcance nacional. Mi mundo se detiene leyendo una descripción sobre mí desde un enfoque distinto.

Me crucé con Sophie Dylan estas Navidades, de vuelta a casa con una caja de gofres recién hechos, y creí que era extraño. Imaginaba que la gente de su estatus obtiene todo lo que quiere con dinero, que ofrecería promoción a cambio de un envío a domicilio, pagaría una cuantiosa suma por cerrar el local para ella sola unas horas o lo compraría si le venía en gana.

Estaba «normal», reconocible. Más esbelta que años atrás, con el pelo brillante y un rostro que irradiaba luz. Es lo habitual a nuestra edad, aunque yo soy pálida a secas, no como una princesa de Disney con piel traslúcida y perfecta, más bien alguien a quien verías dormir y te preguntarías cuánto tiempo lleva muerto.

Sophie y yo fuimos juntas al instituto y, aunque no llegamos a ser las íntimas amigas que se prestan ropa o consiguen el teléfono del chico que le gusta a la otra, nos saludábamos en el pasillo, manteníamos una relación cordial. Recuerdo sus combinaciones de ropa oscura, nada ajustado ni arriesgado, sin querer llamar la atención. Como si supiera que su único modo de destacar era haciendo el ridículo.

También tengo grabado lo mala estudiante que era, no irresponsable y pasota, sino torpe sin remedio. Yo nunca fui una eminencia; sin embargo, era de las primeras en Biología y las actividades físicas no se me daban mal. Tuve dos novios formales y no me faltaron pretendientes; a ella nadie la miraba de manera especial, ni había rumores de un admirador secreto, pasaba los almuerzos en una esquina de la cafetería con los auriculares puestos y arrastraba los pies de vuelta a casa sin amigos que la acercasen en coche.

Ahora se dedica a influir en el comportamiento de las personas, a decirles qué estampados serán tendencia tras ponérselos ella, dónde degustar el mejor *brunch* o qué bañadores conforman su fondo de armario, aunque la Sophie de Detroit a duras penas se quitaba la camiseta en la piscina municipal y prefería falsificar escritos de su madre con pretextos como fiebre, piel atópica o la menstruación antes que ducharse frente al resto.

¿Cómo se pasa de ahí a la fama? ¿Cómo recauda con una fotografía lo que mis padres han ahorrado mes a mes para pagarme la universidad? ¿Cómo me sugestiono y acepto que estoy satisfecha si le llevaba cien vueltas de ventaja, pero, en un abrir y cerrar de ojos, ha cruzado la meta sin que haya visto su silueta pasar? ¿He fracasado estrepitosamente o Sophie ha acumulado toda la suerte del condado y la ha canjeado a su nombre?

Es millonaria y escribe libros, yo sobrevivo en un piso de estudiantes sin calefacción y memorizo palabras pensadas por otros. Sé que, de conseguir un trabajo decente al finalizar la carrera, jamás disfrutaré de su estilo de vida. Desearlo, y no la certeza de que será así, me asusta. Quien diga que no aspiramos a ser reconocidos, asquerosamente ricos y eternos, miente. Incluiría su casa, su ropa y su vida en la lista a Papá Noel si siguiera creyendo en la magia.

No tengo mánager ni doy conferencias por el mundo, la última vez que me llamaron del instituto fue para recoger el título y no para dar una charla sobre mi carrera hacia el triunfo.

¿Cómo lo ha hecho? ¿Cómo un simple vídeo la catapultó a una nube de la que no ha bajado? ¿Cómo mantuvo la calma y se superó para que el segundo y sus predecesores confirmaran su talento en lugar de atribuir a la suerte del principiante el éxito de un poema de amor? Yo no habría tenido agallas de publicarlo y no me queda más remedio que inspeccionarme en el espejo y preguntarme qué ve ella que yo no. Si el éxito ha subido su autoestima como las cifras de su cuenta bancaria, si encontrármela paseando a por gofres sin maquillaje es fruto de una confianza que jamás tendré porque no salgo en portadas de revistas, si desayunar más calorías que yo en una jornada entera solo es posible si cuentas con tu club de fans incondicional, esos que elevan tu ego y minimizan los defectos.

En definitiva, yo no subí un vídeo a YouTube. Por eso estoy aquí, en mitad de un sendero que se bifurca sin demasiadas esperanzas, y Sophie se halla en un viaje en helicóptero, volando por encima de nosotros, contemplando a aquellos que no la vimos tras la ropa, la timidez y los nervios desmesurados. Ella me recuerda todavía, pronunció mi nombre, pero no creo que volviera a pensar en mí después de nuestro breve y casual encuentro. Dudo que con el transcurso de los años me vaya a recordar.

Poco importa dónde empezamos, si aprendimos lo mismo, quién ganaba al principio, si la hubiera considerado rival de haber evidenciado lo que ocurriría. El final es lo primordial y las decisiones que tomamos hasta llegar a él, las que ya no se pueden cambiar, forjan nuestro destino. Así que felicidades, Sophie, lo conseguiste. A mí, en el mejor de los casos, me quedan un par de años más.

Releo los párrafos finales y comprendo en cierto modo por qué los famosos suscitan interés. Todos somos vecinos, amigos, compañeros, conocidos de alguien. Juzgamos, salgan o no en televisión. Son la realidad que nos rodea. Y nos afecta; surgen envidias, rechazos, adoración, resulta inviable aislarse en una sociedad. Ahí está, la cruda verdad de la que huimos, culpando al colectivo sin analizarnos uno a uno. Si yo misma critico mi propio cuerpo, reprimo pensamientos y me arrepiento de pasos en falso, ¿cómo puedo exigir que el resto me trate con mayor piedad? Si ambiciono la privacidad de Charlotte Wagner y presupongo que su rutina es más sencilla que la mía, ¿por qué ella no puede anhelar mi popularidad?

Me doy una ducha sin lograr borrar el eco de sus palabras. ¿Las escribió para sacárselas de la cabeza o sus intenciones de que vieran la luz eran claras desde la primera mayúscula? ¿Esa es su forma de llenar los silencios incómodos de aquella mañana? ¿Su consuelo de saber que leeré lo que piensa sobre mí o de que alguien me lo contará, pero, en cambio, ella no obtendrá esa retroalimentación innecesaria? «Innecesaria e irreal.» La seguridad que ve en mí me abruma. Para ser más exactos, me irrita. No el hecho de que opine a secas, sin haberme tratado jamás, sino su potestad para dictaminar que mi existencia es un cuento de hadas al que el resto de los humanos aspiran.

Si Charlotte supiera leer entre líneas, si, en lugar de con suposiciones, pudiera llenar su falta de información con veracidad, si le mostrase un retrato del reflejo que observo en mi espejo. Solo si supiera… Quizá, en lugar de preguntarse por qué, suspiraría de alivio. Pero las apariencias son más atractivas, un holograma intangible pero resplandeciente, lo suficiente para hechizarnos y convencernos de que lo que no poseemos es superior a aquello que nos pertenece.

Subiéndome aún el peto holgado sobre una camisa de cuadros y arrastrando los pies dentro de las Converse blancas, cuyos cordones desabrochados me hacen tropezar, abro la puerta trasera para recibir a Kassidy. Pasaría el día entero reflexionando sobre la carta si no fuera por su visita. Mi amiga menciona mi mala cara e inicia un discurso sobre lo sola que está y lo afortunado que es Vledel con su nueva conquista, un actor de treinta años cuya tableta de chocolate corta la respiración. Adopto cara de póker y asiento para dar rienda suelta a su incesante verborrea.

«Sustituye tu conversación por la suya», le insto a mi cerebro, que no está por la labor.

La devoción de Kass por la comida rápida es la causante de que saquemos el coche, esa misma mañana, para ir a por unas hamburguesas a la otra punta de California. Ella conduce tarareando la nueva canción de Charli XCX, y yo analizo lo que puede ocurrirnos si alguien descubre nuestras identidades.

—Oh, preocúpate por ti. Nadie tiene la menor idea de quién soy —niega Kass—. De hecho, estuve maquillando a Kendall por quinta vez este mes y se presentó cada una de ellas. O mi cara es fácil de olvidar o a esa chica le falta un hervor.

Su manía de referirse a los famosos apelando a su primer nombre es absurda, como si solo existiera una Kendall en la faz de la Tierra y adivinar que se trata de la mayor de las Jenner fuera una deducción lógica.

—Me descubrirán, nos perseguirá una masa dopada de locura y moriremos.

—Estas maravillosas pelucas nos servirán para repeler a fanáticos obcecados. —Me tranquiliza señalando la suya, caoba y rizada, y la mía, rubia con la raíz castaña. Las trajo Greg, vendiéndolas como arma infalible de camuflaje. Siempre que utilice las pinzas imprescindibles para que no se despegue del cuero cabelludo.

—Oigo tu cerebro y no estoy dispuesta a dar marcha atrás —advierte pisando el acelerador con rebeldía—. Vamos a transformar estas horas libres en una historia para la posteridad. Te diré lo que ocurrirá. Comeremos hasta que se nos salte el botón del vaquero, pediremos un postre para compartir y nos arrepentiremos. He leído las opiniones y el volcán de chocolate se lleva la medalla de oro.

—Habla por ti, yo no puedo descontrolarme.

«Puedes, pero no debes.»

—Claro que puedes, estás estupenda y no hay más sesiones en bikini a la vista. Si fuera tú, rechazaría esas campañas de mierda, la gente es estúpida y despiadada. En especial el sector femenino. Abanderamos el feminismo y nos despellejamos vivas a la mínima. Pero, si un hombre opina sobre una mujer, lo tachamos de ser mezquino, destructor, y lo culpamos de no encontrar trabajo, de tenernos que depilar y de la subida de la luz.

—Cierto —afirmo sin prestarle atención, colocándome la peluca con apremio.

Tardamos media hora en llegar al local, inmenso y de paredes granuladas, en el que el olor a fritura te da la bienvenida. Alberga una treintena de mesas de madera de álamo con servilletas granates que llevan impreso el logotipo de la cadena. El camarero nos sitúa en una del centro, cercana a una pequeña gramola ante la cual hay un grupo absorto que le entrega sus centavos en busca de una nueva canción que llene el lugar. El billar, unos metros más a la derecha, está totalmente desierto.

Un breve vistazo a la carta confirma que es tan perfecto como lo había descrito mi amiga. Nos decantamos por las hamburguesas con beicon, batidos de Kit Kat y tarta de queso; más tarde, al salivar con los postres de la mesa de al lado, sucumbimos al volcán de chocolate con helado de nueces. Los aromas me hipnotizan, pero masticar es un premio sin comparación, el afán de estar ante diamantes y rendirme a la urgencia de atraparlos todos antes de que los alejen de mí. Cada bocado sabe extremadamente delicioso y me transporta a las meriendas en Detroit, a los fines de semana preparando tartas con mi madre y compitiendo con Brin por terminar de decorarlas antes que ella y comer un trozo todavía caliente.

—Es divertido ser otra persona —confieso.

—El rubio te sienta genial, tienes cara de Zoey Daley. Una camarera amargada que se ha mudado a Los Ángeles para perseguir su sueño de protagonizar series de Disney Channel como Miley Cyrus y Demi Lovato, pero que no llega a triunfar.

—Y escupe en los platos de los ricachones que piden agua con gas y tres cubitos de hielo.

—Exacto —ríe.

—Tú tienes cara de Izzie que arruga la nariz cuando la llaman Isobel. Amante del soul y el *blues*, superfán de Whitney Houston, pero la convierten en diva del pop con mechas azules para que sea un producto comercial y detesta sus propias canciones.

—Y se crea grupos de *hate* a sí misma en Twitter para insultar a la discográfica.

No sé si es por la peluca, por estar lejos de casa o si la compañía de Kass provoca ese efecto en mí, pero olvido las cifras y reparo en razones para sonreír ante sus comentarios ingeniosos. Soy una adolescente normal que hace algo normal.

—Echaba de menos tu risa —comenta pasando el dedo por los restos de azúcar del plato, gesto que me recuerda a Brin—. ¿Estás mejor? Últimamente tienes expresión de estrés constante.

—Agobiada.

—¿Demasiada ropa gratis? —Enarca una ceja para aportarle expresividad a su mofa—. ¿Se te acumulan las cajas de regalos por abrir? ¿Han bajado la categoría de los hoteles de cinco estrellas en los que te hospedas?

—Solo a ti te permito bromear con esas cosas.

—Valoro tu permisividad. Y el motivo es...

—Greg me ignora. —Su nombre sale de las profundidades de mi garganta como el famoso monstruo del lago Ness, una criatura legendaria que me obsesiona.

—Te ha mandado un *e-mail* hace quince minutos.

—Trabajo. —Me encojo de hombros.

—¿Y qué es lo que tenéis aparte de trabajo? —inquiere con los codos sobre la mesa, inclinándose hacia mí con interés.

—Nada… No lo sé, no estamos bien.

—Solo se preocupa por ti. Deberías saberlo a estas alturas.

—¿A estas alturas? —reitero, incrédula.

—Es un chico fácil de leer.

—A mí me resulta un misterio.

—Eso es porque pasas por alto muchos detalles. ¿Sigues en contacto con Nia y su séquito de Barbies? —Se desternilla sin parar—. Me preocupa que su ausencia de neuronas sea contagiosa.

—Eres malvada —increpo—. ¿Has olvidado tu discurso feminista del coche?

—Vale, ya paro —promete, pero necesita unos segundos con los ojos cerrados para dar por finalizado su ataque de risa—. Respecto a Greg, habla con él. Nunca sabe decirte que no.

—Se negaría a esto. —Me quito las pinzas de la peluca y guardo la mata de pelo dentro del bolso—. Estoy sudando y no la soporto ni un minuto más. Me pica la cabeza.

—En ese caso, yo también me deshago de mi identidad secreta —me imita y lanza con desdén la peluca al asiento libre de su izquierda.

—¿Qué opinarías de mí si no me conocieras? —La pregunta me sorprende a mí misma.

Por más que lo intente, la carta de Charlotte sigue latente.

—Que eres una chica asquerosa con suerte y con una mansión repleta de dólares.

—En serio.

—Mmm… —medita—. Supongo que eres una chica con suerte. Haces lo que te gusta, tienes un novio guaperas, estás forrada…

—¿Por qué suerte?

—Porque en el cerebro de los humanos resulta más gratificante imaginar que las cosas buenas las otorga el azar y no el trabajo. No nos gusta acusarnos a nosotros mismos de ser mediocres. Es mejor engañarse y afirmar que, si no cumples tus sueños, es la voluntad de alguien que juega mal tus cartas.

En el aparcamiento hallamos a un grupo de diez fans agolpados alrededor de nuestro automóvil. Kass tira de mí y me sostiene de la muñeca con insistencia para que no logre zafarme y los ignore. Me detengo unos minutos a firmar algunos autógrafos y a hacerme selfis. Sus reacciones son desmesuradas, gritos para agradecer que me tome la molestia, preguntas sobre Connor, y el corro aumenta en escasos segundos, con nuevos seguidores que se congregan atraídos por el revuelo.

—Tengo que irme. —Pero el coche está acorralado.

«Sabía que ocurriría», exclama la mirada que le dedico a Kassidy.

—Sophie, espera. Una foto más —ruega una niña.

—Yo también, he salido con los ojos cerrados —añade su amiga.

—¿Me firmas la camiseta? —pide otra.

—Sophie, mándale un saludo a mi hermano, hoy es su cumpleaños. ¡Mira a la cámara, por favor!

—¿Cuándo verás a Connor?

—Haz un vídeo con él, queremos saber cómo empezasteis.

—Sophie, no había pulsado el botón de grabar. ¿Repetimos?

—Sophie, no te vayas. Mis amigas llegarán en quince minutos, les hace mucha ilusión conocerte.

—Sophie, ¿de qué marca es tu pulsera? Quiero una igual.

Las voces se multiplican. Me cuelo en el asiento a duras penas, con cuidado para no hacer daño a los dedos que agarran mi ropa y tiran de ella con el afán de retenerme en mitad de la calle. El deseo de tocarme degenera en violencia; manos golpeando los cristales, abriendo las puertas traseras con intención de subirse al vehículo. Dos fotógrafos se materializan de la nada y sacan sus objetivos, deslumbrándonos con sus disparos.

—¡Cierra el coche! —bramo a mi amiga por encima de los abucheos.

—Lo intento, pero estoy ocupada sujetando la puerta con ambas manos.

Con cada célula de mi cuerpo temblando, llamo a la policía para pedir ayuda. Aun así, no sé en qué calle nos encontramos y apenas hay visibilidad. Salir del automóvil no es una opción, así que clavo las uñas en la tapicería mientras Kassidy acelera con cuidado para avanzar unos metros.

—Haz algo para distraerlos —me pide.

No se me ocurre otra cosa que saludar a través del cristal. La masa de gente se agolpa delante, frente a nosotras y la ventanilla del copiloto. Kass aprovecha para dar marcha atrás, causando un sonido desagradable de los neumáticos en contacto con el asfalto, antes de alejarnos a toda velocidad de la encrucijada.

—Dios, eso ha sido escena de película total —exclama dominada por la adrenalina.

—Pensaba que nos aplastarían —admito. Mis latidos van a mil por hora.

—Estamos vivas... —Kassidy emite un silbido agudo y baja las ventanillas para que la brisa se lleve la tensión acumulada—. Mis dotes como conductora temeraria nos han salvado, me debes muchos bolsos.

—¿Ese es el precio que le pones a mi vida?

—Que sean cinco de nueva colección.

Me llevo una mano al pecho, como si tratase de impedir que mi corazón traspasara la piel.

—Ser tú es un auténtico fastidio.

—Te doy la razón —convengo, con el pulso en la laringe.

Al llegar a casa no consigo tranquilizarme. Charlar con Kassidy tiene efectos terapéuticos, me ayuda a ponerlo todo en perspectiva y a vislumbrar detalles que había pasado por alto. A pesar de ello, el alivio desaparece cuando se va. Hay otra persona con un poder mayor, similar a las pastillas que tomo antes de volar, que me otorga serenidad y no solo me llena de paz, sino que elimina las amenazas perturbadoras que desatan mi ansiedad. Eso es Greg, un calmante, mi dosis inocua de morfina.

Pero está lejos y me siento torpe, fatigada. Los colores se funden hasta adquirir ese tono habitual, el de la soledad. Son imágenes difuminadas con *flashes* cegadores al principio; luego mi alrededor se torna oscuro y lo pinta todo de negatividad. Sin esfuerzo, sin aplicar presión con los dedos en la garganta, sin hacer nada más que inclinar la cabeza hacia el retrete, predigo lo que ocurrirá. Mis pensamientos sirven de catalizador para que mi cuerpo reaccione con náuseas, pesadez, la certeza de que si doy un paso más, no podré contenerme.

Como si supiera que he infringido las normas de la fama y voy a ser desterrada del paraíso, las arcadas expulsan de mí la vergüenza, la evidencia de mi comportamiento indisciplinado, los alimentos que no debí haber comido. Los consejos de Kassidy y los rayos de luz que habían alcanzado mi vida desaparecen con la acidez de mi esófago y las lágrimas que acarician mis mejillas. Hasta que no queda nada dentro de mí.

Inspiro y espiro al notar que mi cuerpo se recoloca, la piel deja de estirarse y la ropa aprieta menos que minutos atrás. O es psicológico, pero me hace sentir bien. No obstante, en cuestión de segundos bajo de ese agotamiento que me obnubila y me doy pena a mí misma. ¿Qué opinaría la gente si publicase lo que realmente ocurre en mi vida? «Hoy no he desayunado y anoche me acosté sin cenar», «Me he probado diez conjuntos para acudir al estreno de una película y ninguno de ellos me ha gustado por el simple hecho de llevarlos puestos yo», «Miento si digo que voy al gimnasio, pero es la coartada perfecta, todos creen que a los veinte adelgazas comiendo lo que quieras y haciendo algo de ejercicio», «Acabo de vomitar y no estoy orgullosa de ello, decidme que era lo correcto, que es lo que esperáis de mí, que maltratar mi cuerpo y machacarme el cerebro

se verá recompensado con comentarios positivos que ala-
barán lo jodida que estoy».

¿Y Greg? ¿Por qué su presencia se hace indispensable
cuanto mayor es la fisura que separa nuestras realidades?
¿O quizá sea el miedo a que un agujero negro me consuma y no esté aquí para rescatarme? Sé tan poco de él que
me aterra la confianza que tenemos, depositar mi futuro
en sus manos. Necesito más. Detalles, como lo mucho que
adora los aperitivos antes de que sirvan la cena en un restaurante, su manía de llevar las gafas de sol colgadas de la
camiseta en lugar de guardarlas en la mochila, esa odiosa
costumbre de poner alarmas que suenan cuando ya está en
los sitios o la mueca de labios torcidos que hace con asiduidad. Insignificancias que se me antojan vagos premios
de consolación.

«Lo conoces desde hace años, sabes que haría cualquier
cosa por ti, que sacrifica su tiempo y llena la maleta para
acompañarte al fin del mundo, que se preocupa de que no
te falte nada y, en definitiva, hace tu vida más fácil.» Pero es
insuficiente. Mi curiosidad formula interrogantes que reba-
san el ámbito profesional. ¿Qué tipo de chicas le gustarán?
Rubias, morenas, pelirrojas o resulta indiferente en la oscuridad de la noche. ¿Serán modelos de piernas interminables,
actrices que le susurran guiones de su próxima película de
forma sugerente o chicas normales que no pertenecen a Hollywood? Como si alguien en Los Ángeles fuera ajeno al vi-
rus de la fama, una epidemia extendida entre quienes la han
saboreado, quienes empiezan a ver su oportunidad materia-
lizarse e incluso entre aquellos que acaban de llegar cargados

de ilusiones que se verán corrompidas con *castings*, propuestas indecentes y fiestas que los distraerán del objetivo final.

¿Preferirá Greg a las chicas que triunfan en la pantalla grande o a las reinas de la pista de baile? ¿Beberá con ellas, se moverá al ritmo de la extasiante música en los locales de moda o reducirá su ritual de seducción a esa mirada verde indescifrable de la que nadie logra escapar? ¿Le importará poco que se disculpen para ir al baño a vomitar mientras él hace cola en la barra para pedir la enésima ronda de cócteles con los que disimular el mal aliento antes de volver a besarse?

Contrarresto el deseo de información con la certeza de que me decepcionará descubrir su lado humano. Para mí, desde que formó parte del equipo ha sido un dios, el héroe sin capa que se encarga de todo y lo hace parecer simple. ¿Acaso sus predilecciones íntimas me harían degradarle de «salvador del universo» a «simple asistente»? Intuyo que sí, en caso de que no me agradaran sus respuestas. Por eso es mejor no indagar ni persistir en mi empeño de ver al mortal bajo la apariencia de divinidad.

Pero aunque desconozca qué hace en sus horas libres, quiero que vuelva a ser como antes. Esa relación cordial teñida de humor que ahora es arrogancia y evasión. No permitiré que me vea así, destrozada, pero su figura es vital para recomponerme. Así que me doy una ducha, me pongo un vestido color champán de tirantes y, cansada de nuestras excusas, le mando un mensaje que no podrá ignorar.

«Ven a casa, es urgente.»

No contesto a sus llamadas hasta que oigo el timbre. Ahí está, con semblante serio y el pelo mojado, algunas gotas deslizándose por la frente, jugueteando en la punta de su nariz, sobre sus mejillas, sus labios, ciñendo su camiseta de manga corta negra a los marcados pectorales. Tiene la respiración acelerada, como si hubiera salido del coche corriendo hasta alcanzar mi puerta; esa idea me provoca una punzada de satisfacción y de culpa a la vez.

—¿Qué ocurre? —pregunta casi sin aliento.

—Necesitaba verte.

Al tenerlo delante, dudo si ha sido buena idea hacerle venir sin dilucidar el motivo.

—¿Qué ocurre? —repite.

Abro la puerta por completo y le invito a pasar. Él frota la suela de las Nike en el felpudo y camina en dirección al salón. La tela de sus pantalones está empapada de rodillas hacia abajo.

—Necesitaba verte, eso ocurre.

—¿Para eso me has hecho venir en mitad de la noche?

Su rostro escenifica el enfado: mandíbula apretada y arrugas en el entrecejo.

—Esperaba que pudiéramos hablar.

—¿Del casi atropello que has provocado hace unas horas?

—Hemos utilizado las pelucas. —Hago un amago de sonrisa, pero se queda en eso, una patética tentativa de desarmarle.

—No sirve de nada si te la quitas antes de volver a casa —rechista entre dientes—. ¿Algo más por comentar?

—Yo…

—Sophie, hay millones de cosas que debo hacer. No tengo tiempo —sentencia.

Me da la espalda y avanza tres pasos hacia la salida. Sin controlar las emociones, me percato de que estoy a punto de llorar.

—Greg —musito con voz trémula.

Es un ruego sincero, casi desesperado. Un intento de que no se marche, la prueba de que cada estupidez que nos separa duele igual que quedarse sin aire.

—Sophie.

Sus ojos se clavan en los míos, me examinan dubitativos, contagiados por mis emociones.

—Tenemos que hablar —pido.

—Ya lo hicimos.

—Yo no. Y creo que tú tampoco lo dijiste todo. Por lo menos, no todo lo bueno —convierto mi alegato en una súplica.

—¿Qué hay de bueno?

—La confianza. Contigo estoy segura, sé que pueden fallarme personas, pero tú no, siempre estarás ahí. Y lamento haberte mentido. —«Lamento seguir haciéndolo en otros aspectos», añado para mí.

Parece confuso, no articula palabra durante un silencio que se dilata. Las bolsas bajo sus ojos, su aspecto cansado, el tic de sus dedos frotándose unos contra otros, quizá sean señales inequívocas de que a él también le afecta esta situación.

—Siento las cosas que dije —se disculpa con seriedad.

—Yo también lo siento —me apresuro.

—Y el tono —concreta—. Perdí los nervios. No quiero que te hagan daño, Sophie —asegura aproximándose y haciendo añicos el cristal que nos separa——. Jamás, ¿lo entiendes?

—Lo sé. Tenías razón.

—Excepto la parte en la que insinué que un chico solo se fijaría en ti por la fama. Fue inapropiado y arrogante. A veces soy así.

—Y gruñón. Te encanta mandar. —Sonrío.

—Si no lo hiciera, ambos estaríamos en la cola del paro.

—Le recuerdo, señor, que soy su jefa.

—Sabes que no habría nadie a quien dirigir si no me ocupase de solucionar tus líos.

—Es una suerte tenerte, Greg. No te das cuenta de lo mucho que te necesito.

La verdad más irrevocable que jamás pronunciaré.

—Me tienes las veinticuatro horas.

—No por teléfono ni por correo. Te necesito aquí, a mi lado, viendo lo que ocurre y comprendiendo la situación.

—No puedo ser tu canguro. —Su mohín de fingido disgusto me conmueve.

—Quiero que seas mi amigo —puntualizo con sinceridad, la misma que anhelo por su parte.

—Tú y yo somos muy diferentes, Sophie. Te gusta improvisar, sorprenderte a diario, dejar que el viento te dicte el camino que seguir. Yo, en cambio, soy metódico, ordenado, puro control, incapaz de permitir que ocurra una catástrofe si la intuyo. Funcionamos en la distancia, haciendo malabares con tiempo para desintoxicarnos el uno del otro y construir el equipo perfecto. Somos dos meteoritos a punto de colisionar que hacen estallar el universo en millones de pedazos. Sería divertido, arriesgado, lo pasaríamos bien, pero aniquilaría esto que tenemos. Sea lo que sea.

Se pasa la mano por el mentón y medita sus siguientes palabras. Fijo la vista en las estrellas falsas que nos contemplan desde el techo pintado, deseando contarlas y que al terminar Greg siga aquí.

—No debemos desgastarnos —agrega.

—¿Acaso eres capaz de deshacer acero con las manos? —le reto.

Sonríe, tan cerca que doy un paso atrás para protegerme de la proximidad. Y él da otro hacia mí.

—Soy capaz de infinidad de cosas, Sophie. Pero las que no hago son las que definen mi carácter.

—¿A qué te refieres? —Apenas logro sostenerle la mirada.

—Estoy siendo bastante evidente. —Reduce los centímetros hasta que puedo oler su perfume, el detergente en su ropa, tornar su aliento en mi oxígeno.

Lo sé, por supuesto que lo sé. El aire que emana electricidad y murmura su nombre, un conjuro que he aprendido a pasar por alto hasta esta noche en la que nuestra conexión es más evidente que una supernova. Deseo que se aleje, que me muestre su fortaleza y tenga el valor de cruzar la puerta e ignorar los nudos invisibles que nos mantienen unidos. Que los corte con las tijeras más afiladas que encuentre y no me mire a los ojos mientras susurra que es para preservar nuestra relación profesional, porque afirmar eso sería mentir. Puede detenerse, entrar en razón, pero reprimir un acto no implica obviar lo que te provoca.

Algo cambia, su manera de observarme. En lo que dura un latido, su máscara me permite ver cómo sus pupilas ganan la partida al verde. Deseo. Ojalá fuera por mí, ojalá la corriente que crece al compás del martilleo de mi corazón poseyera la fuerza necesaria para juntar nuestros cuerpos.

—Sophie. —Seis letras, seis millones de emociones.

El vello de punta, la garganta seca, mi mirada que acaricia la suya, que viaja por sus facciones hasta perfilar sus labios. Mi pecho se expande para dar cabida a sensaciones desconocidas.

¿Es admiración o gratitud? ¿Fascinación o fijación? ¿El impulso de venerarle con todo mi ser o una urgencia pasajera? La convicción me abandona y lo único que sé es que, si no sucede, nos pasaremos la vida huyendo el uno del otro y buscándonos con la misma intensidad.

Me cautiva, me atrae sin recelos y coloca ambas manos en mis mejillas. El hormigueo de mi cara me alerta en anticipación a lo que está por venir. Las llamas que arden pero no consumen son un anhelo de ir a por más, de batir las alas hacia el sol y aprender a convivir con la tonalidad dorada. Bajo los párpados despacio para que ni el movimiento de mis pestañas ni mis labios ligeramente entreabiertos arruinen la estampa. Con los brazos pegados a ambos lados del cuerpo, sin atreverme a posarlos alrededor de Greg, espero a que tome la iniciativa, a que un sonido gutural que escapa de su boca me erice la piel, a que sus ojos me recorran y yo los perciba porque me quema. Acostumbrarme a su contacto sería tan fácil como estar a flote en el mar Muerto.

Doy cabida al aire de sus pulmones y me deleito de pequeños detalles, como el viento exterior, aumentando su ferocidad cuanto menor es la distancia que nos separa. La temperatura aumenta y me rindo a él. Estoy preparada para volar a ras de suelo, para soñar sin perder la conciencia, para permitir que cada pieza ocupe su lugar. Y Greg a mi lado, muy cerca, la brújula que llevaré siempre. Si ignorar los puntos cardinales es el precio que hay que pagar, la justificación perfecta para sumar instantes junto a él, me perdería el resto de mi vida.

—Me alegra que hayas llegado a salvo a casa —musita antes de apartarse y dejarme a solas con un beso que ni siquiera existe, que está prohibido incluso en el pensamiento. Un beso que no podría desear más.

Condicionales

Podríamos ser un plural infinito.
Podríamos ser tanto férreos como dúctiles.
Podríamos querernos hasta agotar latidos.
Podríamos derruir estigmas, aceptarnos a plena luz
y hacernos el amor a tientas.
Podríamos mucho, pero tú solo nos ves debilidad.

CAPÍTULO 9
El tour

No acostumbra a llover en Los Ángeles. Apuesto a que, si saliese a dar una vuelta con el coche y me topase con alguna persona que busca cobijo bajo un árbol o corre hacia su casa como si le fuera la vida en ello, su expresión sería similar a la de un paciente al que le acaban de comunicar que tiene un cáncer terminal.

Fue uno de los choques al mudarme a California: el vigoroso sol que reluce a todas horas con mayor fulgor que cualquier astro en el firmamento. Yo, en cambio, siempre he sido de brillos más apagados. Sí, ese es el término clave: apagar. Dos destellos de luz y me coloco las gafas; un mensaje incómodo en respuesta a mis fotografías, bloqueo instantáneo; un cambio repentino al que no logro adaptarme, la negación total y absoluta de ese fragmento de realidad.

La lluvia y las canciones tristes son lo opuesto. Dos de

mis cosas favoritas, la celebración placentera del dolor. Disfruto de esas melodías que calan hondo, las que escuchas cuando estás bien y deseas saborear unas gotas amargas o las que añaden decadencia a los momentos en los que la angustia es tan insoportable que te sumerges en ella por si unirte al enemigo es la opción acertada. Hoy es un día de esos; no tengo nada que hacer excepto observar. Últimamente mi rutina se reduce a eso: ver a otros caminar con una convicción admirable y permanecer inmóvil, sin saber qué hacer.

Las cifras aumentan. Tanto las mías como las de Connor.

Me concentro en el repiqueteo de la lluvia sobre el alféizar de mi ventana. Perdiendo el pulso a la curiosidad, la abro y cuelo los dedos por el reducido espacio hasta que las gotas se transforman en un charco de agua en mi palma. Lucho por mantenerlo intacto, casi sin respirar, pero el agua sigue cayendo hasta rebosar mi colección de caricias líquidas y templadas. Es un símil de mi vida, no preciso más que una acción insignificante para desbaratar mi plan maestro. No hay cabida para más fluidos en mis manos, pero me ocupo de mi ración y de la de mi novio.

Él ha subido como la espuma y, ahora que está rumbo a las nubes en una escalera mecánica, no sé cómo sentirme. ¿Debería aconsejarle? ¿Prevenirle para que no cometa los errores de la principiante que no hace mucho fui? ¿O es mejor dejarle acomodarse en su nuevo papel, que decida si es un traje confeccionado a medida o si regresará a la vieja tienda de barrio en la que lleva comprando su ropa desde que tiene uso de razón?

Kassidy asegura que mi actitud protectora son celos: «Es normal sacar las uñas al leer a todas esas adolescentes hormonadas que babean por él, las comparaciones con Harry Styles son bochornosas». Así lo manifiesta al atestiguar conversaciones mientras me peina para asistir a inauguraciones de tiendas de accesorios, a un *meet and greet* o a una cena solidaria para recaudar fondos para algo que no leí en la invitación. Actos que no podrían interesarme menos. El estrés me saca de mis casillas y escucharla opinar sobre mi relación es agotador, como si alguien que no tiene tiempo para el amor o fracasa en cada uno de sus intentos pudiera dar consejos válidos. Su rutina se basa en mencionar a Connor, preguntarme por Connor, enseñarme las fotos que acaban de subir de Connor, ironizar respecto a Nia y apostar sobre el número de operaciones de cirugía estética que se ha hecho. Morderme la lengua empieza a ser una costumbre; sangro para evitar herir las sensibilidades de quienes me rodean.

El iPhone se ilumina, vibrando con el nombre de Greg, y mi cuerpo reacciona con una convulsión involuntaria. No hemos vuelto a estar solos desde la noche en la que vino a mi casa; lejos de un acercamiento, nos repelemos con énfasis. Vuelta a los tonos formales, a las distancias de seguridad, a las miradas perdidas que no se buscan porque saben lo que encontrarían. Y es mejor que no, opina él. Es mejor que piense en Connor, agrego yo.

Porque con Connor es fácil obtener respuestas, solo tengo que señalar en la dirección que me inquieta y él confiesa como si hubiera pronunciado las palabras: «He hecho una hora de cardio esta mañana y ni siquiera puedes ver los gemelos que se me están poniendo a través de una videollamada», «Sonrío porque el vídeo del poema que me dedicaste es la banda sonora de mis noches», «Quítate la camiseta para que pueda verte en tirantes y así sustituir las imágenes que recreo mentalmente de ti desnuda». No importa si es íntimo, humillante o engreído, comparte sus comentarios y sacia mi curiosidad sin suposiciones ni silencios enigmáticos.

Con Greg, en cambio, desgasto mis uñas contra el cemento y no consigo ahondar ni un milímetro en la capa que hay al otro lado. Si pudiera convertirlo en papel, traslúcido y fino, en el que solo escribes por una sola cara porque la tinta traspasa… Qué placentero sería verle arrugarse en el agua, saber exactamente cómo romperlo, pero agarrarlo con delicadeza de cada extremo y dejarlo secar al sol.

—La editorial quiere organizar un *tour* del libro —anuncia mi mánager—. Las ventas han superado las expectativas y tienen la tercera edición en marcha.

—No me apetece pasar los próximos meses en una furgoneta.

Y menos aún promocionar un libro que no me representa en absoluto.

—También viajaremos en avión —puntualiza.

—Genial, mi medio de transporte predilecto.

—¿Eso es un sí?

—¿Hay elección?

—Puedo reducir las firmas de las veinte que han planteado a quince, doce si tengo suerte. Además, proponen una gira por Europa.

—¿Londres?

Es lo que necesito: Londres en la mente, Londres en el corazón.

—Está en la lista —confirma.

—Bien.

En apenas unos días confirman que los lugares en los que iniciaré el *tour* son Nueva York, Houston, Dallas, Chicago, Seattle, San Francisco, Los Ángeles, Toronto, Vancouver, Denver, Washington y Boston. Las entradas se agotan durante las primeras veinticuatro horas y la página se ve desbordada. De finales de febrero a abril, sin semanas de descanso. La gira empieza por los Estados Unidos y Canadá, pero mi parte favorita son las seis ciudades europeas que la cierran: Londres, París, Roma, Estocolmo, Oslo y Sofía.

Mi relación sentimental me causa una adicción al móvil, agradeciendo la existencia de FaceTime, WhatsApp y Skype, insultándolas a todas ellas cuando la conexión es pésima y los mensajes no se envían o el rostro de Connor se reduce a planos cortados a cámara lenta con voz metálica y entrecortada. Si resultaba difícil coincidir con mi agenda, sus clases de la universidad y la diferencia horaria, sumo el *tour* a esa lista que crece con nuevas cifras cuyo propósito es abolir nuestros ratos empalagosos, en los que la desesperación por tocarnos se refleja en cada bocanada de aire, monosílabo y silencio.

—Deberías saltarte algunas clases y venir a uno de mis eventos —le incito a veces, camuflando mi deseo entre risas para que no me tache de egoísta.

—Por ti dejaría la carrera entera. —Le da un beso a la pantalla—. Geografía no suena a futuro prometedor.

Sin embargo, es lo que más me gusta de Connor. Que pertenezca al mundo de los cuerdos, a la gente que no mira las redes sociales antes de subir la persiana cada mañana y que no se empeñe en capturar platos de comida, viajes o instantes especiales para prostituirlos con *likes* y comentarios.

Existen dos tipos de conversaciones con Connor. Las que tenemos antes de una sesión, en el taxi rumbo a un evento, en una esquina apartada para que el resto de mi equipo no oiga nada personal. Sin duda, son las que más detesto. Y esas que nos pertenecen solo a nosotros; antes de ir a dormir e incluso con los párpados pesados y sin controlar lo que decimos, al despertarnos todavía saboreando un sueño. Si no fuera por las malditas ocho horas, esos momentos mágicos podrían coincidir para ambos.

Esta tarde no hay tiempo para la intimidad y poner el altavoz mientras me maquillan es la única manera de comunicarme con mi novio. En una hora es el estreno de la película de animación en la que he doblado a uno de los personajes secundarios. Dos frases concretamente. Suficiente para que mi nombre figure en el cartel y así asegurarse de que los seis millones de suscriptores de mi canal contribuyen a reventar la taquilla.

—No vas a creerte lo que ha pasado —dice Connor con entusiasmo.

—Tengo diez minutos. Cuéntame lo que sea o me quedaré sin saber el final.

—Me ha escrito Calvin Klein para promocionar su nueva línea deportiva.

—¿Cómo han conseguido tu correo?

—No lo sé, ni lo había pensado. ¿Qué te parece?

Guardo silencio cuando Kass me aplica el brillo de labios.

—No eres modelo —contesto al fin.

—Podría aprender. Poner un par de caras delante del espejo o estar un día entero sin comer. Los modelos tienen expresión de enfadados.

—No hagas bromas con esas cosas.

—¿Con qué cosas?

—Con la comida... —Conmigo—. Connor, no creo que estés preparado.

—Solo son unas horas.

—Nunca son unas horas. Es la presión social, las opiniones de la gente, empezar con un trabajo puntual y terminar viajando por el mundo sin descanso.

—Y ganar dinero fácil para ir a verte a Los Ángeles.

—Es más complicado de lo que parece desde fuera. Hablamos más tarde, tengo que salir.

Cuelgo.

—Has sido un poco dura con el pobre chico —considera Kassidy.

—Intento protegerlo.

—O meterlo en una urna alejada del exterior.

Pero no se trata de ejercer control, de preservar su privacidad o de celos al compartirlo ante el ojo público. Sé que Connor no soportaría este ritmo de vida. Y no tengo fuerza para mantenernos a ambos a flote.

—Ya han pasado los diez minutos —grita Greg desde la cocina.

—¿Le ha ocurrido algo? Últimamente está de un humor de perros —cuchichea mi amiga.

—Prefiero no saberlo.

—Bueno, tu maquillaje ya está. A prueba de focos, perfume, lluvia y del apocalipsis.

—Gracias.

—Espera. Come más, eres un esqueleto —susurra en mi oído para que solo yo pueda oírla.

—No es cierto —niego.

«Ojalá», ansío.

Me enfundo el vestido de tirantes rosa crep con estrellas plateadas, una adaptación del que lució Emma Stone en los Globos de Oro de 2017. Greg aguarda en el taxi con el pelo engominado, engalanado con un traje completamente negro en el que resalta la pajarita color perla. Su aspecto sombrío combina a la perfección.

El *photocall* es una cola interminable de famosos que esperan a ser retratados por miles de *flashes* que les gritan desde direcciones distintas en busca de una mueca risueña, una mirada atrevida, una pose que resalte la impresionante espalda de la prenda, la cola kilométrica de la falda y las reveladoras transparencias que habían pasado inadvertidas. Sigo las indicaciones de Vledel: «Posa de frente, si llevas un escote hasta el ombligo tienes que hacerlo con confianza», así que coloco una mano en la cintura y sonrío hasta que solo veo destellos.

Greg sujeta mi bolso y charla con un par de fotógrafos

para cerciorarse de que le envían las imágenes en alta resolución para las redes sociales. Se mueve como pez en el agua; estrecha manos, me presenta a directores de agencias, a la redactora de una revista de moda, a dos actrices infantiles y a una cantante independiente que se hizo viral al componerle una canción a su mejor amigo para que fueran juntos al baile de graduación. Tres entrevistas de menos de cinco minutos con medios digitales y soy libre.

—Vamos a casa —insisto, pero mi mánager tiene otros planes.

Rodeándome por la cintura, me guía con sutileza al interior de la sala en la que se proyecta la película.

—Estaría mal marcharse sin ver tu escena estelar de tres segundos. —Esboza una sonrisa de autosuficiencia.

El acomodador nos acompaña a las últimas filas, dándole la razón a Greg: soy un grano de arena en mitad del desierto. La estancia se llena en cuestión de minutos; tras una breve introducción de los guionistas y de los productores, las luces se apagan y da inicio la proyección.

Un suspiro abandona mis labios, la muestra irrebatible de que desearía estar en casa y no contemplando animaciones de todos los tamaños y colores, ninguna lo suficientemente interesante para que olvide la presencia de mi mánager, sentado a escasos centímetros de mí. Alcanzo a ver una parte de su rostro iluminado por la luz de la pantalla, se percata de mi mirada de soslayo y me dedica una él, resiguiendo mi perfil con detenimiento.

Noto una corriente eléctrica que se desplaza en el aire hasta anidar en mi piel. Sus inspecciones se hacen evidentes, descaradas. Sin control sobre mis propios pensamientos, me traslado a la noche en la que acudió a mi casa y estuvimos a punto de besarnos. Un fuego invisible consume mis entrañas, emprende el vuelo hacia mi pecho, me pellizca el corazón. El pulso se me acelera y me siento diminuta, ridícula. Me remuevo en la butaca bajo el efecto de sus ojos, rumiando una estrategia para recuperar la compostura. Él permanece impasible, con su impoluta máscara de profesional en horas de trabajo. Pero su forma de examinarme esconde algo más.

¿Cómo pueden el resto de los espectadores estar absortos en las escenas de la cinta cuando las pupilas de Greg alumbran ciudades? ¿Por qué me domina el impulso de tocarlo? ¿Por qué no logro reflexionar sobre cualquier cosa que no sea él? El juego se dilata con vistazos fugaces por mi parte, interés sin reserva por la suya. «¿A qué estamos jugando?», deseo preguntar. Pero dudo que mi garganta emitiera más que un gemido. Saco el móvil del bolso y presiono sobre una aplicación cualquiera, tratando de ocultar mi incomodidad huyendo de allí. Sin articular palabra, la mano izquierda de Greg se cuela entre las mías y me arranca el teléfono con suma facilidad. Se lo guarda en el bolsillo del pantalón, ni se molesta en apagarlo.

—Devuélvemelo —musito entrecortadamente. Hace caso omiso y fija la vista en la película. Inspiro hondo y me esfuerzo en mantener la calma—. Greg.

Sus ojos, que brillan cual luciérnagas en la oscuridad, se posan sobre mí sin intención de disimular. Inclina la cabeza ligeramente hacia mi asiento, si me girase un milímetro, llegaríamos a rozarnos con la nariz.

—Deja de hablar —murmura. Su aliento me acaricia el lóbulo de la oreja, se cuela a través de mí y me hace jadear. Advierto el aroma de su perfume en mis fosas nasales, me hallo envuelta por él, capaz de acompasar mis latidos a los suyos. Me odio por ello—. El resto intentamos seguir la trama.

Y con una expresión maliciosa, se apoya en el reposacabezas y no añade nada más. Yo tampoco tengo palabras. Media hora antes del final, sin soportar la imperiosa necesidad de entrelazar mis dedos con los suyos o de recostarme sobre su hombro, anhelando que sus labios besen mi pelo, me pongo en pie fingiendo dolor de estómago y me precipito hacia el baño con urgencia. Al volver a casa, le quedan temas por debatir.

—Tenemos la página web —anuncia mientras enciende la tableta y la pone sobre la mesa del salón.

«Cinco meses después», opino en mi fuero interno.

Entra en una de sus carpetas del proyecto y me muestra un diseño interactivo con fotografías mías que se deslizan sobre un fondo rosa lavanda y letras negras sin *serif*.

—Cuenta con cinco apartados: tu biografía, enlace directo a tus últimas publicaciones en las redes sociales, un blog de temática variada, tu libro y los próximos eventos en los que participarás. Desde este último se accede a la compra de entradas para *meets and greets* y pases exclusivos.

—Genial. —Lo cierto es que no he escuchado con claridad su discurso. Me siento «muy Vledel».

—He redactado un par de *posts* para tus seguidores, los completaré con imágenes de las firmas, un vídeo de algunas entrevistas que haremos a fans en la cola… —¿Qué diablos acaba de decir? ¿Por qué permanece hierático después de lo que ha ocurrido en la proyección, sea lo que sea?—. Quiero que lo leas antes de compartirlo.

—¿Ahora?

—Sí.

—Estoy cansada, publica lo que te parezca. Estará bien.

Doy unos pasos hacia la escalera, pero carraspea para llamar mi atención.

—No hemos terminado —indica.

—¿Hay más?

—El próximo lunes abrimos la tienda *online*.

Sophie Style, el portal en cual se podrá adquirir mi ropa, ya sea de segunda mano o de la línea personal que he creado junto con un grupo de modistas.

—Pensaba que las prendas estaban elegidas —bufo.

«No lo mires a los ojos, no le mires el torso, no le mires los pantalones. No le mires.»

—Las fotografías ya están retocadas.

—Te doy total libertad para elegirlas tú.

Observar mi cuerpo durante una tarde entera es lo que menos me apetece hacer.

—Ten cuidado —advierte con gravedad—. Ese idiota nos traerá problemas.

¿Connor? ¿Qué tiene que ver él con lo que estoy sintiendo en este momento?

—Ese idiota tiene nombre —replico, y espero que la respuesta caiga del cielo.

—Sí. Complicaciones.

—¿Por qué le odias? No lo conoces.

—Te lo he dicho, nos traerá problemas y tú individualmente ya me generas suficiente trabajo.

—No tienes que tratarme como a una niña. —Aunque lo que pretendo decir es: «No te estoy mirando como una niña, y tú tampoco».

—Lo seguiré haciendo mientras te comportes como tal.

—¿Sabes una cosa? No es justo —le recrimino, dejándome llevar por la frustración de la velada. Y de años—. Pretendes que te lo cuente todo, pero tú proteges tu vida privada, marcas las distancias y mantienes una relación profesional o como te empeñes en llamarlo. Y, cuando al fin hablo de Connor, no me escondo para conversar con él e incluyo al equipo en mi relación, te pasas el día gruñendo, blasfemando entre dientes y escabulléndote al verme entrar en una habitación. ¿Se puede saber qué te ocurre?

—Sophie, puedo soportar tu impuntualidad, que nunca cumplas los plazos para grabar los vídeos, incluso me he habituado a venir a tu casa cuando no contestas mis llamadas. Pero no pienses ni por un segundo que voy a aconsejarte sobre relaciones o a darte truquitos para impresionar a ese cretino.

Los preparativos para el *tour* del libro me agotan. Las reuniones se alargan, tenemos que adelantar trabajo para centrarnos en la promoción durante las próximas semanas, así que la lista de cosas por hacer se multiplica. Grabar vídeos. Programarlos. Cerrar dos campañas publicitarias y preparar los estilismos de dos meses.

—Hay un problema —anuncia Vledel—, no he conseguido tantos vestidos como fechas tiene tu agenda del infierno. Los diseñadores están centrados en las nuevas creaciones para presentar en pasarela, quedan opciones limitadas en *stock*. Traigo *looks* montados y cierto margen para la improvisación.

—Está bien.

Como de costumbre, sus propuestas son ingeniosas y originales. El tiempo que llevamos juntos se refleja en la rapidez con la que visualiza una combinación, la adapta a mi estilo e incorpora algún accesorio para darle ese toque único: unos pendientes gigantes de plata con un mono de terciopelo caqui, bolsos de mano multicolores que contrastan con trajes de chaqueta de tonalidades oscuras o tacones de vértigo con los que me entreno por casa durante una semana para habituarme a ellos y no perder la dignidad a cada paso.

—Y la sección crítica —afirma mordiéndose las uñas hasta echar a perder el esmalte negro mate.

La que no se puede modificar ni un centímetro a petición expresa de las marcas. Si consigo entrar en esas tallas, será que he desarrollado la habilidad de sobrevivir sin respirar.

—No te sientas mal si la ropa no sube más allá de tus rodillas, son tallas 34 de modelos que creen que comer es oler un cogollo antes de volver a dejarlo en el plato.

Asiento, convencida de que será una pérdida de tiempo y optaremos por contactar directamente con escuelas de moda para ofrecer promoción a cambio de prendas para la gira. Vledel me entrega un vestido diminuto de lentejuelas que apenas me cubre los muslos, tira del forro con cuidado hasta colocarme la tela con gracia y me abrocha la cremallera. Contengo el aire y encojo la tripa con temor a hacer estallar las costuras. Para mi sorpresa, se amolda a mí como un guante.

—Cariño, ¿qué dieta estás probando? —pregunta danzando a mi alrededor, acariciando el tejido hasta eliminar la más mínima arruga.

—Ninguna.

«La de la ansiedad, la inseguridad y la falta de respeto a mí misma.»

—Sea lo que sea, estás estupenda. —El deje de fascinación en su voz es evidente—. Aunque es una apuesta provocativa para una firma de libros a la que asisten menores de edad. Puede que a tu novio londinense le guste para una noche romántica...

Continúa sacándome conjuntos e intercala cuestiones sobre mi relación con halagos a mi figura. Siempre ha sido cauto usando las palabras, atento por si un resoplido en la situación equivocada me daba a entender que debía saltarme meriendas o sustituir un par de tostadas con mermelada por batidos de pepino. En esta ocasión no disimula su alegría al verme enfundada en un trapo que en el pasado me habría servido para cubrir un brazo. «Quizá esto sea hacer las cosas bien, enmendar los errores de tu cabeza con pequeños sacrificios corporales. Cenar no te hará más feliz; la aprobación de quienes te rodean, sí.»

* * *

Estoy despierta. Son las 5:18 de la mañana. A veces ocurre, últimamente con demasiada frecuencia. Me doy la vuelta en la cama con la intención de continuar durmiendo hasta que una sacudida alcanza mi cuerpo. El corazón desbocado, el sudor frío, la visión borrosa al abrir los ojos, señales ante las que aceptar que no volveré a conciliar el sueño.

El ambiente pesa y cada cosa que me rodea se convierte en... demasiado. El canto de los pájaros. El viento. El sonido de los coches cortando el aire en las carreteras que no alcanzo a ver. Me levanto para cerrar la ventana, treinta pasos. La habitación de hotel también es demasiado. Grande, lujosa, moderna, ostentosa. No lo sé, demasiado para mí. Regreso a la cama con los latidos en la garganta y lucho contra las náuseas, sin moverme durante algunos segundos para volver a mi estado normal. Pero ¿cuándo fue la última vez que me sentí así?

No lo recuerdo, solo la sensación de asfixia matinal, las taquicardias y la fatiga. El vértigo de las cifras de mi vida. A eso se reduce la presión: a números que aumentan o decrecen en función de vete a saber qué. ¿El color de mi ropa? ¿El corte de pelo que tanto deseaba y del que ahora me arrepiento porque fueron más de tres centímetros? ¿Los textos que tanto revisamos antes de compartir; aquellos repletos de emoticonos para que resulten naturales, infantiles, escritos por mí? No tengo respuesta para eso; los números son cosa de Greg, la mente pensante. Yo no soy más que una modelo que posa, vende, sonríe y finge estar en una utopía. Pero hay días en los que mi existencia es una auténtica pesadilla y, sin haber salido de la cama, cuento las horas que restan para volver a ella. Todavía faltan un par de fechas para dar por concluida la gira, aprieto la mandíbula e intento no pensar.

Finalmente llega el *meet and greet* de Londres, ese en el que espero ver a Connor. Sin embargo, la primera hora pasa sin señales de él. Le advierto en la cola, prácticamente al final del evento, agitando una entrada amarilla como un fan más. Me giro hacia Greg con el ceño fruncido y enfado evidente. «¿Por qué no le has dado un pase vip?», inquiero moviendo los labios. Mi mánager se encoge de hombros y desaparece. Con un gesto de las manos consigo que el vigilante de seguridad deje a Connor colarse a la veintena de fans que tiene delante hasta llegar a la tarima. Mi novio se acerca a la mesa y me da un beso rápido en los labios. De reojo veo a Greg con la vista fija en el suelo, resignado.

—Siento no haber podido charlar más contigo, Connor —lamento más tarde, por teléfono—. Olvidaron anotarte en la lista de familiares.

—Fue agobiante, pero valió la pena —asegura él—. Y conocí a muchas personas que te quieren. Como yo.

—¿Como tú?

—Creo que no lo había mencionado, pero te quiero, Sophie.

Una lanza atraviesa mi pecho, ¿por qué tenemos que hablarlo a través del móvil y no mirándonos a los ojos, en un Hyde Park de cielo plateado?

—¿Otra vez te he dejado sin palabras? —Noto los nervios en su voz.

—Sí.

—Te echo de menos.

—Y yo a ti.

Mentalmente añado: «Ojalá mi próximo destino fueras tú y no más delirios».

—¿Cuándo podremos vernos?

—Ahora mismo, en directo y HD —bromeo.

—Sophie…

Él tampoco lo soporta.

—Pronto, lo prometo. Mis días libres serán para ti.

Pero mi libertad es inalcanzable y se pierde entre las fotografías, las pancartas de apoyo y una nueva página de mi obra que debo firmar. «Felicidades por el libro» es lo que más se repite durante el *tour*. Yo sonrío e intento mantener la compostura, fingiendo tomarlo como un piropo y no como un ataque personal. «Soy un fraude, un producto que te han vendido, no hay más que ficción en cada uno de esos párrafos.»

Tras las firmas de París, me derrumbo.

—¿Tanto cariño le tienes a la peluca que vas a dormir con ella? —Greg entra en mi habitación del hotel y me recorre de pies a cabeza.

—Nia está aquí, vamos a salir para ver la ciudad de noche. —Saco un bolso pequeño de la maleta y meto mi documentación y dinero.

—No puedes.

—¿Por qué no?

«Lo haré de todos modos.»

—Mañana tienes una reunión a las ocho y media. —Se reclina en la pared con los brazos cruzados.

—Puedes ir tú en mi nombre.

—Si esperas conseguir la campaña, será mejor que vayamos ambos. Con cara de haber dormido ocho horas y de ser personas fiables —repone.

—Me importa una mierda la campaña.

—Es una marca prestigiosa.

—Habrá más. —Siempre hay más.

—No si corre la voz de que no te interesa el negocio.

—Tengo veinte años, Greg, merezco una noche libre.

—Cuando acabes la gira.

—Paso de este circo.

—Has firmado un contrato.

—Eso es lo único que te interesa, que cumpla los malditos contratos y te lleves tu comisión. ¿De qué nos sirve el dinero si no podemos disfrutarlo? Mi novio está lejos y tus ligues también, vamos a morirnos solos. ¿No has pensado en que algún día conocerás a alguien con quien pasar el resto de tu vida, pero se cansará de ti y de tu ambición por coleccionar billetes?

—Corta tu discurso, Sophie, la respuesta sigue siendo no.

—Cuando dejes de estar buenísimo y te quedes calvo o se te ponga la barba blanca... ¿Quién va a quererte?

—Es suficiente —me interrumpe—. Podemos hablar de ti, pero mi vida se queda al margen. Sé que ahora no lo entiendes, pero con el tiempo verás que...

—No necesito tiempo ni madurez para ver nada, Greg. Compra seguidores, paga a la prensa para que deje de publicar mierda sobre mí, crea una ONG en mi nombre para dar pena a la gente que me insulta usando un jodido nombre de usuario. Pero esta es mi noche libre —sentencio con las pocas energías que me quedan.

Me arrepiento de reprocharle mi desazón y planeo ir a su habitación a disculparme, hasta que entro en internet y encuentro las últimas noticias sobre mí. En titulares:

Sophie Dylan a punto de ser desbancada como cuarta *youtuber* más seguida del mundo

La responsable del canal de Sophie's Mind, así como *influencer* y escritora, ha sido relegada al quinto puesto en el *ranking* de creadores de contenido de YouTube. Su tórrida historia de amor con Connor Lascher no la ha salvado del estrepitoso descenso, y es que los números de la joven se han desplomado en las pasadas semanas. Su aspecto cansado en los eventos, la falta de interacción con sus seguidores y los textos cada vez más impersonales que sube a YouTube resultan clave para condenarla al fracaso.

Por su parte, Lascher está en pleno auge. La naturalidad de su familia al responder preguntas mientras hacen la compra o las carreras matutinas de Connor con camisetas ajustadas que no dejan demasiado a la imaginación son los puntos fuertes que resalta el público joven para enamorarse de su ídolo británico. ¿Debería Sophie confirmar la asistencia de su novio a partir de ahora? Estamos seguros de que un par de selfis con él elevarían las cifras que, de otra manera, siguen cayendo en picado.

La noticia se completa con una enumeración de los tres primeros puestos, *youtubers* cuyas hazañas ensalzan. De repente, sin que haya hecho nada aparente para que las reglas del juego cambien, me he convertido en la sombra de lo que era. La primera de la cola empezando por el final, la chica que destaca más por lo que ha perdido que por sus proezas pasadas. He subido, pero no con la rapidez con la que mi competencia lo ha hecho.

Los comentarios, en especial del sector femenino, son los más crueles: «Tarde o temprano iba a ocurrir», «No merece estar con un muchacho tan increíble como Connor», «Siempre me pareció poca cosa, nada especial para ser una de esas *influencers* que mueve a las masas», «Debería ponerse ortodoncia si pretende vivir de su imagen». Especulan, opinan, asumen y confirman sin haberme visto en la vida. Que se crean con la autoridad de aconsejarme que deje a mi novio, me haga una liposucción o estudie por si sigo hundiéndome me pone los pelos de punta.

Movida por la rabia, subo una imagen de millones de fans de la firma de esta tarde saludando a la cámara con el texto «Nadie podrá desbancarme de vuestros corazones».

Recuerdo la conversación que tuve con Greg meses atrás, cuando las cifras aumentaban, el teléfono ardía con felicitaciones y el contestador estaba lleno de propuestas por valorar.

—Estamos ganando, Sophie. Nos encontramos en un sendero llano en el que no necesitas hacer fuerza y puedes soltar tus piernas de los pedales porque las ráfagas de viento hacen el trabajo.

—Pero cambiará. Si fallo, puedo tirar el proyecto al traste.

—Hay infinidad de factores, no eres la única variable. Está bien que cierres los ojos unas semanas, que te relajes y aprecies lo que hemos conseguido. No obstante, grábate lo siguiente: no hay una fórmula que garantice el éxito. Hoy te quejas de que tus seguidores te bombardean y mañana puede que nadie te detenga en la calle. Subir requiere de un esfuerzo titánico, bajar no es más que dejarse llevar, como las hojas de los árboles en otoño.

Y ha llegado mi temida estación.

A pesar de que haga mucho que no me ocupo de analizar los resultados y de medir el rendimiento de cada vídeo y publicación, esta noticia supone un punto de inflexión, el desencadenante de mi obsesión por más cifras: *likes*, *dislikes*, visitas, nuevas suscripciones, alcance, impresiones, duración estimada de las visualizaciones, vídeos más populares, días y franjas horarias clave para interaccionar con mayor efectividad.

Observo de nuevo el mensaje directo de Nia y su oferta: «¡¡Yo también estoy en París!! ¿Tienes planes para esta noche?». Le escribo para preguntarle la ubicación y me manda una invitación a una fiesta en Poésy, la exclusiva discoteca que frecuentan los modelos de su agencia. Tras asumir que no podré volver a mi vida hasta que la gira finalice, le confirmo que allí estaré. Desafiar a Greg es la única diversión que me queda. Saco el vestido de lentejuelas que me probé con Vledel, me lo enfundo y me siento poderosa, invencible. Lo tenía reservado para Connor, pero esa cita parece no llegar.

Me reúno con Nia y Holly en la barra, ambas buscan bebidas gratis. Holly se baja el top y no le quita el ojo de encima al camarero hasta que se acerca a sus labios para saber qué le apetece tomar.

—Vas supermona —me halaga Nia dando una vuelta a mi alrededor.

En otras circunstancias me sonrojaría. Hoy me como con los ojos, delineo mis curvas, sonrío ante mis hombros descubiertos, lo ajustada que está la tela sobre mis pechos, la longitud que permite insinuar cada vez que doy un paso y la falda que se contonea sobre mis rodillas. Esta velada será diferente: una venganza, una vía de escape y la muestra de que no soy la niña maleable que pretenden controlar, vender como un producto para todos los públicos, un ejemplo de buena conducta. Soy una secuencia perfecta de errores en cadena, la certeza de que saldrá mal, así que no apuestes por mí si te queda una pizca de cordura. Solo prometo una cosa de la que mañana juraré arrepentirme: esta noche no existen límites hasta que consiga olvidar.

—¿De qué diseñador es?

—Ni idea —reconozco.

—Holly lo adivinará, su instinto es infalible para estas cosas. Tienes cara de cansadísima, ¿duermes bien? —dice acariciándome la mejilla.

—Estoy agotada, dos meses de *tour* con el libro —me quejo.

Coloca una copa con un líquido de color salmón en mi mano.

—Deberías tomarte unas vacaciones.

—Imposible. —Le doy un sorbo, es dulce y refrescante—. Después de esta tortura he firmado más publicidad.

—Oh, aborrezco las campañas. Echo de menos trabajar de verdad —se lamenta Holly haciéndose un hueco entre nosotras.

—Si pasas más de un año sin desfilar, se olvidan de ti —expone Nia mirando en dirección a su amiga, que se dedica a la promoción de cosméticos por culpa de la inesperada traición de Jenna: sustituirla en tres pasarelas. Desde entonces, su presencia está vetada y el grupo ha pasado de trío inseparable a dúo—. ¿Foto para el recuerdo?

—Siempre que sea un recuerdo privado. Esta vez me he escapado.

—Trato hecho. —Me guiña un ojo.

La música, que en condiciones normales se me antojaría la misma selección repetitiva de la radio, es un himno al que entregar cada movimiento hasta la madrugada. Ni los franceses maleducados que nos acusan de invadir su espacio en la pista ni el gigante de dos metros que baila pegado a Holly consiguen estropearnos la velada.

Tras los cócteles, me propongo probar el resto de las bebidas sin mezclar. El vodka nunca llega a saber bien porque así es precisamente como debe ser. Un pequeño precio que pagar a cambio de unas horas de evasión, la puerta secreta a un camino alternativo que solo visitan los desesperados, quienes no se consuelan con un «mañana toda esta mierda pasará».

Cuando regreso, con la luna desapareciendo del cielo, Greg me está esperando sentado en el pasillo, frente a mi puerta. Su mirada echa chispas. No sé si es el efecto del alcohol o mi falta de inhibición, pero me resulta especialmente atractivo.

—Te advertí que no salieras —espeta.

Se pone en pie con agilidad, imponiendo con cada centímetro que me supera. Su sombra se proyecta sobre mí.

—Y yo te dije que quiero una vida normal —replico, exigiéndole que haga algo al respecto.

«Tú que pintas estrellas en un techo blanco, tú que haces posible que viaje por el mundo y que no me haya desmoronado ya. Tú, si no lo haces tú, ¿dime quién?»

—Tienes una vida mejor que la del resto de las adolescentes de tu edad.

—No me llames adolescente. ¿Acaso tú naciste siendo el tío perfecto que no se retrasa ni un segundo y consigue lo que se propone? Eres irritante.

—Tú eres irritante. E irresponsable. ¿Cuándo asumirás que un error puede estropearlo todo?

—Cuando entiendas que no soy una máquina sin sentimientos como tú. Me afecta estar en la otra punta del planeta, sentirme sola, ver que las personas que me rodean lo hacen por interés.

Mi confesión crispa su rostro.

—¿Te refieres a mí?

—¿Por qué, si no, ibas a estar haciendo guardia pudiendo salir, buscar entretenimientos mejores? —Sostengo la mirada en una lucha por algo más que la razón.

—Esta gira no son unas vacaciones, me tomo en serio mi trabajo.

—Trabajo y más trabajo, te evades poco, Greg —río.

—No sabes nada sobre mí.

«¿Y de quién es la culpa?»

—Sé una cosa —matizo aproximándome hasta que mi dedo índice toca su pecho—. Podrías ser mucho más feliz si te dejases llevar.

—Estás borracha, será mejor que te acuestes antes de que la recepción del hotel nos llame la atención.

Pero el pasillo está completamente desierto, la sexta planta es solo nuestra. Armándome de valor y sin dejar pasar más tiempo del que necesito para ponerme de puntillas, sabiendo que si lo medito me arrepentiré, me lanzo a besarle.

Lo normal sería dejarse arrastrar por la adrenalina, desafiar a las emociones para rendirme al puro contacto de lo prohibido. Hasta que responde a mis caricias, ligeramente, pero lo suficiente para que abandone el descaro y mi boca se torne caramelo líquido que se derrama por la comisura de sus labios. Mis manos cubren los huesos de su mandíbula y lo sostienen a conciencia, como si Greg careciera de fuerza suficiente para echarme a un lado y alejarse. Lo tengo preso; ninguno de los dos logrará huir. Él confuso, desprevenido, dejando que mi aliento le contagie mi ebriedad. Yo alargando este momento tanto como la memoria me permita y prometiendo describir en cientos de poemas lo que mi voz no alcanza a decir por miedo a que, una vez que me separe de su boca, no la vuelva a encontrar más. Pero en ese instante Greg me pertenece y yo, tan suya como mía, poseo el control.

Le entrego mi alma al beso, el proyecto común más bonito que hemos realizado. Sin fechas ni exigencias ni análisis de resultados más allá del placer efímero, no por ello de menor magnitud. Me echo atrás un segundo, lo suficiente para tomar aire. Greg no lo permite, acorta la distancia y roza mi boca con la suya en un soplo de viento, tímido y fugaz, pero tan honesto como ardiente. Es el beso que solo te atreves a dar en sueños y del que no escapas al recobrar la conciencia, un impulso irremediable y delator que me provoca un vuelco en el corazón.

Sus manos alcanzan las mías en el contacto más íntimo que he sentido nunca. «No te alejes», imagino que susurran sus yemas iniciando una hoguera entre mis dedos, ascendiendo por mis palmas e irradiando fuegos artificiales bajo la piel. Y me atrevo a volar. Nos vislumbro con claridad, la perfecta imagen de una fantasía eterna, hasta que me separo de él con un suspiro que hace vibrar puertas y paredes. Abro los ojos y me enfrento a su mirada de furia, pasión y una larga lista que no me detengo a ordenar.

—No ha sido tan malo —musito.

Sin esperar a su reacción, libero mis manos de las suyas con un leve tirón apenas perceptible, camino hacia la habitación 603 y entro en ella, dejándolo plantado en el pasillo. Abatido, sorprendido, quiero creer que afectado por mi desinhibición y gratamente sorprendido por la suavidad de mis labios. Pero son solo suposiciones. No oso preguntar, he agotado mi valor al besarlo, al cruzar todas las líneas que ha dibujado con esmero y que ahora no son más que un laberinto sin salida en el que no tenemos comida ni agua, solo el uno al otro.

La exaltación que me gobierna no es lujuria, excitación ni un despertar sexual pasajero. Hay más: un deseo de regresar al pasillo, de entrelazar mis dedos con los suyos y de explicarle lo que ni yo misma sé por qué me comporto así, por qué odio quererlo de una forma distinta, por qué no le mencionaré nuestro encuentro a Connor y me repetiré que no ha significado nada. Y será la mentira más escandalosa que hayan ideado sobre mí, porque he notado que mi corazón se detenía y, en un abrir y cerrar de ojos, ha bombeado tal cantidad de sangre que he descubierto una nueva connotación a estar viva. Greg es mi energía, el que acaricia el interruptor e ilumina viviendas abandonadas convirtiéndolas en hogares tan brillantes como esas constelaciones con las que sueño escrutando mi techo, pero cuyos nombres desconozco. Apuesto el juicio que me queda a que mi mánager sabría definirlo todo; sobre el cielo, sobre mis temores, este anhelo que llamaría amor pero no, puesto que eso sería destrozar a otra persona. Y yo no soy así, no quiero ser así.

En mi teléfono hay tres llamadas perdidas de Connor y ninguna intención de devolverlas. ¿Me he transformado en un monstruo? ¿Conformarme con el pensamiento de que alguien me añore y que eso me aporte consuelo es enfermizo?

Me desabrocho el vestido y lo arrojo a la otra punta de la estancia movida por una ira que no sé canalizar. O puede que sea un camuflaje ante la debilidad, mi arma para acallar las voces mentales. «No eres horrible, despiadada, frívola, la autómata que exterminará a la humanidad.» Ojalá lo fuera, una máquina perfecta e infalible, sin corazón. En lugar de cables y metales impenetrables, tengo que lidiar con láminas de papel por piel. Corro hasta llegar al baño, me desmaquillo con violencia, queriendo rasgarlas, esparciendo los restos de sombra y base de manera irregular, creando una masa heterogénea que me otorgue un aspecto grotesco. Mis labios, hinchados por los besos, saben a la sangre que emana de pequeñas grietas causadas por la insistencia de mis manos. «Borra cada rastro de excelencia, elimina el rímel, el pintalabios, las películas más tristes carecen de color.»

Rompo a llorar y apoyo la espalda contra la pared hasta resbalar directa al suelo, haciéndome daño en las lumbares. Todo tiembla, las imágenes que me rodean se tornan confusas, desplazándose a un ritmo vertiginoso como si de un vídeo a cámara rápida se tratase. Saco fuerzas de donde no las hay para sujetarme a la taza y vomitar, con lágrimas cayendo por mi rostro, extenuada. «Sal, sal de mí y llévate el dolor. Las calorías, la vergüenza, esos impulsos que me conducen al mejor beso de mi vida y me desgarran.» Está mal; sentir que vuelo, descender a las llamaradas del infierno en una caída libre, rendirme, intentarlo, aceptarme y mostrar quién soy al resto, cambiar para agradarles y no volver a encontrarme jamás.

Me desplomo, sin energía ya, y noto el frío de las baldosas en contraste con el calor de mi mejilla izquierda. Sin soluciones, sin alternativas.

La reunión del día siguiente y las horas firmando ejemplares, pósteres y camisetas bajo la atenta mirada de mi mánager hacen mella en mí. La tensión se palpa en el ambiente, tanto que opto por aclarar el tema antes de que uno de los dos se lance por la terraza.

—Lo siento. Yo no pretendía…

«Meterte la lengua en la boca. Engañar a mi novio y disfrutarlo.»

—Claro… No importa, Sophie. —Finge estar ocupado con la web.

¿Cuántas veces habré escuchado mi nombre pronunciado por él? ¿Por qué en este instante me atiza?

Greg se levanta y avanza hacia la otra punta de la habitación, contemplando el paisaje a través de los cristales con regueros de gotas de lluvia ya secas que no son más que restos de polvo.

—Contigo es fácil conversar, expresar verdades sin filtro —admito haciendo referencia a nuestra disputa antes de marcharme con Nia.

—Y por eso tengo que soportar tus ataques de «necesito una noche libre», porque confías en mí.

—Es más que eso… Resulta fácil hablar así con desconocidos. —Me arrepiento cuando las palabras ya han salido de mi boca.

—No somos desconocidos.

—En ocasiones lo dudo. —Tus muros son efectivos—. De verdad, yo…

«Bebí mucho», «Me dejé llevar», «Echaba de menos el contacto humano», «No sentí nada». Mentiras. No sé qué decir. Mis disculpas se pierden por el camino, mi afán por conservar lo que tenemos es inferior a la incomodidad que siento.

—Invertimos mucho tiempo y esfuerzo en este proyecto —dictamina impasible—, es comprensible que perdamos el control.

La desilusión me invade y lo que experimenté al besarlo, un cúmulo de emociones que no me detengo a identificar, abrasa mis entrañas al igual que el vodka deslizándose por mi esófago.

¿Acaso esperaba una declaración de amor? ¿Que Greg estuviera secretamente colgado de mí? La cría a la que toma el pelo a diario y que trata como a una hermana pequeña, a la que protege por obligación.

—Tienes razón. Esta locura que nos consume es la única justificación posible para lo que pasó —sentencio.

Si decide acallar la parte de mi cerebro que anhela prolongar ese beso más allá de la ebriedad, le devolveré mis esperanzas envueltas en rabia. Buscaré los sinónimos de mezquino en el diccionario y le atribuiré cada uno de ellos. Por no apartarme cuando mis labios se posaron sobre los suyos, por permitir que cometiera la estupidez más grande de mi vida. Una que no saldrá en las revistas ni redes sociales, pero que permanecerá en mi corazón.

Detienes el universo

Tu mayor poder:
si apartas la vista de mí, detienes el universo.

CAPÍTULO 10

Menos yo, más tú

Palabras, sucesiones pronunciadas con los ojos repletos de lágrimas, las manos temblorosas al entregarme sus ejemplares para que deje mi huella, mejillas sonrosadas al deletrearme sus nombres, tartamudeos y silencios nerviosos, abrazos inesperados, fotografías de expresiones herméticas. Y más palabras. En bucle, eternas, pesadas, el viento que mece mi cuerpo al borde de un acantilado. Ninguna de ellas me pertenece.

«Ha sido mi mejor lectura del año.»

«El capítulo en el que cuentas cómo defendías a tu hermana en el colegio me encantó, a mí también me hicieron *bullying*.»

«He llorado de inicio a fin.»

«Gracias por abrirte y mostrar esas partes que no enseñas en los vídeos.»

«¡Eres perfecta! Con talento, guapísima y escribes genial, quiero ser como tú.»

«Dale recuerdos a Connor.»

«Eres valiente. Eres sincera. Eres mi modelo que seguir. Dime de qué tienda es tu bolígrafo, cómo conseguir tu color de pelo. Cuanto menos yo y más tú sea, mejor», repiten sus miradas escrutándome de arriba abajo.

«Y tener un novio en la otra punta del planeta, despertar con ansiedad, acostarme con la visión nublada del alcohol, que mi estado de ánimo fluctúe con las cifras, sonreír si un vestido me queda ancho, firmar un ejemplar que no es mío pese a llevar mi marca», deseo replicar con una mueca cínica en la comisura de los labios.

CAPÍTULO 11
Mi hogar

C ada recepción de los hoteles en los que nos hospedamos recibe el aviso de no dejarme salir, así que organizo la fiesta en mi habitación con un par de botellas de vodka y naranja. El último día de la gira, en Sofía, se hace interminable. Apenas soporto las voces que corean frases de apoyo, los *flashes*, las constantes demandas de selfis en las que tengo que ponerme en pie e inclinarme sobre la mesa, mirar al objetivo, adoptar un semblante relajado. Todo ello me genera sofocos, Greg lo sabe y murmura algo al personal de seguridad. «No más fotografías o no podrá firmaros a todos», anuncian con voz grave, la reacción de los fans agolpados allí desde la noche anterior no se hace esperar. Un estruendo de protestas, el llanto desconsolado de las niñas de primera fila que estaban preparadas con sus cámaras, la indignación de las madres, que lamentan haber pagado sesenta dólares para que una impresentable rompa el corazón a sus pequeñas.

Ni las dos botellas de agua que mi mánager me obliga a beber ni el azúcar de una chocolatina que devoro con sentimiento de culpa consiguen aportarme la energía suficiente. Continúo firmando un garabato de mi inicial sin dedicatoria hasta que llega la hora acordada y salgo escoltada por cuatro hombres robustos que empujan a cualquiera que se acerque a una distancia de cinco metros. El eco de los gritos exteriores y las peticiones para que me quede una hora más resuenan por encima de la música de mis auriculares durante el viaje de vuelta.

Regreso a Pacific Palisades el 29 de abril. Ligera de equipaje porque hemos enviado por mensajería las cajas de regalos y bolsas llenas de ropa sucia que devolveré a Vledel tras pasar por la tintorería. El enfado de Greg es palpable al bajar del avión. No toma asiento atrás, a mi lado, como de costumbre en los trayectos del aeropuerto a casa. Se desliza al lugar del copiloto y pone la radio a un volumen considerable; sé que me está castigando por desafiarlo y aparecer en un estado lamentable al trabajo. Se baja del vehículo sin articular palabra, dice adiós con un gesto de mano al taxista y camina a paso ligero hacia su apartamento. Sé que tiene las mismas ganas que yo de llegar a su hogar y olvidar las semanas de éxodo y eventos.

El cansancio vence al hilo de mis pensamientos y, en lo que dura un parpadeo, me quedo dormida. Al abrir los ojos, veinte minutos más tarde, ya es casi de noche. El conductor detiene el automóvil frente al número 2 de Hilson Residential y encaro la brisa exterior deseando hundirme entre los cojines del sofá y dormir allí, sin fuerzas para subir la escalera hasta mi dormitorio.

Recorro el sendero de piedra que serpentea hasta la enorme puerta de madera blanca y, antes de vislumbrar los cristales rotos, los pelos de mi nuca se erizan seguidos por un escalofrío que anticipa que algo va mal. Oigo pisadas. Una sombra corre hasta emerger de la parte trasera y se detiene una milésima de segundo a contemplarme. A pesar de que no alcanzo a ver su rostro, noto sus pupilas fulminándome en la distancia. El miedo me paraliza, soy incapaz de moverme, de hablar, de pedir auxilio, mi cerebro funciona a cámara lenta y mi retina captura imágenes imprecisas que se disuelven unas con otras sin permitirme analizar qué está sucediendo.

El desconocido avanza a una velocidad admirable, salta la valla con agilidad y desaparece de mi vista antes de que logre tomar una decisión. ¿Entrar en casa? ¿Seguirlo? ¿Avisar a los vecinos? Entre esa retahíla de preguntas que se repiten en bucle llegan los destellos que arroja la sensatez: «Puede ir armado», «¿Y si hay alguien más dentro?», «No merece la pena arriesgar tu vida», «Ponte a salvo». Pienso en correr, pero no sé en qué dirección, con qué propósito, mis músculos no responden y sigo inerte, como si de mis pies hubieran crecido raíces que me conectan a la tierra e imposibilitan el desplazamiento.

Tardo varios minutos en volver a mi cuerpo y asociar que «a salvo» es sinónimo de Greg. Con las manos temblorosas, presiono el botón de rellamada, me resulta imposible buscarlo en la agenda.

—¿Qué? —percibo el hastío en su voz.

—Greg... Alguien ha entrado en casa —musito, el simple aire nocturno hace flaquear mis piernas.

Le oigo contener la respiración, correr de un lado a otro, agarrar las llaves y dar un portazo.

—¿Estás bien?

—No me ha hecho nada.

—¿Le has visto?

—Sí... Ha saltado la valla delante de mí. Lo he tenido a unos centímetros...

—¿Dónde estás?

—En la puerta. Hay cristales rotos, no sé qué se han llevado.

—No entres —afirma con autoridad—. Ve al coche y espérame allí. No tardaré en llegar, ¿de acuerdo?

—S-sí.

Alzo la puerta del garaje. Remuevo la mano en el bolso hasta encontrar el mando a distancia del Audi, lo abro y coloco las llaves con torpeza en el contacto, nerviosa y precipitada, como si pretendiese arrancar el vehículo y pisar el acelerador para fugarme tras un acto delictivo. La música de la radio me sobresalta. La apago de inmediato y me abrazo las rodillas mirando compulsivamente en todas direcciones, alerta por si aparecen más encapuchados, temerosa de ver una sombra en el espejo del retrovisor. Cierro los ojos y me dedico a contar hasta cien. Una vez, otra, otra más y vuelta a empezar. Hasta que alguien golpea el cristal del coche y doy un brinco, asustada, con el corazón en la garganta y las extremidades lánguidas. Es Greg.

Abro la puerta y me abalanzo sobre él, apretándome tanto como puedo a su torso, anhelando que mi cabeza se mantenga hundida en su chaqueta en lugar de navegar por la negrura. Así que me aferro a ella hasta que sus dedos aflojan mi gesto y separan mis uñas de la tela para enfrentarnos a lo ocurrido.

—¿Estás bien? ¿Te ha hecho daño? —inquiere. Me rodea con firmeza, sus manos se posan en mi cintura.

—No me ha tocado.

Pero no sé cómo responder al daño. Ha entrado en mi hogar, lo ha roto, es comparable a una agresión física. Por no hablar del pavor. Tiemblo, a la espera de que alguien me atice.

—¿Has llamado a la policía?

—No. —Sigo en *shock*.

Greg es el único en el que he pensado. Mi talismán, la persona a la que confiaría mi vida. Los motivos que nos alejan no logran disipar esa extraña conexión, la seguridad de que me acompañará como los rayos cálidos bajo mi piel tras un día al sol y no se ausentará en invierno.

—No te preocupes —me consuela acariciándome el pelo.

Saca el teléfono del bolsillo derecho del pantalón, marca un número y describe la situación. En menos de quince minutos hay dos coches patrulla en mi entrada. Un policía me interroga y anota cada sílaba que sale de mi boca.

—¿A qué hora ha llegado a casa?

—No lo sé... ¿Hace media hora?

—¿Ha entrado a la propiedad?

—Vi los cristales de la puerta y alguien apareció de la parte trasera. Me metí en el coche hasta que llegó mi mánager.

—¿Cómo era el individuo que ha visto?

—Diría que un hombre —contesto aturdida—. Alto, fuerte, vestido de negro, con capucha.

—¿Podría ayudarnos a hacer un retrato robot o identificarle si le viera de nuevo?

—Estaba oscuro... Se movió con rapidez. No vi su cara.

La decepción se dibuja en su rostro con un mohín de «no le encontraremos nunca».

Tras un primer examen para asegurarse de que el perímetro es seguro, fotografiar el estado de la casa y recoger huellas parciales, me piden que entre con la finalidad de determinar si falta algún objeto de valor. Para sorpresa de todos, no se han llevado nada. Excepto por los cristales rotos de la puerta, lo demás parece intacto. Al subir a la segunda planta me llevo las manos a la boca y rompo a llorar: mi habitación está destruida. Sorteamos los cuadros dibujados por mi madre, que ahora están tirados por el suelo, cubiertos por los fragmentos del jarrón de mi mesilla de noche, hecho añicos. Las sábanas de mi cama están destripadas, el colchón, agujereado y pintado con espray. El vestidor es un auténtico caos de zapatos, conjuntos y ropa interior esparcidos por cada esquina, con las perchas partidas en dos y la luz del techo rota.

—¿Tiene cámaras de seguridad?

Miro a Greg, él se encargó de ese tema cuando decidí mudarme sola.

—Dos en la entrada principal.

—Llamaremos a la compañía para revisar las cintas en busca de indicios que nos permitan identificar al sospechoso. ¿Tiene un lugar en el que pasar la noche?

Dudo.

—Por supuesto —confirma mi mánager.

Me indica que recoja algunas prendas para dormir y, al ver que permanezco inmóvil derramando lágrimas en silencio, él mismo llena una bolsa de deporte con ropa y productos de aseo. Situando una mano en mi espalda, me invita a bajar la escalera, abandonar mi casa y subirme a su coche.

Llegamos a su apartamento y me percato de que no he estado allí antes. Otra de las barreras de Greg, «Verás en qué ambiente me muevo, la ferocidad con la que consigo mejorar las condiciones de un contrato por teléfono, pero jamás alcanzarás a advertir mi lado humano: dónde me relajo, descanso, suspiro de impotencia y río sin compromisos». Es un ático moderno con las paredes pintadas de azul cielo; cocina americana, un salón acogedor, su dormitorio y un baño. Lleva mi mochila a su habitación y me invita a tomar asiento en el sofá de tela.

—¿Te apetece ver algo? —Señala al discreto televisor de pantalla plana.

—No, gracias.

La decoración es prácticamente inexistente. Salvo la colección de películas y llaveros expuestos en una estantería al lado de la ventana, el resto de los muebles están desiertos. Saca un par de mantas de un cajón y reconozco algunos de los libros que me presta en los viajes. A nadie se le ocurriría guardarlos ahí, salvo que seas un histérico del polvo como Greg. No me extrañaría verle frotar las baldosas cerámicas del suelo con un estropajo. Deja botellas de agua y pañuelos sobre la mesa, agarro uno y me seco las mejillas.

—¿Cómo te encuentras? ¿Tienes hambre?

Niego con la cabeza. Me acurruco en una esquina del sofá y trazo dibujos invisibles con la punta de los dedos sobre el tejido gris.

—¿Prefieres dormir?

—No podría, aunque quisiera. —Mi voz se quiebra.

—Dime qué necesitas.

—Compañía —suena a la confesión más íntima que he hecho nunca.

—Cuenta con ello. —Me dedica una sonrisa lacónica con la intención de reconfortarme—. ¿En qué piensas?

Es el tipo de cuestión personal que preferiría evadir, pero sé que él también hace un esfuerzo por mantenerme a flote.

—No lo comprendo.

—Las mentes enfermas carecen de sentido, no busques una explicación racional a lo ocurrido.

Es inviable no hacerlo. Mire donde mire veo a ese desconocido observándome, listo para atacarme con el objeto que empleó para romper mi colchón, rodeándome con sus musculosos brazos, tapándome la boca con una mano que me cubre también la nariz y me ahoga.

—Sophie, deja de pensar —me pide.

Fuera quien fuera, sabía hacia dónde se dirigía, conocía mi casa, estaba seguro de que no estaría. El *house tour* que subí a YouTube por petición popular el año pasado acude a mi mente y me provoca escalofríos. «Ve mis vídeos, dedujo que no regresaría a casa el mismo día de la última firma de libros.»

—Estoy asustada. —Mis propias palabras me estremecen, materializan el terror.

¿Cómo voy a escapar de esto?

—Lo sé.

—¿Y si vuelve a intentarlo?

—Me ocuparé de todo, tú solo descansa.

—Estoy bloqueada.

—Pasará, es normal que entres en *shock*. ¿Quieres que pida hora para que veas a un terapeuta? Quizá te ayude superar el trauma.

Hay tal cantidad de preocupaciones que debería compartir que lo más fácil es obviarlas todas y convencerme de que seré fuerte y lograré vencer por mi cuenta. Un especialista se mofaría de los problemas de una celebridad. «¿Demasiado dinero? ¿Demasiada atención? ¿Demasiado trabajo? ¿Te receto un par de pastillas para que soportes las sesiones de fotos? Posar ante una cámara suena extenuante», opinaría entre carcajadas.

—Prefiero… olvidarlo.

—Volveré a preguntártelo en unos días.

—Está bien.

Permanecemos en silencio un rato. Es agradable, la misma soledad de la que huyo a diario me reconforta en este momento.

—No me apetece publicar nada sobre el tema.

Sé que los medios lo harán, que mis seguidores esperarán explicaciones o, hablando con propiedad, las exigirán. Cuanto más muestras, mayor es la sensación de que forman parte de tu vida, de que un pedacito de ti les pertenece. Es una idea que me intimida.

—Olvida el trabajo por una noche.

—Tengo una teoría —expongo.

—Sophie, deja que la policía haga su trabajo.

—Me conoce, estoy segura de ello. Llámalo instinto o sexto sentido.

—Es probable. Pero hay multitud de personas que saben quién eres. Vives en un barrio bastante acomodado de Los Ángeles, si lo que te preguntas es si ha sido un ataque personal…, no lo creo.

—Han destrozado mi cama. ¿Qué puede ser más personal que eso? ¿Y si…? —Tomo aire para expresar mi mayor miedo—. ¿Y si hubiera estado durmiendo? ¿Me habría matado?

Greg suspira y se inclina hacia mí. Coloca mis manos entre las suyas y las frota con delicadeza, con la vista fija en un punto lejano, ahuyentando mi ataque de pánico con su simple presencia.

—¿Por qué yo?

Hay algo en la manera en que formulo ese interrogante, un ápice de desesperación mezclado con dolor y una petición de ayuda, que me hace llorar sin remedio.

Su reacción me abruma. Sin la cautela con la que nos relacionamos a diario; escucho las piedras de sus muros derribarse una a una, descubro su tacto fuerte por encima de la misma camiseta que llevaba en el vuelo esta mañana; horas después es una mezcla de algodón con el aroma de su colonia y de su piel. Con la presión justa para aceptar su contacto y anhelar que el calor de su cuerpo me sane, pero no tan fuerte como para provocarme asfixia, hace desaparecer el calvario, las amenazas de encontrarme en una situación similar en el futuro.

—Respira —susurra suave, como un millón de plumas que estimulan mis células.

Siento el impulso de apartarme, pero sus manos me mantienen recostada contra su pecho. Suelto el aire que he estado conteniendo y me centro en la calma que irradia, en la extraña convicción de que todo saldrá bien.

Greg besa la raíz de mi melena con una naturalidad reconfortante; no resulta extraño, no me incomoda, es detenerse a recuperar el aliento tras haber escalado la cumbre más alta. Deseo que no se separe de mí nunca. Que siga abrazándome hasta que se corte la circulación de nuestros brazos o el calor nos convierta en una única pieza que no se pueda dividir jamás. Y si el dolor no se desvanece nunca, si estoy acobardada a cada paso o alguien pretende herirme, incluso yo misma, sé que él me protegerá, que me dará su oxígeno y cada latido suyo hará llegar la sangre a mi corazón. Porque así es Greg, el misterio personificado, un espectro en segundo plano sin nada propio ni equipaje, el chico que antepone mi cuidado a su propia necesidad de respirar.

Las emociones me dejan exhausta. Mis párpados se rinden acompañados de un par de bostezos que no le pasan desapercibidos. Greg, cuyos brazos siguen cobijándome con dulzura, me ofrece su cama.

—Necesitarás una excusa mejor que un allanamiento de morada para meterme en tu cama. —No sé de dónde saco la fortaleza para bromear ante algo así, la cuestión es que con él se me antoja sencillo hacerlo.

—Poseo cualidades más convincentes que el miedo, incluso puedo darte números de teléfono para que pidas cartas de recomendación —increpa dedicándome una sonrisa burlona.

—Me conformo con el sofá —aseguro.

—Ni hablar. Mis invitados reciben las máximas comodidades de mi modesta morada —dice orgulloso.

—¿Desde cuándo tienes invitados? En tu cocina solo hay una silla, apuesto a que encontraría un cubierto, una taza, un plato…

—Valoro tu capacidad para resaltar mi soltería, pero preferiría que no cambiases de tema. Ve a la cama, cambia las malditas sábanas por unas limpias si te da asco dormir con algo que haya rozado mi cuerpo… Lo que sea, pero deja de rechazar mi oferta.

Me levanto y arrastro los pies, a la espera de que me alcance con un golpecito en el hombro y grite: «Estaba de guasa, te quedas con el sofá y espero que el dolor de espalda te dure una semana como venganza por cada aprieto del que tengo que sacarte». Pero no se inmuta. Echo un último vistazo rápido al sofá antes de cerrar la puerta, ha abierto el portátil y lo acaba de encender. «No trabajes, Greg, pon tu película favorita o una serie que te ayude a conciliar el sueño. Pero descansa, porque sin ti no hay un yo. Y en este instante te necesito más que nunca.»

Su habitación es austera, igual que el resto del aparta-mento. Lo más personal, un escritorio minúsculo sobre el que hay un teclado y una fotografía enmarcada de un cocker color canela que sujeta una pelota de tenis entre las patas delanteras. Si no estuviera agotada y me hubiera colado aquí en otras circunstancias menos dramáticas, estaría revolvien-do armarios y cajones en busca de álbumes, de su agenda sin los compromisos de Sophie, de las anotaciones que escribe a mano sobre mis vídeos antes de pasarlas al ordenador, de mensajes de amor o simples alabanzas sexuales que dejan sus conquistas tras una noche de pasión antes de marcharse de puntillas sin esperar al desayuno. Algo que me proporcionase pistas acerca de su identidad como Gregory Ian Doherty, la persona y no el infalible mánager. Sin embargo, «esta noche no», me contengo. Como si fuera a haber más, como si esa fuese la primera de muchas ocasiones en las que alcanzaré la mirilla de su rutina, un pasadizo secreto a la privacidad que imagino y que nunca ha estado tan a mi alcance.

Vestida con el pijama de llamas que Greg metió en la mochila, me cubro con las sábanas hasta la barbilla. Hue-len a él, a ese perfume que me rodea a diario, imposible de atrapar con las manos, pero que se apodera de tus sen-tidos y anida en cada poro de tu piel. Esa es la única justi-ficación para que note un hormigueo en las extremidades y acariciar la almohada sea una reacción natural, hallando paz en la familiaridad de su aroma que gana la batalla al te-rror. Disfrutando de la serenidad que experimento gracias al abrazo de su cama, de él, caigo rendida con el pulso ya normalizado.

La noticia se filtra a la prensa y al día siguiente recibo llamadas de mis padres, de Brin, de Connor, de Kassidy y de Vledel para preguntarme cómo estoy, si necesito un lugar en el que pasar unos días, qué ha averiguado la policía y cuándo detendrán al culpable. Sin saber qué decir, les resumo los acontecimientos, prometo que no estoy asustada e intento restarle importancia al asunto soltando un par de bromas: «Hacía tiempo que planeaba contratar a un decorador, no me convencía la distribución de mi habitación».

—Quiero enseñarte una cosa —anuncia Greg encendiendo el portátil después de servir café, bollitos dulces y Nutella.

Entra en una carpeta titulada «Fans» y reproduce un vídeo que han grabado seguidores de todo el mundo con palabras de ánimo, citando mis poemas. Al terminar, me muestra miles de capturas de mensajes de apoyo compartidos en diferentes plataformas digitales bajo el *hashtag* #LoveForSophie.

—Por si has perdido la fe en la humanidad y pretendes odiar al universo. No estás sola.

—¿Cuándo lo has recopilado?

—Esta noche.

—¿No has dormido?

—Fui un caballero al ofrecerte mi cama y confesar esto va a evaporar mi fama de buen samaritano... Lo cierto es que este sofá es un arma mortal, peor que tumbarse sobre asfalto hirviendo a las tres de la tarde.

Regresar a casa, quince días después, es lo más duro que he hecho jamás. Mi castillo, mi refugio, ese sitio al que ni periodistas ni seguidores tienen acceso, es ahora un completo desastre. Greg me ayuda a deshacerme de los objetos rotos, llama a una decoradora *freelance* y consigue que lo arreglen al completo en una tarde. A pesar de la preciosa pintura rosa amaranto de las paredes, los armarios blancos con espejos nuevos y los cuadros de mi madre colgados en su lugar original, prefiero pasar la noche en el sofá. Para estar más cerca de la puerta, por si alguien entra, por si necesito huir de mi propio hogar.

—¿Estás segura de que no quieres venir a mi apartamento? —ofrece mi mánager.

Lo haría con gusto, me instalaría allí hasta mi último aliento, pero eso sería dejar que el miedo ganase la partida. No puedo hacerlo, me niego a vivir atemorizada para siempre.

—Muy segura. —Sonrío.

Greg ha mandado instalar un sistema de seguridad más minucioso con tres alarmas y sensores de movimiento en cada estancia.

—No estarás sola en ningún momento, he contratado a la mejor compañía. Habrá un guardaespaldas en la zona delantera y otro en la trasera, he añadido sus teléfonos en tu móvil, llámalos si oyes o ves algo raro.

—Claro.

Habituarme a tanto espacio resulta incómodo, como si hubiera pasado los primeros años de vida encerrada en una alacena y descubriera el exterior por primera vez. Todo me sobresalta: la música, el sonido de mis pies al caminar sobre el parqué, el crujido del décimo peldaño de la escalera y la intensidad de la luz, que me ciega unos segundos antes de acostumbrarme a ella. Descubro la cantidad de metros y utensilios innecesarios que no hacen más que acentuar mi desamparo.

Esa noche abrazo los cojines del salón con ímpetu hasta que el sueño me vence. «No son los de Greg» es mi último pensamiento. Mi pelo ya no huele a él al despertar.

CAPÍTULO 12
Diez millones de suscriptores

El sol danza sobre el agua, balanceándose de un lado a otro al ritmo del viento que trae consigo los aromas de una barbacoa, las voces ahogadas de niños correteando por los terrenos vecinos, las olas rompiéndose en mitad del idílico paisaje que no alcanzo a ver desde la parte trasera de mi jardín. Me siento en el bordillo, lo justo para remojarme los pies y atreverme a bajar los cinco escalones de la piscina. Siempre en la parte menos profunda, esa que apenas me cubre hasta el ombligo. Lo cierto es que rara vez me doy un chapuzón cuando hay gente, ni siquiera aquí, en un cubículo controlado, sin peces, rocas u olas.

El mar me angustia. Aprendí a nadar a los nueve años y, de un modo que no alcanzo a comprender, mi cerebro me convence de que ha olvidado cómo mantenerme a flote. Así que me protejo de mis temores manteniéndome en la zona inofensiva, inhalando el olor a cloro, arañando con los dedos esa superficie en la que inciden los rayos del sol. Como si pudiese cortarlos.

Así es mi existencia en ocasiones: advierto mis limitaciones y miedos y corro en dirección opuesta. Enfrentarme a algo, superarlo, nunca es una opción. Los retos de mi trabajo son suficientes para mantener mi rutina a un nivel de intensidad aceptable. Soy experta en el juego de los adultos: ganar dinero, aparentar confianza y mostrar el camino correcto a las nuevas generaciones. Por el contrario, con frecuencia escribo sobre temas que levemente he experimentado. El amor, por ejemplo. Ese universal del sentimiento que utilizo recurrentemente en poemas dramáticos, ¿cuántas veces lo he vivido en mis propias carnes para explotarlo hasta la saciedad? Jake, el primer chico que me partió el corazón, ¿cómo lo hizo si no llegamos a cruzar más de dos palabras en años de instituto?

He ahí mi dilema. Eso no era amor ni de lejos. Un encaprichamiento obsesivo, una «obligación» autoimpuesta al ver que el resto de las chicas tenían novio y mis cuelgues esporádicos no iban más allá de actores inaccesibles de series de televisión. Me persuadí de que, si encontraba a un chico con notas decentes, bueno en deporte y un rostro aceptable, lo podría denominar amor a primera vista. Ese para el que no hay justificación, una reacción irrefutable que no se disipará porque es química y destino y mil cosas inexplicables más. Desde entonces quise creer que esa era la única forma de amar.

Me he saltado tantos pasos con una relación a distancia que mi anhelo de que sea perfecto a partir de ahora se torna indispensable. Se acabaron los juegos, las medias tintas, re-mojar los dedos de los pies cuando debería hundir la cabeza entera, quedarme sin respiración unos segundos y empa-parme de cada emoción que la vida tiene que ofrecerme. Estoy dispuesta a zambullirme en la parte más profunda, esa en la que el agua es tan oscura que no logras avistar lo que te rodea, y de eso se trata. De dejarte sorprender, de asu-mir riesgos, de multiplicar los latidos por infinito. De vivir.

—¿Diez jodidos millones? —exclama Kass al entrar en el salón, con la vista fija en el espejo que parece medir más y más.

Me pongo un vestido playero sobre el bañador, con el pelo todavía húmedo, y froto la toalla contra las puntas para eliminar esas gotas que siguen deslizándose por mi espalda.

—Recién pintado —sentencio con una sonrisa, y señalo el diez que representa mis suscriptores en YouTube, el cual he repasado unas mil veces hasta alcanzar la perfección. La mejor manera de terminar mayo.

Mi amiga se desploma en el sofá y me entrega una bolsa repleta de conjuntos de encaje.

—Traigo tu encargo. Lencería para una noche de pasión —anuncia.

—Gracias, te debo mucho.

—Calcularé lo que cuestan las fotos de un famoso com-prando ropa interior y te haré llegar mi factura.

—Vale, pero no sé si tendré valor para ponerme esto —digo agarrando unas braguitas diminutas.

—¿Estás segura?

—¿Segura de qué?

—De que es lo que quieres.

—Sí.

—¿Segura segura? —se inclina hasta que nuestras rodillas se rozan.

—Llevamos varios meses, es el momento de avanzar.

—Acostarse con alguien la primera vez no es avanzar, sino abrirse en canal y enseñarle tus órganos esperando que le resulten atractivos y no vomite sobre ellos.

—Agradezco la descripción.

—La primera vez nunca es perfecta.

Se pasa las manos por la cara varias veces, nunca la he visto nerviosa, como si se debatiera entre compartir algo o seguir con el secreto.

—¿Cuándo vas a admitir que te gusta Greg? —expone al fin.

—¿Greg?

—Sí, el mánager que ha estado contigo desde el principio y sin el que estarías bastante perdida en la vida.

—Vaya, gracias por depositar tanta confianza en mí —respondo con ironía.

—Era una pregunta seria —recalca.

—No me gusta Greg. —Aclararlo en voz alta es violento.

—Claro que sí. Revoloteas a su alrededor como una mariposa. Decide si vas a quemarte o a seguir haciendo viajes inútiles a otro continente. Por mucho que te alejes, él seguirá a tu lado cuando regreses.

—Si crees eso, ¿por qué me animaste a salir con Connor?

—No te animé, me apreció mono y te salían corazones por los ojos. Lo de Greg siempre ha sido platónico y prohibido. Juntar trabajo con relaciones es arriesgarse a perder dos cosas muy valiosas.

—Me gusta Connor.

«Me gusta Connor, me gusta Connor, me gusta Connor», canturrea mi cabeza.

—Te gusta, pero ¿te remueve por dentro? ¿Sientes que acabas de bajar de una noria cuando estás con él? ¿Te importa una mierda despeinarte, llevar una mancha enorme en la ropa o que te suden las manos porque pronuncia tu nombre y cada cosa que te alteraría en otras circunstancias es perfecta junto a él? ¿Te olvidas de quién eres justo antes de que te bese y, con el roce de sus labios, sientes que los años que has pasado sin tenerlo en tu vida no son más que la publicidad que prefieres silenciar antes de ver la adaptación cinematográfica de tu libro preferido?

—Kass, no insistas.

—Tengo que hacerlo —prosigue con determinación—. Creo que estás a punto de cometer un error.

—Bueno, pues no es de tu incumbencia. La decisión está tomada.

—¿Lo ves? Hablas de ello como si te refirieses a comprar un televisor. No necesitas practicar sexo si no es con la persona que quieres de verdad. No se trata de coleccionar experiencias, sino de disfrutarlas.

—¿Insinúas que utilizo a Connor para conseguir lo que quiero? ¿Que lo necesito para sentirme bien?

—Camuflas unos sentimientos que te asustan con algo agradable de lo que a la larga te arrepentirás.

—No has visto a Connor, estamos bien juntos.

«Estamos bien juntos, estamos bien juntos, estamos bien juntos.»

—Te veo a ti, mi amiga, la que podría alcanzar el sol y se conforma con una lámpara de luz artificial.

—Muy poético. —Pongo los ojos en blanco.

—No le quieres.

—¿Cómo estás tan segura de eso?

—Porque lo sé, Sophie. Y no puedo quedarme callada sonriendo mientras pienso que vas a sufrir si sigues adelante con esto.

—No haces más que criticar. A Nia, a mí…

—Oh, tus amiguitas las Barbies son un tema aparte. Apuesto a que ellas no te dicen las verdades a la cara.

—Ellas no me hacen daño —puntualizo.

—Confundes un consejo con un comentario negativo. ¿Has hecho algo con ellas aparte de salir a una de esas fiestas exclusivas? ¿Saben cuándo es tu cumpleaños, te felicitan las Navidades o han quedado contigo para hacer actividades que no sean beber?

La ira me activa. Kassidy no comprende nada porque no forma parte de este mundo, ella observa el escenario a una distancia prudencial desde la que puede hacer aportaciones hirientes sin percibir la adrenalina que antecede a los efectos secundarios de esta enfermedad denominada fama.

—Es un asunto personal. Mi decisión.

—Y tú eres mi amiga.

—¿Has echado un vistazo a tu vida sentimental? Oh, no, porque es inexistente. Nadie ha pedido que opines sobre la mía.

—En ese caso, no tengo nada que hacer aquí. Buen viaje, Sophie.

Me da un abrazo rápido y camina hacia la puerta sin pestañear, dejándome con diez millones de personas. Que me miran. Opinan. Que esperan cosas de mí. Me falta el aliento.

Ignoro sus consejos y preparo la maleta. Viajar en avión es traumático; sin Greg que me ofrezca libros o tranquilice cada célula de mi cuerpo con su simple presencia, soportar las interminables horas de vuelo resulta arduo. Me resisto a tomar pastillas, me inquieta dormir estando sola, puede que sea una secuela comprensible al haber estado a escasos metros de un ladrón que destrozó una parte de mí. Agoto las listas de reproducción, pido zumos y todo tipo de aperitivos para ocupar mi mente en tareas que no sean cavilar «Si se produjera una explosión repentina, ¿me desintegraría o caería al mar y sería comida para tiburones?». Cuando me monto al segundo avión, creo desfallecer.

Tras esperar a que me entreguen la maleta y segura de que el taxista ha dado más vueltas de las necesarias hasta llevarme al hotel, subo al ascensor y arrastro los pies rumbo a la habitación 274 con vistas a un aparcamiento. A lo lejos, las siluetas de los edificios se oscurecen y dan paso al atardecer. Lanzo la gabardina a una silla, guardo las gafas de sol en el bolso y suelto una carcajada tímida antes de abrir la maleta para colocar cuidadosamente la peluca rubia en su bolsa. Ni mi madre habría asociado a mi *alter ego*, Zoey Daley, con Sophie Dylan teniendo en cuenta las pintas que llevaba al pedir la llave en recepción.

Súbitamente, la realidad me abruma. Estoy en una habitación de hotel. En otro continente. A punto de perder la virginidad.

Me doy una ducha para eliminar los restos del accidentado trayecto y saco uno de los conjuntos que compró Kassidy. Las telas son más transparentes bajo la luz fluorescente, lo que en mi casa era encaje negro se ha convertido en un tejido de agujeros a través de los que se vislumbra más de lo que dicta la decencia. Me miro al espejo, luzco un aspecto ridículo, falta determinar si mi reacción será echar unas risas o ponerme en modo reina del drama. Llamaría a mi amiga o le mandaría una foto, pero no estoy segura de que atosigarla con mis problemas después de discutir con ella y la diferencia horaria entre Londres y Los Ángeles sean buena combinación.

Un mensaje de mi novio es suficiente para hacerme temblar: «Llegaré quince minutos tarde». Suspiro y reparto velas circulares con olor a vainilla, las mismas que decoran mi casa, por cada rincón de la estancia con el afán de hacer de estas cuatro paredes un espacio acogedor y reconfortante. Saco el iPhone del bolso y paso de canción en canción en busca de una melodía emotiva, de esas que te erizan la piel y te hacen partícipe de cada bombeo del corazón que mantiene tu cuerpo cálido, con vida.

Hoy es más que eso. Voy a rendirme a los nervios, a la lujuria, al deseo de fundirnos en uno y no volver a ser plural nunca más. La contraseña que acordamos en nuestra última videollamada me devuelve al mundo real: cuatro golpes con los nudillos contra la madera y una palmada final. En mitad del pasillo, con la capucha puesta y una sonrisa capaz de derretir bloques de hielo, está Connor.

Da una patada a la puerta hasta cerrarla y acortar los centímetros que nos separan para besarme, quitándome el sentido y elevándome por encima de los rascacielos más imponentes de lugares que aún no he visitado. Verle es olvidar formalidades, compromisos, tener veinte años y poder cometer locuras sin que haya consecuencias. Estoy a punto de murmurar su nombre, pero mi mente recuerda los labios de Greg, como si quisiera compararlos. Cierro los ojos hasta que la sensación de besar y pensar en una persona diferente desaparece.

—No te imaginas cuánto te he echado de menos —susurro enfatizando cada palabra para ahuyentar los fantasmas de la habitación.

—Yo más, mucho más —asegura contra mi cuello, activándome con caricias dulces.

Mis nervios se transforman en una hoguera de deseo avivada por el aire de su boca. Unos pasos y llegamos a la cama, abrazados, riendo en la sonrisa del otro.

—Ropa interior innovadora. —Me obsequia con una de sus muecas divertidas.

Ruborizarse debería ser absurdo a estas alturas, pero lo sigo haciendo, es mi respuesta natural. Sin reflexionarlo, muevo las manos hacia mis pechos con la intención de cubrirlos, Connor las sujeta suavemente y se deleita echando un vistazo a través de la tela.

—¿Podemos apagar la luz? —ruego, tentada a esconderme bajo las sábanas.

Nunca antes había estado así con un chico, prácticamente desnuda, esperando su aceptación física. Connor se coloca a un lado y me dedica una mirada intensa. Me estudia unos segundos, quisiera leer su mente, diseccionar cada pensamiento que tiene sobre mí. Modificar los que no fueran de mi agrado.

—¿Estás segura?

¿Lo estoy? ¿Lo pregunta por pura cortesía o ha detectado señales de vacilación en mí?

—Contigo, de cualquier cosa —declaro, y dejo que el calor de su piel me convenza de ello.

—Está bien.

Me da un beso casto en el pelo antes de desnudarse; sudadera lanzada frente a la puerta, camiseta interior en la alfombra, pantalones descansando en el suelo. Examina mis ojos con detenimiento antes de besarme con suavidad, inclinarse hacia mi cuello, abrir la boca y limitarse a dejar que su aliento me produzca un discreto hormigueo. La punta de su nariz traza dibujos, sensibiliza la zona, vuelve ese contacto insuficiente y adictivo a la vez que sus yemas se pasean por mi vientre. Y medito… Me gusta, pero ¿me remueve por dentro? ¿Siento que acabo de bajar de una noria y olvido las imperfecciones de mi cuerpo junto a él? «Di mi nombre —suplico—. Dilo para que pueda cerciorarme de que es lo que quiero o no».

—Necesitamos música —interrumpo con la garganta seca.

Me incorporo y se hace a un lado.

—¿Música? —reitera entre jadeos.

—Una canción. Para que la escuchemos y pensemos en este momento. En nosotros.

¿O con la intención de retrasar lo inevitable?

—Está bien, vamos a buscar esa canción.

Reviso otra vez el iPhone, las listas de mi móvil que sé de memoria, vídeos de YouTube, le pido que busque él también. «Y si no llegamos a un acuerdo, tendré la excusa idónea para discutir, echarme atrás y vestirme», me prometo. Unos minutos después asentimos al encontrar *The book of love*, de Peter Gabriel, y la ponemos en bucle para que sea la banda sonora de nuestra unión.

Nos tumbamos de nuevo, deslizo la cabeza hacia el lado contrario para darle acceso a mi cuello e invitarlo a seguir, rogándole en silencio que me deleite con más. Me humedece el lóbulo derecho con la lengua, tan despacio que tengo que cerrar los puños alrededor de las sábanas. Permanezco quieta y dejo que sus manos suban y bajen mientras lo contemplo con los ojos llorosos y la visión nublada a causa de la excitación.

—¿No quieres tocar? —ofrece con una mirada seductora.

—Sí.

—Todo tuyo —proclama antes de volver a saborear mi boca.

Deslizo mis manos por su torso y las suyas se cuelan hasta desabrocharme el sujetador. De repente, mi corazón late con una fiereza apabullante y no es por las caricias ni por el hecho de estar desnuda. Se asemeja a hallarme presa en una pesadilla, con temblores incontrolables, sudor frío, el vello erizado, sabiendo que esa no es tu vida, pero sin lograr despertar.

—¿Lista? —pregunta, y me da unos segundos para confirmarlo.

Asiento con un movimiento, incapaz de poner en palabras la ansiedad que se apodera de mí. Connor rebusca en el primer cajón de la mesita de noche hasta sacar una caja de preservativos. Rasga el envoltorio con los dientes y se lo pone dedicándome una expresión cargada de promesas. Mi estómago se torna un remolino de incertidumbre. Ha llegado la hora y no me relajo. ¿Sería distinto con Greg? Con millones de cuestiones y miedos que la intimidad no esfuma. Ni siquiera sé por qué fantaseo con él teniendo a Connor delante, besándome la clavícula, moldeando mi espalda y apartándome el pelo para acariciar aquella parte que aún no han tocado sus manos. Una extraña revelación me sacude con mayor fuerza que las punzadas de placer: con Greg no me centro en Connor, sino en la libertad. Existen dos tipos: la que me abstrae de la realidad y me da alas para volar sin límite y la que me permite ser yo misma, sin despegar los pies del suelo, encontrando fortaleza en mi propia vulnerabilidad. Eso son ellos, dos caras de una moneda de valor y significado diferente.

—Llevo tanto tiempo imaginando esto… —me murmura Connor al oído.

«No es un error, no es un error, no es un error», repito, a la espera de que la mentira me sugestione. Él coloca las manos en mis caderas y me siento expuesta, consciente de la presión echándole un pulso al agradable cosquilleo que no termina de llegar. Sello mis labios con los suyos y le ruego a mi mente que permanezca en silencio. Me dejo seducir por el beso, finjo que es la escena más romántica de mi existencia y que pasaré la noche abrazada a su cuerpo desnudo, pero, cuando empieza a penetrarme, no es suavidad y ternura, sino miles de cristales rotos que resquebrajan mi interior.

—Espera… —digo con mayor brusquedad de la que esperaba.

Coloco las palmas en su pecho y lo empujo hacia atrás para apartarlo de mí.

—¿Qué pasa? —inquiere con el ceño fruncido.

Ni yo misma lo sé. Quiero volar con él, gritar su nombre entre gemidos y recordar este viaje dentro de setenta años cuando seamos unos ancianos felices que aún se agarran de la mano. Anhelo quererle con todas mis fuerzas y seguir intentándolo hasta que el espejismo sea real. Pero me consume, o soy yo misma por obligarme a venir hasta aquí y entrar en una jaula para no agitar las alas rumbo al sol. Eso pasa, tengo fijación por la luz y en esta habitación no hay más que oscuridad.

—No puedo —sentencio.

Me incorporo, busco aire, reprimo las ganas de llorar. ¿Por qué estoy aquí? Asfixiada, lucho contra las náuseas, me odio, como si acabase de pasear desnuda por una calle repleta de desconocidos con expresiones lascivas y solo me embargara la repulsión. Daría cualquier cosa por transportarme a otro lugar y, por una vez, valorar la soledad, alejarme de él y de lo que estábamos a punto de hacer. No obstante, no sé solucionar mis propios problemas. Solo existe una persona capaz de hacerlo, pero el simple pensamiento de llamar a Greg mientras estoy en la cama con mi novio es delirante.

—¿Qué ocurre? —Las facciones de Connor son de desconcierto absoluto. No lo culpo; si no estuviera teniendo un ataque de ansiedad, sentiría pena por él.

—No lo sé —contesto a duras penas, cierro los ojos y espiro—. Estoy nerviosa.

Un pretexto que me sirve de carta blanca para ganar tiempo, para decidir si prefiero sollozar, castigarme sin comer o abrir el minibar.

—Podemos intentarlo más tarde —propone.

«No. No. No. Ni más tarde ni nunca. Prométeme que no me harás pasar por esto de nuevo», le pido a mi sensatez. Yo soy la única culpable, la que ha llegado hasta aquí por su propio pie, la que ha propiciado, incitado, rogado que me dislocara un brazo para ignorar la amputación de ambas piernas, la discapacidad de mi cerebro y la ausencia de corazón.

—Duele mucho... —musito secándome una lágrima.

Pero no es el acto físico al que me refiero. Duele la vida; nadar en mitad de un maremoto constante hasta que mis extremidades adormecidas dejan de luchar, acostumbrar mi visión a la negrura para luego cegarla con relámpagos que desgarran mis retinas, aceptar la vergüenza de ser un gusano que no se convertirá en mariposa por más sacrificios que haga. En este instante me permito detestarme más que nunca. «Coleccionar trofeos no te hace mejor. El sexo no es un trago más con el que espantar un problema. Acostarte con alguien sin desearlo es tan lamentable como los comentarios que lees y memorizas, dando credibilidad a esos adjetivos peyorativos. Peor aún; ellos no te conocen, no te deben nada, tú sí. Respétate.»

Connor me abraza, coloca mi cabeza sobre su pecho y posa sus labios esporádicamente sobre mi pelo. Se me escapa un suspiro y, no sé por qué, me resulta el sonido más íntimo de la noche.

Salgo de la cama poco después del amanecer. Llamo al servicio de habitaciones antes de meterme en la ducha; quizá al eliminar los rastros de olor y las caricias de otra persona vuelva a sentirme complemente yo. La intranquilidad sigue en mis poros, arraigada, inalcanzable, ni el jabón ni los litros de agua la hacen desaparecer. El arrepentimiento de la noche anterior no se disipa y fluye por mis venas como oleadas salvajes que no dan tregua. Greg se equivocaba; no estoy hecha de acero sensible, sino de cristal, rígida y frágil al mismo tiempo. Ni maleable ni aterciopelada, cuento con dos formas posibles dependiendo de la presión que apliques: la de una superficie impenetrable o la de una figura partida en mil pedazos.

Regreso quince minutos después, con el pelo recogido en una coleta y el albornoz anudado. Connor se empeña en colar sus manos bajo la tela y repartir besos por mi cuello que se me antojan hojas de una cuchilla afilada tatuando mi piel. Su cuerpo, completamente desnudo, me es indiferente. No le repudio a él, sino a la situación en la que me he puesto. Por eso, porque no es responsable de nada, me empeño en mantener la compostura y guardar mis sentimientos bajo llave unas horas más.

—¿Qué tal te encuentras? —pregunta acariciándome los hombros.

—Bien. —Lucho por no mostrar debilidad.

—¿Te apetece? —Echa un vistazo a la caja de preservativos de la mesita de noche.

«No sigas hablando, puedo mantener una conversación, mentirte, pero no traicionarme una segunda vez.» Bajo la mirada a las sábanas, temerosa de que pueda leerme, avergonzada de mi propio afán por confeccionar una máscara ante él. Si supiera que anhelo estar a años luz, pero que no salgo corriendo por si el juicio me falla y preciso que alguien tome las decisiones por mí...

—Sigo dormida —me excuso.

Sueno tajante y evidencio que no entra en mis planes acercarme a él. Pensaría en un alegato más elaborado si dispusiera de más tiempo, le escribiría un poema para disculparme, trataría de compensar mi falta de interés para no herirlo. Pero no aquí, con el aire escociendo mis heridas.

El sonido de la puerta me sobresalta, a pesar de que estoy acompañada y he sido yo la que ha pedido el desayuno.

—Eh, ¿estás bien?

—Sí.

—¿Es por lo que pasó hace semanas?

Su «hace semanas» le resta relevancia y me veo obligada a ser fuerte.

—Está superado —insisto, como si un mes y medio fuera una vida anterior.

Connor abre la puerta, firma la cuenta del camarero y acerca el carrito a la cama.

—¿Esperas invitados? —Su ceño fruncido me juzga.

—Solos tú y yo este fin de semana.

Cuento las horas mentalmente; son demasiadas.

—¿Y qué es todo esto?

Destapa las cubiteras. Sonrío, mi salvación. El elixir que me desconecta del dolor.

—Algo para divertirnos.

—Parece que te estás animando…

—Primero vamos a beber.

—Sophie, son las siete de la mañana.

—En Los Ángeles son las once de la noche. —Me encojo de hombros y espero que ría ante mi comentario.

—¿Qué ocurre? —pregunta con seriedad, se arrodilla sobre el colchón y me examina.

—Nada de dramas, ¿vale? Hemos venido a pasarlo bien.

—Cuéntamelo, puedes confiar en mí.

—Yo…

—Dime qué ocurre —implora sujetándome la cara con las manos.

—A veces… es insoportable. La presión me supera, renunciar a las cosas que deseo, no tener una vida normal.

Es toda la información que puedo proporcionarle. Mi sinceridad a modo de disculpa por anular cualquier atisbo de placer.

—¿Beber te hace sentir bien?

—Me ayuda a olvidar que estoy mal. Lo hace más soportable, supongo.

—Sophie, tienes una vida maravillosa, con miles de oportunidades.

Lo repiten de manera incesante, como si no fuera consciente de ello. No tienen ni idea de que las cosas buenas no diluyen las malas.

—No me juzgues. —Desvío la vista para evitar un enfrentamiento.

—No lo hago, solo procuro comprenderte. ¿Llevas mucho haciendo esto?

—Unos meses.

—Quiero que me prometas algo. ¿Lo harás por mí?

No estoy segura de la respuesta.

—Claro.

—Cuando te sientas mal, necesites hablar o beber…, llámame. Estaré ahí para ti igual que tú para mí.

—Está bien.

—Dilo.

—Lo prometo.

—Bien. Aunque ahora estamos juntos, no va a pasarnos nada… Y estaría mal desperdiciar esto —sugiere con una media sonrisa.

Saca una botella de la cubitera repleta de hielos y la abre, derramando las primeras gotas sobre el suelo.

—Por nosotros —brinda, y le da un trago directamente. Me la ofrece y hago lo mismo.

Los besos con sabor a alcohol, ya sea ron, *whisky*, vodka o vino, tienen un efecto adictivo. Esto sí que es placentero, esto sí que podría conducirme al orgasmo. Reír es un acto reflejo, olvidar no supone esfuerzo al llenar mi mente con la euforia. La temperatura de mi cuerpo sube, me quitaría el albornoz sin meditarlo y saltaría de inmediato sobre la cama, desterrando los demonios que gritan en mi interior.

Abrimos una nueva botella y mi risa resuena por la estancia. Cuando doy vueltas a mi alrededor tan rápido que no veo más que ráfagas de colores, cuando no hay nitidez en las imágenes y podría confundir la realidad con un sueño, entonces creo ser feliz.

—Podemos ir de viaje —propone Connor acariciando mis muslos con la punta de los dedos, subiendo y bajando sin llegar demasiado lejos.

—Sabes que mi agenda no permite viajes de más de tres días.

Me recuesto contra el cabezal de la cama y parpadeo con rapidez, me resulta imposible enfocar.

—No lo comprendo, Sophie. Tienes un equipo que hace todo el trabajo.

—No todo el trabajo, y es injusto que los deje tirados y me marche de vacaciones. —La imagen de Greg frente al portátil de madrugada es más real que las paredes entre las que me encuentro.

—Tranquila, mi idea te va a encantar. —Se tumba con los codos apoyados en la cama y sus ojos centellean—. Voy a abrir un canal de YouTube, podemos ir al lugar que elijas y grabarlo, subirlo en formato de *vlogs* diarios. He hablado con una agencia y están dispuestos a patrocinar el viaje.

—¿Qué? —Su plan es una patada en el estómago.

—Es genial, Sophie. Podremos pasar tiempo juntos y ganar dinero.

—¿Cuándo ha ocurrido todo esto?

—Era una sorpresa. No pareces alegrarte. —Le da otro trago a la botella; la rechazo cuando me la ofrece.

—¿Qué pasa con la universidad?

—¿Quién quiere una carrera si no puede permitirse un miserable billete a Los Ángeles?

Analizo su frase como si acabase de recibir la pieza que me faltaba para completar el rompecabezas. Ese que creí haber terminado meses atrás.

—¿Esta ha sido tu estrategia desde el principio? ¿Esperar la oportunidad perfecta para aprovecharte de mí?

—No lo estás entendiendo, voy a ganar mucho dinero. —Se incorpora y hace ademán de ponerse a mi lado, pero me aparto sin darle la opción a alcanzarme.

—A mi costa.

—¿Sabes la cantidad de llamadas con propuestas publicitarias que he recibido?

—Nadie te llamaría si no fueras mi novio.

—Voy a crear mi propia marca, en un par de meses conocerán mi nombre sin asociarlo al tuyo.

—No sabes a qué te expones, no podrás soportarlo —recalco.

—Estoy sometido a la misma presión que tú. Me siguen a todas partes, entrevistan a mi familia por la calle, la gente nos señala… Es hora de que saque provecho de ello.

—Y, mientras llega tu década de fama, esperas que siga tomando aviones para verte, que reserve habitaciones de hotel y dé la vuelta al mundo para retransmitirlo en tu canal, dejando a mi equipo y mi proyecto en pausa.

—Si te soy sincero, Sophie, deberías considerarlo seriamente. Paralizar tu carrera unas semanas, bajar el ritmo.

—No se puede bajar el ritmo. —La montaña rusa no tiene final, una vez que subes a ella no hay retorno.

—Estás desquiciada, necesitas un descanso. Piénsalo: tú y yo en las vacaciones más románticas que puedas imaginar.

—Aparcar mi sueño no tiene nada de romántico.

—Estás obsesionada, Sophie —dice con acritud.

—Se llama ambición. ¿Sabes el esfuerzo que he puesto en mi proyecto? Ni te haces una idea, solo te importa tu estúpida propuesta de un *Gran Hermano online*. ¿Acaso eres capaz de usar programas de edición de vídeo? Si supieras el esfuerzo que conlleva...

—Te lo he dicho, hay una agencia que trabajará para mí. Ya me han mandado los *banners* del canal, la próxima semana tendré las redes sociales verificadas.

—Así que ya lo has decidido, sin tener en cuenta lo que opine.

—Es mi sueño.

—Es increíble. ¿Tu sueño? ¡Tu sueño era terminar la universidad y dar clases! —Gateo hasta el borde de la cama y me pongo de pie en busca de distancia.

—¡No quiero ser un muerto de hambre! —masculla propinándole un golpe al colchón.

—Greg tenía razón, solo me utilizas.

—¿Qué tiene que ver Greg en esto?

—Debí hacerle caso. Me has utilizado —reitero. ¿Es la bebida la que habla o la parte de mí que queda serena?

—No seas dramática. —Niega con la cabeza y expulsa una larga bocanada de aire—. Ambos podemos beneficiarnos de ello.

—Es una mala decisión.

«Como acostarme contigo.»

Puede que Kassidy estuviera en lo cierto, que ella tuviera con antelación las entradas para una película que en mi realidad paralela aún no se había estrenado. He cometido un error.

Balanceándome de un lado a otro sin coordinar mis movimientos, recojo mis cosas antes de salir con un portazo que demuele los cimientos de mi mundo.

CAPÍTULO 13

Apatía

Los días últimos días de mayo se deslizan ante mí como escenas de una ficción muda cuyos diálogos no llego a descifrar. Nada me alcanza, nada consigue emocionarme y rescatarme del estado catatónico en el que la indiferencia es mi única compañera. Mi obsesión por los comentarios y las cifras se camufla bajo una capa invisible. Quizá haya madurado y, después de todo, lo que digan otras personas de mí ya no me irrite. O quizá haya interiorizado cada reproche como los conceptos que debo asumir para enfrentarme al examen diario de la vida, una prueba para la que no preciso apuntes que repasar antes de que el profesor reparta las preguntas.

La apatía, gran desconocida para mí hasta el momento, torna cada inquietud en aparente tranquilidad. Números y letras firman la paz y permanecen en silencio. Yo, asustada ante la repentina impasibilidad, me fuerzo a leer cada publicación que contiene mi nombre en busca de ecos que confirmen mi capacidad de reacción.

«Fui a las firmas de Dallas, ni te dignaste a mirarme a los ojos cuando te hablé.»

«¿Esta chica tiene diez millones de suscriptores? Sus poemas parecen redactados por un crío de prescolar.»

«Deja la buena vida y los viajes, apúntate al gimnasio.»

«Has perdido la frescura, esa autenticidad que entregabas a tus escritos al inicio. Has cambiado.»

Los resigo con la vista una vez, dos, tres, perfilando cada letra hasta atesorarla en mi cajón de recuerdos. Nada. Vacío. Ni vergüenza ni rabia ni el impulso de contestar. Tampoco de borrarlos o de bloquear al usuario que los ha publicado. Esa semana reprimo las ganas de llorar por una causa diferente. Las ocho horas que me separan de alguien a quien podría recuperar, pero que no echo de menos.

Añoranza

No añoro lo que teníamos.
Me echo de menos a mí misma,
a la que perdí en algún momento.
Y ese momento eres tú.

CAPÍTULO 14

Mi subconsciente grita

U na semana más; tan confusa que apenas logro discernir lo que sucede. Nada. Silencio absoluto. Esa es mi mente apagándose poco a poco, confirmando mis temores desde hace meses: mis emociones están sedadas. Para que la aflicción no me desgarre, para refugiarme en una normalidad inexistente desde que me convertí en alguien público.

Los números siguen generándome indiferencia, los comentarios pasan a un segundo plano. Así que elimino las redes sociales del móvil y acallo la culpabilidad convenciéndome de que Greg podrá con ello. Siempre lo hace.

Connor no se pone en contacto conmigo, decido que es la opción acertada. No lo añoro y eso me provoca punzadas de culpabilidad. Durante los primeros meses me cegó la imagen de estar enamorada, un plural, la solución a no estar sola y compartir cargas, contar con un hombro en el que llorar. Lo elegí sin ser consciente de los motivos que me empujaban a hacerlo, sin reconocer el instinto de supervivencia murmurando: «Úsalo y sabrás lo que es el amor». Pero no hacia él, no hacia mí, sino a la idea genérica de ser querida. Borrarle de mi vida ha sido tan simple como suprimir esas aplicaciones que ocupaban espacio en mi teléfono.

Busco la manera de reconectar, de vibrar, de ponerme la piel de gallina y exteriorizar lo que sea. En un susurro, una carcajada, un aullido. Solo hallo malestar. Duele. Escribir ya no es una terapia con la que recuperar el aliento, sino la obligación de arrancarme palabras adheridas a la carne. ¿Qué haré cuando haya despegado cada una de las tiras y llegue a observar venas, músculos, huesos, ese interior que estaba repleto de sueños, aspiraciones y finales felices? Y ahora no son más que páginas en blanco en las que mi mente grita.

Gorda

Estúpida

Mentirosa

Borracha

Inmadura

Repulsiva

Infeliz

Ojalá hubiera una réplica convincente para rebatir cada término. Ojalá no estuviese de acuerdo con los juicios de mi
subconsciente.

CAPÍTULO 15

Repeticiones

Junio es un asco.

Greg manda. Sophie hace. Greg recuerda. Sophie anota. Greg pide. Sophie da.

—Mañana a las once en Central Garden. Vledel te llevará ropa para la sesión a las ocho.

—Allí estaré.

—Pasaré a recogerte el jueves a primera hora para ir al estudio, hay un par de textos por sonorizar y elegiremos la música ambiental que han compuesto para la nueva introducción del canal.

—Por supuesto.

—Revisa los tres correos que te he mandado. El primero es sobre los beneficios del libro, están encantados y planean otro para mediados de diciembre. El segundo lleva adjuntos los textos que me mandaste; he anotado algunas correcciones, pero prefiero que los revises antes de publicarlos. El tercero tiene propuestas de colaboración: dos *youtubers* internacionales interesados y un par de marcas de complementos que buscan nueva imagen. ¿Podemos comentarlo el viernes?

—Claro.

—¿Puedes someterte a una operación a corazón abierto, sin anestesia, para confirmar si tu interior sigue latiendo?

Le habría dicho que sí.

Y así transcurren dos semanas más, sin tomar decisiones, respondiendo a las peticiones de otras personas. Las que realmente importan. Las que no son yo.

Vulnerabilidad

Los centímetros entre nosotros son números
irrisorios que susurran:
«Pasa, forma parte del decorado, solo sé quererme
a través de ti».
Para después balbucear: «No avances, da media vuelta,
no estoy preparada para hacerte un hueco en mi
vulnerabilidad».

CAPÍTULO 16
Al borde del abismo

mpieza la semana de celebraciones. El inicio de una cadena peligrosa: asociar la felicidad a la libertad, la libertad a los excesos, comer a vomitar, beber a evadirme. No quiero pensar, no quiero olvidar, quiero triunfar sin desmoronarme por el camino, quiero dejar de sufrir sin avergonzar a mi familia, quiero ser yo sin serlo. Y solo conozco una manera para desaparecer.

Pierdo la cuenta de las botellas que abro, cuyo contenido vierto en vasos diferentes. Para no sentirme tan sola, para emitir una llamada de auxilio a mi sensatez, por si me oye, por si sigue despierta y no la he consumido con el dolor. «Seis copas, siete, ocho, y una única persona, haz algo, sálvame de mí misma.»

Con la mirada fija en el cielo de mi salón, tan azul que no sabría distinguirlo del mar, reprimo las ganas de volar hacia él, de dejar cada rescoldo de mi rutina y emigrar a un lugar mejor durante algunas horas. Una, media, apenas unos segundos. Solo un respiro. Necesito salir de mi cuerpo, saber lo que es no ser Sophie Dylan, descubrir si lo que experimento está dentro de los parámetros aceptables del ser humano o se trata de una exageración de alguien que no sabe medir sentimientos. No es normal encontrarse al borde del abismo con un simple parpadeo, notar la garganta seca e incapaz de hablar, perdida entre el torbellino de mis propios pensamientos, mareada de éxtasis, aterrada de no emocionarme nunca más.

Noria emocional

Su-bir.
Ba-jar.
Dos sílabas serenas
por dos sílabas de caos.
Su-bir.
Ba-jar.
Pisando de puntillas
por una existencia a desnivel.
Su-bir.
Ba-jar.
Cada zancada arde,
me extingue, y yo era de hielo.
Y ahora ya no lo sé.

CAPÍTULO 17

Mi salón repleto de estrellas

La intensidad no se mide en latidos, suspiros o cifras, sino en la nada. Esos espacios de tiempo sin reloj en los que el vacío es más poderoso que cualquier otra cosa. El éxtasis de los números queda atrás, no oigo mi nombre desafinado por las masas, no hay un foco que me apunte a la cara. Solo estamos yo y esta serenidad caótica de los vasos y las botellas vacías. Sonrío y me engaño a mí misma, anhelando que este sea el final de la mejor fiesta de mi vida, una noche sobre la que escribir, en la que he sido la anfitriona perfecta y he contado mis dramas entre sonoras carcajadas, alentando al resto a reír conmigo. «Fue la hostia y mañana será aún mejor», me prometo.

Nadie responde, ni siquiera mi propio cerebro. El agotamiento hace mella en mí y mis párpados se cierran con lentitud. No me perturba en lo más mínimo, veo más con los ojos cerrados que con la vista desenfocada en un mar de sombras.

He perdido la cuenta de los días que llevo de aislamiento, celebrando fracasos. Me invade una nostalgia a la que no logro calificar. ¿Añoranza de qué, si nunca he tenido una vida de la que estar orgullosa? «Cuelgo poemas en internet, me hago fotos con ropa que no utilizo en mi día a día y comparto frases de motivación que solo potencian mi sarcasmo», esa es una descripción justa de Sophie Dylan.

El iPhone dejó de vibrar hace unas horas, apagándose tras avisar sobre un porcentaje bajo de batería que no llegué a leer. Me alegré de que lo hiciera, de que él también desconectara del mundo, y mi intención de estrellarlo contra la pared dio paso a un estado en el que pocas cosas me alteran. Esto debe ser la felicidad, no sentir en absoluto. Esa caída libre que te retrae el estómago y revuelve tus entrañas antes de dejarte impasible. Ya no percibo nudos que me mantienen de una pieza, hace demasiado que me acostumbré a esa presión, la de las cuerdas cosidas a la piel, restringiendo ciertos movimientos, permitiendo pasos de autómata y pequeños saltos estudiados. Soy una marioneta de carne y hueso.

Y entonces, sin decidirlo, una idea ilumina mi mente: «Si hay algo que sabes, o que en algún momento supiste, es escribir». No es la inspiración que llama a la puerta, tampoco la necesidad de expulsar sentimientos que se agolpan en mi cuerpo y quieren salir. No, esta es la proyección de mi ego, mi vanidad, que se muere por demostrar que, por muy rota que esté, jamás perderé el don de conmover a los demás.

Camino a rastras hasta la mesa de la cocina en la que dejé mi libreta celeste, la que está repleta de notas personales que no llegarán a YouTube. Ese debería haber sido mi libro, un compendio trágico, desolador y honesto. Regreso a duras penas al sofá con la intención de redactar mi mejor jodido poema, uno que rompa el corazón en tantos fragmentos como letras contenga y sea capaz de ablandar al más frívolo de los humanos, de devolver el alma a un asesino y trastocar las certezas de quienes creen tenerlo todo resuelto antes de los treinta.

«Si falleciese esta noche, si estas fueran mis últimas palabras, millones de personas lamentarían mi muerte. Ni una de ellas habría llegado a conocerme».

Resigo cada línea con el corazón en vilo, volviendo a un presente en el que no hay anestesia ni vacíos atemporales. Aquí y ahora solo existe la angustia. Adiós a la contención, a la paz que aporta la bebida, el agujero negro me arrastra y acaba con todo. Sollozo con lágrimas que no saben a sal, son amargas, un trocito de mi infancia, el primer autógrafo que firmé, esos párrafos de mi libreta que jamás verán la luz. Sigo llorando hasta apagar mi diminuto universo con un sueño repleto de pesadillas.

Greg se materializa entre mis cavilaciones; tan fiel como de costumbre si no fuera porque busca su propio interés, todos lo hacen. Su fisonomía, impresionante, es difícil de contemplar. Con facciones duras, el ceño fruncido y los ojos entrecerrados, incrédulo. Resulta atractivo, magnético e inalcanzable, con un toque amenazante. Sé que, de encontrar fuerzas y equilibrio para ponerme en pie, lograría dibujar una sonrisa en su rostro con la simple caricia de la palma de mi mano trazando su mandíbula. Me perdería describiendo el verde de sus ojos, ¿sería esmeralda? ¿Sería viridián? ¿O hallaría un nuevo matiz en su paleta?

Sin duda, su mirada sería la imagen final que elegiría atesorar antes de que mi realidad se apagase. Enfadada, socarrona, orgullosa, brillante, nostálgica, ambiciosa o ardiente. Le besaría como hice en ese pasado a millones de años luz y a la mañana siguiente volvería a culpar a mi ebriedad de esa decisión y sus efectos. De los escalofríos que provocarían sus dedos al dar vida a mi piel, de los jadeos de mi garganta, que irían a parar a la suya, del deseo que no confesaría en voz alta, porque no es deseo, sino algo superior e imposible de comparar. Es ver sus rasgos en cada escrito empalagoso, anhelar un beso de película al observarle articular palabras con esos labios tan apetecibles, querer traspasar las barreras y anidar en su mente para desentrañar cada reflexión. Y, si puedo, si consigo que observe mi cara el tiempo suficiente, transformar esos hilos mentales en una historia que hable de mí. De nosotros. De amistad, trabajo, romanticismo. De temas que Greg no quiere entremezclar, así que lo hago yo en secreto, dando rienda suelta a mi fantasía.

No obstante, solo siento ganas de gritar, de notar la exaltación recorriendo mi cuerpo, de romper cosas y ver el dolor físico que me queda por dentro. Así que inicio una pelea.

—¿Vienes a por dinero? Aún no estamos a principios de mes. —Aunque, si me esfuerzo en hacer funcionar las pocas neuronas que me quedan, creo que ya hemos empezado julio.

—No seas absurda.

Pero lo soy, diminuta y frágil, de rodillas sobre la alfombra alzando la vista para afrontar sus pupilas.

—Entonces… Déjame adivinar, debe ser que he bajado el número de seguidores.

—¿Seguidores? ¿Crees que esa mierda me importa?

—Esa mierda es mi trabajo. Y el tuyo.

—Tienes un modo peculiar de demostrarlo —espeta con sarcasmo—. Llevo una semana intentando contactar contigo.

—Estaba ocupada. —Río hasta que la estancia da vueltas y mi propia voz resuena a través de un amplificador.

—Te he estado llamando —se queja—, la policía tiene tres sospechosos del allanamiento.

—Oh, ocho millones de años después.

—Quieren que los identifiques —insiste tras ignorar mi comentario.

—¿Y cómo pretenden que lo haga si no vi la cara de ese cabrón?

—Son los pasos de la investigación.

—Pueden metérselos por el culo.

—Maravilloso, agradecerán tu cooperación. —Saca el teléfono del bolsillo y teclea algo, supongo que una cordial disculpa al inspector por no presentarme en comisaría.

—Por fin has usado la llave que te di. —No me apetece conversar sobre un loco que pudo haber hecho cosas peores que destrozar mi habitación.

—Buena apreciación, ahora necesito que me hagas caso.

—Como siempre, Greg.

—Ve a ducharte mientras recojo este desastre.

—No estoy segura de poder caminar en línea recta.

—Puedes desplazarte en zigzag, gateando o dejar que te empape con la manguera del jardín. Apestas.

—Eres muy borde, ¿te lo había dicho antes?

—Prácticamente a diario, pero me he tomado la molestia de venir a ver tu pésimo estado en mi día libre. Merezco cierta muestra de educación. Para empezar, tu higiene corporal.

—¿No vas a preguntarme por qué he bebido?

—Porque eres patética.

—Genial. —Hago un ademán de levantarme del sofá, pero me tambaleo, Greg me sujeta por las axilas con ambas manos y me ayuda a sentarme con lentitud.

—Si me contaras lo que te preocupa antes de abrir una bodega en el salón, no tendrías apariencia de vagabunda.

—Como si quisieras escuchar mis dramas —lo suelto acompañado de una sonrisa con la que disfrazar mi franqueza.

—Prefiero hacerlo antes que fregar una jodida cristalería entera.

—Admítelo, te importo. Hay una parte diminuta en tu arisco corazón que me pertenece.

—Si eso ayuda a que te metas en la bañera... —Agarra los vasos y los lleva al fregadero.

—Eso es... muy considerado.

—Gracias —gruñe de vuelta.

—Greg.

—Sí.

—Creo que voy a vomitar.

—Ni lo sueñes —advierte con los ojos muy abiertos.

No logro reprimirlo y mancho la alfombra del salón. Mi mánager la recoge y frota la esquina en el baño de la planta baja antes de sacarla al exterior para que se airee. Al regresar, echa un vistazo a las botellas vacías y su semblante se crispa.

—Te pagaré horas extra —le garantizo.

—Merezco un ascenso a presidente de los Estados Unidos con sueldo vitalicio —añade entre dientes.

—Te lo concedería si estuviera en mi mano, pero no me mires así.

—¿Así cómo?

—Juzgándome.

—No he venido para juzgarte.

Pero lo hace, él y su perfección bajo control. Su ceño fruncido y el verde que destila decepción escrutando mi catástrofe. Se me rasgan las cuerdas vocales de susurrar su nombre, de formular preguntas que me asustan más que las respuestas que podría darme. Y no aparece si no es para rescatarme, haciéndome sentir más desbaratada.

—¿Qué quieres? —es lo que me atrevo a decir.

—Saber cómo estás.

—Perfectamente.

—¿Y por qué has estado bebiendo? —inquiere con seriedad.

—La gente de mi edad lo hace. Salen a fiestas, tienen amigos, se divierten. Yo solo tengo obligaciones.

—Bueno, la fiesta ha terminado.

—Hace dos días que se me acabó el alcohol.

—Bien, voy a llevarte a la cama. Y, por mucho que me acerque, no tienes que besarme. Preferiría que no se convirtiera en una tradición. —Me agarra y pataleo para que me deje de nuevo en el suelo.

—¿Te crees que estaba pensando en eso? Eres odioso.

—Lucho contra el placer de notar su cuerpo sujetando el mío, aplicando la presión necesaria para que no me escape. Como si tuviese un destino mejor al que irme, como si dejarme llevar sin hacer esfuerzo alguno no fuera una utopía.

—Me estabas comiendo la boca con los ojos.

—Suéltame —mascullo mientras me sube por la escalera, anhelo conciliar el sueño con él aún rodeándome—. No soy una niña.

—Lo sé. Pero tampoco actúas como una adulta, así que te dejaré durmiendo la mona y vigilaré. Qué horas tan apasionantes me esperan...

Despierto de madrugada. Estoy en la cama, cuidadosamente tapada con las sábanas y un par de cojines colocados de forma distinta a como acostumbro a disponerlos yo. Reprimo una sonrisa ante el recuerdo de Greg envolviéndome con sus brazos, resistiendo mis protestas, subiendo los peldaños de la escalera de caracol hasta depositarme entre las mantas, amenazando con hacer guardia en mi puerta si iba a por más alcohol. «No lo haré. A esta hora no hay nada abierto ni a domicilio», le prometí.

Bajo a la primera planta y el familiar dolor de cabeza se acentúa a cada paso que doy.

Encuentro a mi mánager sirviéndose café en mi cocina.

—¿Qué haces aquí? —Es mi saludo.

—Asegurarme de que sobrevives a la resaca. —Clava

la vista en mí y resigue el borde de la taza con el índice—. Buenos días a ti también.

—Buenos días. He sobrevivido, puedes marcharte.

Si soy un compromiso, un correo pendiente de contestar, un contrato por revisar, prefiero que se largue.

—Me quedo —sentencia.

—Se te acumulará el trabajo.

—Si pretendes librarte de mí, empieza por aprender a cuidarte sola. Y date de una vez esa ducha, por favor.

El agua fría elimina los últimos vestigios de alcohol y reactiva mi circulación en busca de la claridad que oculté con la bebida. Suspiro y recobro la sensatez, despidiéndome de los músculos agarrotados y de la congoja. Todavía me resulta insólito que el líquido dominase la solidez de mi cuerpo. Froto con insistencia, como si intentase llegar a cada órgano para cubrirlo de decencia y pulcritud. Descarto los pijamas y me recreo en el vestidor en busca de tonos vivos que me aporten energía. La suavidad de un vestido de lino pistacho es suficiente para reconfortarme.

—Oh, aquí estás. No había advertido tu presencia sin ese hedor a estiércol, es agradable que vuelvas a pertenecer a la humanidad —bromea Greg desde la mesa del salón, frente al portátil.

En la estancia predomina el olor a limón de los productos de limpieza, no hay indicios de las botellas y los vasos que me han acompañado durante días.

—Vete a casa, tu ropa apesta —le imito, y finjo irritación.

—No es cierto, volví al ático a por un recambio limpio.

He dormido en la habitación de invitados con un millón de ácaros. Valora la posibilidad de desinfectar también el espacio que no utilizas de este palacio.

—Lo que tú digas —refunfuño sentándome en el sofá, acariciando dos cojines para mantenerme ocupada.

Greg bloquea la pantalla del ordenador y se acomoda a mi lado.

—Esto —agita las manos a mi alrededor aludiendo al alcohol—, no puede ocurrir de nuevo.

—Lo sé.

—Desaparecer no es la solución. Si te está afectando, deberías parar el ritmo.

—No puedo hacerlo.

—Ya has conseguido más de lo que ansiabas, puedes relajarte —insiste, sé que no se trata de un argumento vacío para consolarme. Es franco.

—Nunca es suficiente.

—Se ha convertido en una obsesión que te está consumiendo.

—Tú me animaste a ello. —Sé que no es justo recriminarle nada a quien me mantiene a flote. Quizá si le pincho, quizá si lo admite y recapacita…, dejará de preocuparse por mí y asumiré que el descontrol va ligado al éxito.

—Y ahora te pido que lo dejes, Sophie. Baja el ritmo. Ve adonde quieras, yo me ocupo de todo. Nadie notará tu ausencia.

—Porque no valgo nada, soy sustituible. Cuando menos lo espere estarás llevando la carrera de otra. —El uso del femenino no pasa desapercibido para ninguno de los dos.

—Eso no es lo que he dicho —niega acercándose más a mí, invitándome a leerle a través de una mirada.

—Pero lo piensas. La inmadura y conflictiva de Sophie, que solo sabe meterse en líos.

—Te presionas demasiado.

—Subiré una foto. O un poema, tengo la libreta llena. En serio, no te preocupes por nada.

La aflicción es mi fuente inagotable de inspiración.

—No se trata del proyecto, sino de ti.

—Estoy bien.

¿Es cierto? «Los sueños no consumen, nos dan fuerza para coronar cimas que no habíamos considerado posibles —aseveró años atrás—. Las obsesiones, en cambio, son el camino más peligroso de la ambición, un atajo seductor que nos destruye. No sé qué hay dentro de tu cabeza, espero llegar a adivinarlo tarde o temprano. Si dejas de flotar y no sientes más que indiferencia, habrás alcanzado el límite.» Ese fue su discurso, el que no olvidaré nunca porque nadie me había hablado del final justo cuando acababa de empezar.

—Si vuelve a suceder... —persiste.

—No ocurrirá —le interrumpo, incapaz de escucharle.

—Déjame terminar. Si vuelve a suceder, sea la hora que sea, llámame y estaré aquí para distraerte, jugar al dominó o ver alguna película de bailes de graduación que te guste. —Pone los ojos en blanco.

—No veo esas películas.

—Lo que sea, Sophie. Vendré. —La convicción envuelve su oferta—. Somos un equipo. No te das cuenta del miedo que pasé anoche.

—¿Miedo?

—Cuando entré… No tenía ni idea de lo que iba a encontrar. Estoy habituado a que me grites, a tus ironías, incluso entiendo que te escapes para cometer errores. Pero no dar señales de vida…

El temor contrae sus facciones, su voz se quiebra y me genera un nudo en el esófago. Él lo sabe todo; no puedo engañarle con planes ficticios como a mi familia, alejarle no es una opción, sino el inicio de mi condena. Mi pecho se infla con la absurda confirmación de que se preocupa por mí.

«Qué inmadura eres si ver el sufrimiento ajeno te recompone.»

—Lo siento —murmuro.

Y simboliza pedirme disculpas a mí misma, porque Greg es un pedacito de Sophie. Mi luz, la que gasté en el trayecto hasta aquí, la que ni la noche más sombría ni el viento más feroz lograrán atenuar. Me mira de reojo y le sonrío, apenas una mueca torcida que le haga recuperar la esperanza. Porque, si él no cree en mí, nadie lo hará.

Permanece a mi lado y una parte de mí, la racional y lúcida, lo agradece. No creo ser capaz de aguantar un segundo a solas si no es abriendo otra botella y olvidando. O no recordando. Adoro la sensación de levitar entre dos mundos poco definidos: el real y ese que mi imaginación inventa, en el que no he fallado, tengo cada pieza bajo llave y la ansiedad no es más que un cosquilleo de excitación ante lo que está por venir. Disfrutar de la compañía de Greg es un lujo, así que cuento los latidos, contengo cada suspiro, permito que mis palmas acaricien la suavidad de la alfombra y las estrellas del techo sean testigo de cada ademán que hago de levantarme, acortar la distancia, aproximarme a él a sabiendas de que orbita en otra galaxia. Suele ser así cuando trabaja, abstraído, eficaz, casi en trance.

Su aprobación es un sedante ante cualquier inseguridad. Detesto fallarle, que vea mis heridas y la potencia con la que un sueño me sobrepasa. Él me soporta malhumorada, estresada, librando batallas entre la persona que soy y la que los demás esperan hallar en una firma de libros, en un *meet and greet*, en un evento de YouTube… En ocasiones percibo su frustración en la manera en que se frota los dedos por la cara o fija la vista en la pantalla sin ver nada. Y reflexiono si soy la culpable, si la misma incomodad a la que me enfrento al dialogar con desconocidos que creen saberlo todo sobre mí es la que experimenta él al presenciar la escena. ¿Se habrá planteado alguna vez dejarme y buscar otro empleo con alguien menos difícil? ¿Seguirá conmigo por el dinero y los contratos? ¿Existe una diminuta posibilidad de que se preocupe por mí o albergue algún tipo de sentimientos de esos inevitables que surgen por la inercia del día a día?

Otras veces, cuando me halaga por una de mis ideas, llama emocionado para comentar el aumento exponencial de las cifras tras ese último vídeo arriesgado o me saluda con un abrazo, me otorga una poderosa razón para continuar. Quizá la felicidad no sea equivalente a la nada, sino al estado de paz que alcanzo en instantes efímeros como ese, consciente de lo que he conseguido y orgullosa de ello. Pero nunca es por mí, sino por los demás. Greg, mis padres, mi hermana, Kassidy. Deseo que estén complacidos, lo que yo sienta es irrelevante.

Tres horas más tarde, sin haber apartado los dedos del teclado ni un segundo, mi mánager se levanta de la silla y me observa. Sonríe con los ojos.

—Me muero de hambre —confiesa.

—¿Qué *pizza* prefieres?

—Un bocadillo.

—Tienes los menús colgados de la nevera.

—¿No vas a cocinar nada para tu invitado? —Arquea una ceja.

—Okupa —puntualizo—. Y la respuesta es negativa a menos que quieras arriesgarte a una intoxicación.

Ahí está mi humor de vuelta. Algo que solo sucede si charlo con él.

Al llegar la noche engullimos los restos de *pizza* del mediodía. Limpiamos las sillas del jardín e improvisamos un pícnic en la zona de atrás, libres de las miradas de los curiosos. Huele a césped, a humedad, a sol atardeciendo y a luna colándose entre las nubes de algodón color malva. Esta noche las estrellas son reales. Su teléfono, que ha sonado con insistencia, ahora está apagado y permanece olvidado en el bolsillo trasero del pantalón. «¿Nunca hablas con tu familia? ¿Les echas de menos? ¿Preferirías volver a tu apartamento o tu expresión apacible es el reflejo de la sinceridad?» Reprimo el anhelo de preguntar. Sé que un interrogante conduciría a otro y no debo tensar más de la cuenta la cuerda que nos une sin esperar que se deshilache.

—Te oigo pensar —declara recogiendo los restos de las cajas de cartón de la mesa.

—No quieres que entre en detalles, créeme.

—Hazlo y así podremos zanjarlo —me desafía.

—Me gustaría saber cosas de ti.

—Sabes cosas de mí. —Se balancea hacia atrás con dos patas de la silla en el suelo, dos en el aire.

—Personales.

—Mi intimidad es terreno vedado, soy un caballero —revela con una sonrisa burlona.

—No me refiero al ámbito sexual. —Agradezco que la penumbra camufle el rubor de mis mejillas.

—¿Y qué obtengo yo a cambio?

«Lo que quieras, no te das cuenta del valor que adquiere un dato insignificante si me habla de ti.»

—Que te respete como persona —apunto, pasando la muñeca por el borde de la mesa hasta que las migas de mi lado caen a la hierba.

—Oh, destrozas mi corazón —exclama acariciándose el pecho con la mano derecha—. ¿Todo este tiempo cubriéndote las espaldas y no gozaba de tu aprobación como individuo?

—Vamos, Greg, solo un par de preguntas. Siempre puedes no responder.

Lo sopesa unos segundos.

—Está bien. Te concedo ocho. Selecciónalas bien o malgastarás esta oportunidad de oro.

—¿Puedo ir a por papel y lápiz?

—En serio, Sophie. ¿Tanta curiosidad te despierto?

Río y niego. Aunque lo cierto es que sí.

—Una vez llenaste el techo de mi salón de estrellas, en mi cabeza hay pocas cosas que no puedas hacer —medito, ordenando las cuestiones que desearía saber de él—. Tengo la primera. ¿Qué es lo que más te gusta de tu trabajo?

—Eso fue lo que me preguntó tu padre antes de contratarme —comenta entre carcajadas—. Me gusta formar parte de algo más grande que yo, la unión de varias mentes que persiguen un mismo objetivo.

—Ganar dinero.

—Ser feliz.

—Vaya, estás siendo sincero de verdad…

—Nunca falto a mi palabra.

Eso es irrefutable.

—Háblame de tu familia. ¿Tienes hermanos?

—Un hermano, dos años mayor que tú. Está estudiando Derecho en la Universidad de Kansas. Mis padres viven allí, jubilados y disfrutando de su huerto en el que nunca crece nada.

—¿Por qué cambiaste de filólogo a mánager? —No llegué a creer que fuera un giro fruto del azar, como me aseguró al poco tiempo de trabajar juntos.

—Fue casualidad. Terminé la carrera, vine a Los Ángeles de vacaciones y conocí al director de una agencia que reclutaba nuevas caras para un diseñador en auge. El muy ingenuo me dio su tarjeta, quería que desfilase. Le convencí de que ganaría más dinero si me contrataba como mánager. En dos semanas le conseguí tres contratos. Me hizo fijo hasta que me uní a tu proyecto.

—¿Dejaste un puesto estable por una apuesta?

—Pagas mejor que ese cabrón. No te sientas mal, él también me explotaba sin horarios de lunes a domingo.

—Yo no te exploto. ¿A cuántos jefes conoces que inviten a sus trabajadores a cenar en casa?

—Entré contra tu voluntad y he pagado la comida.

—Pequeñas apreciaciones. —Me muerdo el labio, a la caza de más información—. ¿Siempre has vestido de negro? ¿Incluso los pijamas?

—Sophie, esa pregunta es una estupidez —se mofa de mí.

—Gregory, contesta. —Disfruto al ver su reacción, nadie le llama por su nombre completo excepto los medios y algunas agencias. Lo detesta.

—Apenas tengo tiempo para elegir la ropa. Y no estoy acostumbrado a combinar nada, fui a un instituto privado de esos con uniforme.

—Sabía que tras esa fachada hosca se escondía un niño pijo —arremeto.

—Un niño al que la educación católica y estricta le causó más de un castigo. Aprendí pasajes de la Biblia de memoria, pero ni un ápice de poner lavadoras. Cuando entré en la universidad, desteñía las camisetas. No sabía que las prendas de color no se mezclan con las blancas, así que decidí hacerlo más fácil. Incógnita resuelta.

—¿Estás saliendo con alguien? —Reprimo las ganas de salir corriendo al ver su ceja izquierda arqueada.

—¿Para que puedas volver a besarme?

—Idiota.

Ruborizada hasta las puntas de los pies, formulo otra pregunta para desviar la atención.

—¿Cuál ha sido tu cifra favorita? La que más ilusión te hizo alcanzar.

—500.000 suscriptores.

—Fue con la que te uniste al proyecto.

—¿Cómo olvidarla? —enfatiza con emoción contenida. Cierra los ojos un instante para transportarse al pasado—. Es la que me aporta estabilidad, la que equilibra la balanza cuando algo sale mal o los números bajan y no se me ocurre qué hacer. Entonces pienso: «Lo que hemos crecido es superior a lo que hemos perdido», y los ceros desaparecen. Recuerdo los desastres del principio, las sesiones fotográficas improvisadas en tu jardín, cuando compraba vestidos de Versace y le pedía a Vledel que te hiciese creer que los había mandado la propia marca...

—¿Hiciste eso?

—Infinidad de veces hasta que el resto confió en ti y empezaron a prestarte sus productos —admite sin darle importancia.

—Crees en mí más que yo misma.

—Porque eres una despistada que olvida pasaportes, maletas y pasa por alto las evidencias. Si te centrases en ti durante un segundo, verías lo que veo yo.

Pero lo dudo. Ojalá me deletrease las sílabas, seccionándolas para que pudiera aprenderlas como he hecho con el resto de respuestas. Ojalá me explicase quién soy y me obligase a creerlo.

—¿Por qué no tienes moto?

—Conduzco un Saab con un equipo musical increíble. Negaré haber confesado esto, pero canto con las ventanillas bajadas emulando que soy una estrella del *rock* que da un concierto en directo desde una azotea. Puede que con helicópteros sobrevolando la escena para retransmitirla por televisión. Resultaría imposible en una moto.

—¿Es algún tipo de trauma? —Sé que no me ha dado la explicación veraz, sino una historieta para acallar mi curiosidad.

—Se han agotado tus preguntas.

Pero todavía me queda una, la que reservo para el final y temo tanto reprimirla como expresarla en voz alta.

—Responde con seriedad —le pido—. ¿Tuviste un accidente? ¿Fue grave?

—Un mes con la mano escayolada. Mi hermano se llevó la mejor parte. Sus vaqueros favoritos rasgados, su cara era un poema cuando mi madre los tiró a la basura. —Sin previo aviso invade el jardín con su risa—. Estoy seguro de que pensabas que alguien había muerto. O que atropellamos a un gatito.

—Creí que había algún motivo contundente por el que odias las motos.

—No las odio, simplemente no me gustan. En invierno son peligrosas con la nieve y la lluvia, en verano te mueres de calor con el casco y mil capas de ropa para cortar el viento. Soy práctico.

—Eso parece.

—Vaya, no estás impresionada con mis respuestas. ¿Era mejor la imagen misteriosa que habías creado en la mente?

—Prefiero la verdad.

—Quizá te haya mentido y no sea más que un farsante insoportable que se hace pasar por buen samaritano.

Dejo que bromee y me haga reír con sus teorías sobre una doble identidad. Sin embargo, sé quién es, antes de formular las ocho preguntas, sin precisar que me abra o no la puerta que conduce a su alma. Es un chico corriente, sin grandes expectativas ni secretos, sencillo y pragmático. Y por encima de esas cualidades resalta su lealtad e indulgencia, la promesa de que hallará los medios para ofrecerte la luna y las estrellas mientras él observa desde la lejanía y se contenta con tu semblante satisfecho.

—Te has ganado una recompensa.

No sé a qué se refiere hasta que me acaricia la mano derecha.

—¿Qué…?

—Fíjate bien.

La alzo entre las mías y examino cada centímetro en busca de un enigma que no sabría descifrar. En el lateral interno del dedo anular hay un tatuaje, un minúsculo 500. No me había percatado antes.

—¿Desde cuándo lo tienes?

—Un par de semanas después de empezar a trabajar en el proyecto. Supe que tendría repercusión en mí.

—Tú eres vital en él.

—¿Vas a darme una pizca de tu sinceridad a cambio? —El ruego es latente en su voz. Asiento—. ¿Qué te ocurre?

—A veces no logro verme con claridad. Debo parecerte estúpida.

—Al contrario, es un pensamiento coherente.

—Dentro de esta maldita locura.

—Sí —afirma sonriendo—, esta locura que es todo lo que tenemos.

—Lo único —puntualizo con amargura.

—Te equivocas, nos tenemos el uno al otro. Somos un equipo, ¿recuerdas?

—Tú me ves de manera distinta a como me veo yo.

Esa confesión en voz alta nos sorprende a ambos.

—Si pudiera mostrarte el talento que tienes y desconoces...

—Soy un auténtico desastre.

—Si pides mi opinión como empleado, ensalzaré tus puntos fuertes y haré que tu ego vuele muy alto. Si aceptas mi opinión como otra cosa..., posees infinidad de virtudes para recorrer cada camino que tu mente imagine, solo necesitas confianza.

—¿Otra cosa? —repito.

—¿Amigos? No lo sé... Nunca hemos sido amigos —expone con el entrecejo arrugado.

—Me has salvado de cada lío en el que me he metido.

—No solo no te ves a ti misma, Sophie. Llevas una venda absurda cuyo nudo intento deshacer, pero te escapas entre mis manos.

—Ahora no voy a ninguna parte.

—Es mejor no mencionar ciertos temas.

—¿Por qué?

—Porque estoy aquí por trabajo, por nada más.

No puede decir esto y haber declarado unas horas atrás que «esta mierda no le importa».

—No te creo. —Pero no es del todo así. Rectifico—: No quiero creerte.

—Sophie, no me tientes si luego vas a arrepentirte.

—Estoy cansada de mentiras edulcoradas, de impostores

314

que se aprovechan de las ventajas que me rodean. Tú eres el más honesto, a veces dueles como correr contra el viento, pero otras te conviertes en el aliento que me falta, el motivo por el que no perderme en mitad de la paranoia. Por eso bebo y desafío las reglas, porque hay días en los que detesto ser Sophie's Mind y otros en los que ser Sophie a secas no es suficiente.

—Eres más que suficiente. Contigo las tomas falsas son las mejores, las más naturales, repletas de diversión y espontaneidad. De ti y de tu esencia especial.

—Gracias, pero no tienes que subir mi autoestima esta noche. Esto que estamos compartiendo no es trabajo, Greg.

Su rostro me da la razón.

—Lo sé, y precisamente por eso mereces escuchar quién eres a los ojos de otra persona. Me gusta editar tus vídeos porque, además de ingeniosa, alocada y preciosa, eres la chica más valiente que conozco. La única capaz de expresar sus sentimientos y tornarlos en belleza, incluso el dolor. En especial el dolor —recalca—. ¿Sabes cuánta gente siente rabia, ira, envidia y dejan que les consuma? Tengo que protegerte porque te di mi palabra. Y porque despiertas algo en mí, Sophie. Por las cosas que nadie ve y solo vislumbro al editar esas partes a las que el resto no tiene acceso. Tu mirada perdida entre frase y frase, la risa que se te escapa al pronunciar una línea mal, las siete u ocho veces que te levantas de la silla para asegurarte de que la cámara está grabando o que el encuadre es el adecuado. Y tus despedidas, esas que cuelas al final de cada vídeo para cerciorarte de que lo vea completo o porque sabes que termino de montar de madrugada, cuando la cafeína y la música han dejado de hacer efecto y solo quedas tú.

—Me alegra contar contigo.

La octava pregunta, la que no he formulado aún, resuena en mi cabeza con insistencia. Es el momento de lanzarla al aire y esperar sin moverme ni un centímetro, por si regresa.

—¿Te has enamorado alguna vez?

«Porque creo que estoy enamorada de ti —susurro conteniendo el anhelo de gritárselo al mundo—. ¿Es recíproco? Si te entrego mi corazón, ¿me darás el tuyo a cambio? O, mejor aún, ¿prometes tratarlo con ternura y mantenerlo en el cálido abrazo de tus manos? Con una bastaría; si te soy sincera, soy la que peor lo trata últimamente. Lo dejo en cualquier esquina, desgarro mi pecho sin medir las consecuencias solo para mostrar que no soy un robot.»

—Segunda pregunta íntima de la noche.

—Ignórala. —Con los pómulos ardiendo, espero que la evada.

—Una vez que vale por millones —musita—. Superior a cualquier cifra que jamás alcanzaremos.

Cientos de emociones brotan de mí sin contención, con demasiada rapidez para ordenarlas, para analizarlas, para saber qué debo hacer con cada una de ellas. Greg y yo nos encontramos en una mirada de esas que iban a ser de reojo, desviada antes de que el otro la advierta e inquiera: «¿Qué hacías mirándome así, como si fuera tu refugio en mitad de la vorágine?». Apartar la vista sería un insulto, la máxima expresión de la cobardía. Y nosotros somos fuertes, un equipo, esa unión tan compacta que parece heredada de otra vida.

—Sophie, las marcas, los eventos… Son secundarios.

—Pero…

—Si alguna vez has creído que hago esto por dinero, estás muy equivocada. Tu cuestión se responde con un nombre: el tuyo. Estoy enamorado de ti, de la persona que eres detrás de los vídeos, de las fiestas y de la ropa de gala. No me interesan las cifras si son números que nos separan en lugar de unirnos. Quiero que seas feliz. Y, si no puedes más, me ocuparé de todo. Solo tienes que pedírmelo.

—Pero…

—¿Dejarás algún día de rebatir cada cosa que digo? —Sus ojos combaten la negrura, dos estrellas más en un cielo que puedo arañar.

—Tengo algo que añadir —indico.

—No me cabe la menor duda. —Me dedica una sonrisa ladeada.

—Greg… —Clavo mis pupilas en las suyas con tal intensidad que me cuelo en su corazón—. Tu capacidad de sacrificio, tu humor, tu abnegación, tu generosidad… Tú. Me haces feliz. Y ni siquiera estoy segura de saber con exactitud lo que es la felicidad, pero, si existe, si es posible, es a tu lado.

Acortamos el espacio y las puntas de nuestros dedos se rozan, provocando una hoguera que se extiende a cada centímetro del cuerpo y pulsa ese botón invisible que enciende y sensibiliza la piel. «Acero sensible», pienso. Así somos, así sentimos. Las cifras no son más que los segundos que nuestros labios se anhelan antes de saludarse de nuevo, en esta ocasión sin amargura, sin ebriedad ni recelos. Solo somos Sophie y Greg, viejos amigos que han luchado a quererse en una distancia próxima y no poseen excusas suficientes para continuar haciéndolo.

Le rodeo el cuello con los brazos para impedir que la súbita ligereza de mi cuerpo me haga volar, cierro los ojos al universo y dibujo una realidad que solo da cabida al contacto de sus labios. Un beso puro que encoge las entrañas, te roba un suspiro y, desde ese instante, lo rememoras al tomar aire para respirar. Tan suave como el pétalo de una rosa que nadie se atrevería a cortar. Pierdo la cordura en los roces que resultan familiares y envían ráfagas de placer a mis extremidades. Y sonreímos; «qué fácil es estar aquí», nos decimos sin palabras. Decoramos el silencio nocturno con nuestros nombres entre jadeos, una exhalación que escapa de mi boca para ir directa a la suya, el roce de las manos que tantean bajo la ropa en busca de más piel por explorar.

—Sophie —pronuncia entre gemidos, el tiempo se dilata en seis letras que se apropian de mi respiración.

Percibo la angustia, la necesidad, el debate interno que se está librando en su cabeza.

—Greg… —Una súplica desesperada para que no me abandone de nuevo ante la soledad.

—Connor —apunta él, y apoya su frente contra la mía en un intento de normalizar los latidos.

Pero no es más que un recuerdo vago, difuso, sin envergadura. Perteneciente a otra vida. Las emociones son más poderosas, más reales.

—Ya no estamos juntos —aseguro haciendo acopio de toda la convicción que puedo.

—¿Seguro?

—Sí…

Y lo hago cierto, tanto como sus yemas al recorrer mis brazos rumbo a mi pelo. Una punzada en el pecho me alerta, «esta es la primera vez», así que dejo que me acaricie suavemente antes de que sus labios rocen los míos de nuevo, con una delicadeza que no creí posible. Se contiene unos segundos eternos, me da el tiempo suficiente para detenerle. En lugar de eso, soy yo la que se lanza hacia su boca presa del hechizo de sus manos masajeando mi espalda, su nariz rozando la mía, sus pupilas delineando los contornos de mi fisonomía como si fueran su creación más preciada. Eso deseo ser: irresistible, poderosa, fuerte, tanto como la intensidad irrefrenable que nos une en un segundo beso y disipa los temores.

La atracción da paso a algo más trascendental. Olvido la dualidad de mi identidad, las razones que me elevan del cuerpo para juzgarme y llegar siempre a la misma conclusión: soy mediocre, ordinaria, un producto defectuoso. Esta noche no. Inspiro sin dolor, mi pecho está libre de ansiedad y solo da cabida a la agradable ingravidez. Toda yo me reduzco a una mano que ondea y acaricia el viento por la ventanilla de un vehículo que no va a detenerse hasta recorrer el amanecer.

La urgencia nos acuna y derribamos los muros que me empeñé en escalar sin éxito en el pasado con preguntas, ironías, una curiosidad insatisfecha. Alcanzo a ver su vulnerabilidad en el pulso acelerado de su pecho bajo mi mano, en el ligero temblor de sus dedos al recorrer mis mejillas, moldeándome, sólida y líquida a la vez. Apenas nos separamos unos segundos para quitarnos la ropa con torpeza y volver a devorarnos sin contención. Me divido entre las ganas de llorar ante un momento tan perfecto y las acuciantes llamas que enciende Greg con cada movimiento improvisado. «Me ves y me haces sentir como nadie lo ha hecho nunca», repito mentalmente al compás de sus labios, que reparten un reguero de besos tiernos de la mandíbula al cuello y descansan en mi hombro para volver a subir y gemir mi nombre mientras me mira a los ojos.

Sus jadeos entremezclados con dulces promesas al oído eliminan las cicatrices, dos lágrimas bañan mi cara en silencio, abrumada por los destellos de júbilo. Si pudiera capturarlos y guardarlos en una habitación para transformarla en un santuario de quimeras, en el remedio a la melancolía que me sorprende en visitas impredecibles, en mi cielo particular... Greg lame la humedad de mi piel, bebe mi tristeza, suprime cualquier rastro de sal en esta velada dulce. Nos rendimos a la excitación, durante unas horas dejamos de ser esclavos de los números y nos entregamos el uno al otro. Su cuerpo contra el mío meciéndose en un vaivén que anticipa las oleadas avasalladoras que están por llegar. La molestia inicial palidece ante el calor que desprendemos, las barreras ya no existen. El placer es un objetivo efímero, avanzamos rumbo a la felicidad, su verde navegando en mi azul.

Sé que sobreviviré si lo tengo a mi lado, así que memorizo cada sensación y ruego para no acostumbrarme jamás a esta maravilla. Que me pille desprevenida la próxima vez, y la siguiente, y todas las que vengan después; si esto es ser feliz, no pretendo acomodarme, sino colarme entre la gratificación de casualidad. Que cada encuentro sea el inicio de un *déjà vu* que te provoca una sonrisa y sale volando con el viento antes de poder adivinar qué sucederá al final.

Si mi salón está repleto de estrellas, mi corazón vibra con la luz de cada una de ellas. Por él. El chico que colorea mi oscuridad.

CAPÍTULO 18

La creadora de sueños

Despierto a las seis y media, justo para observar amanecer desde la cama. El sol, dándose paso entre las ramas de los árboles, brilla como nunca. He soñado con una calidez que invadía mi cuerpo, miles de flores que brotaban en mi pecho como en una primavera anticipada. Al abrir los ojos compruebo que sigo en el mundo onírico y ese jardín de colores no va a desaparecer. A mi derecha, con expresión relajada y el pelo alborotado, está Greg. Respiro aliviada; una parte de mí, la que no cree en los finales felices, temía que se marchase y que su olor entre mis cojines fuese la única prueba de la mejor velada de mi existencia.

A esto debe referirse la gente cuando asegura haber encontrado a su alma gemela, a su otra mitad, a esa persona que no importa que conozcas de toda la vida o desde hace cinco minutos porque con el gesto más insignificante revuelve tu universo y se adueña de tu corazón. Al igual que decía Kassidy, lo que antes te alteraba ya ni te inmuta, tenerlo a tu lado es la mejor distracción, un antídoto a las pesadillas y a los fracasos, a la ansiedad y a las dudas. Vuelas sin alzarte del suelo, sabiendo que el resto te envidia al pasar por tu lado y se pregunta qué trato has firmado con el diablo a cambio de la sonrisa más genuina pintada perpetuamente en la cara.

Debe ser el amor.

No aparto la vista del rostro de Greg; memorizo la longitud de sus pestañas, el lunar en su pómulo izquierdo, casi imperceptible —a sabiendas de que un par de horas atrás lo estaba perfilando con mis labios—, el aire que sale de su boca y que anhelo hacer mío para deleitarme ante la idea de que una parte de él me pertenezca eternamente. La calma es reconfortante, dejo que me envuelva con las sábanas y uno de sus brazos rodeándome la cintura. «Más mañanas a su lado», ruego bajando los párpados.

Entrelazo mis dedos con los suyos, acallando el hormigueo que le añoraba, y me acurruco tan cerca que nuestros latidos se acompasan. Pierdo la noción del tiempo, puede que hayan transcurrido apenas segundos o siglos, hasta Greg me invita a abandonar los sueños con una sonrisa radiante.

—Buenos días —murmura acostumbrándose a la luz.

—Buenos días —saludo con timidez.

Pasa una mano por mi mejilla antes de colocar un dedo en mi barbilla para darme un beso de «somos reales, no voy a irme a ninguna parte, de todas las cosas que existen esta se convertirá en una constante».

—¿Cuáles son tus planes para hoy? —inquiere con la respiración aún agitada, contra mi boca.

—Eso depende de mi mánager. Tendré que revisar el correo y las llamadas perdidas para descubrir si hice bien tomándome la noche libre.

—Hiciste bien —garantiza acariciándome el pelo—. Tengo la impresión de que puedes tomarte también el día libre. ¿Te apetece salir?

—¿De la cama? —bromeo.

Pone los ojos en blanco y niega mientras río.

—De casa —apunta.

—¿Me das permiso para hacerlo?

—Como si lo necesitaras… No hagas que me arrepienta de la oferta.

—Estaré lista en diez minutos —prometo poniéndome en pie con rapidez.

—Vaya, esperaba que te resultase más complicado despegarte de mí esta mañana —bufa con pesar.

—Prefiero no arriesgarme a que eches atrás tu ofrecimiento. —Me llevo las sábanas conmigo, dejándolo totalmente desnudo sobre el colchón. Le lanzo un beso desde la puerta del baño antes de entrar en la ducha.

Conducimos hasta mi local de gofres preferido y nos situamos en la mesa más apartada para disfrutar de algo de privacidad. Como si fuera una estampa normal, tomo algún trozo de sus tortitas con huevo y beicon, le doy a probar de mi gofre con chocolate blanco y nos agarramos de la mano transformados en dos adolescentes. Es gratificante conocerlo y que estar a su lado sin maquillaje, el pelo recién lavado y ropa deportiva no sea incómodo. Sin silencios que nos perturben ni esforzándonos por dialogar; hemos charlado antes, no hay necesidad de impresionar o presumir, adoro su personalidad sin filtros. Y, por extraño que me parezca, él adora la mía de la misma forma.

Regresamos a casa y nos cobijamos en nuestra burbuja particular de besos, humor, un par de miradas a las redes sociales para publicar *posts* que había programado, una llamada que se queda sin responder porque «es de mala educación dejar que mi chica vea sola *Orange is the new black*». Antes de la hora de comer, internet se llena de imágenes de «el misterioso acompañante de Sophie». Varios fans que acudieron a los *meet and greet* reconocen a Greg y aclaran que se trata de mi mánager, pero no hay justificación posible ante las instantáneas que capturan un beso casto en los labios.

—No me importa —declaro cuando él elimina una por una las etiquetas que cientos de cuentas de Instagram acaban de subir.

—A mí tampoco, pero prefiero que te mencionen por lo que haces y no por tus novios.

—¿Acabas de incluirte en esa categoría?

—Es una mala idea. Nunca hay que mezclar trabajo con placer.

Lo expone con parsimonia; no obstante, sé que hay sinceridad en sus palabras. No deberíamos volcarnos en una relación si mi futuro está en sus manos, literalmente. Y si su seguridad económica emerge de las mías. ¿Por qué no tuvimos esta conversación antes?

—Entiendo que sea… complicado. Quizá deberíamos

acordar ciertas normas; firmaré lo que quieras si te quedas más tranquilo.

—Sophie, ¿estás de broma?

—No, por supuesto que no. Es un tema serio, yo...

Se inclina hacia mí y clava sus ojos en los míos con la expresión más dulce que le he visto jamás.

—Lo repetiré de nuevo hasta que te entre en esa cabecita tuya: no me interesa el dinero. Solo tu felicidad. Si para preservarla tengo que trabajar veinticuatro horas, lo haré. Si tengo que darte la razón para evitar una discusión de pareja y no perder mi empleo... —Ríe—. Bueno, te advierto que eso no sucederá nunca.

—Hablo en serio, no quiero que te arrepientas de nada en unos meses —insisto.

—Sean unos meses, unos años o una hora más. Estar contigo no es un error, ni te imaginas lo difícil que ha sido apartarme de ti estos años.

—¿Años?

—Eso he dicho.

—¿En serio?

—No vas a dejarlo pasar, ¿verdad? Intenté salir con otras chicas para evadir el tema... Porque no creí que fuese a funcionar. Pero los sentimientos no desaparecían. Al contrario, alejarme de ti los acentuaba.

—Ojalá me lo hubieras dicho.

—¿Para qué?

—Para... No lo sé, saberlo.

—¿Y actuar diferente? Eso sí que habría afectado a nuestro trabajo. Supongo que todo llega para quienes saben esperar.

No podría estar más de acuerdo con él.

—Si pudieras ir a cualquier parte sin que te siguieran, ¿qué lugar elegirías? —pregunta, intuyo que para distraerme.

—¿De todo el país?

—De todo el planeta.

—Déjame pensar... —Lo medito un segundo—. Una playa solitaria de aguas cristalinas en la que besarte hasta que se me duerman los labios bajo un atardecer. Una carretera interminable por la que conducir con las ventanillas bajadas y el viento acariciándonos la cara, parando para respirar el aire que sale de tus pulmones antes de seguir ese viaje sin final. Un cielo despejado desde el que saltar con paracaídas, tan aterrada por dar ese paso como tentada por la adrenalina de tus brazos al bajar.

—¿Estás escribiendo uno de tus poemas?

—Te estoy diciendo que el lugar que elegiría eres tú.

Decidimos quedarnos a cenar en casa y cocinar un plato ligero, ensalada para contrarrestar el desayuno y la contundente comida. En mitad de su elaboración, iniciamos una batalla de agua e ingredientes que Greg gana sin problemas al verme obligada a descolgar el teléfono. El nombre de Clara Dylan en la pantalla me arranca una sonrisa.

—Mamá —respondo.

Nunca llama por la tarde, las tiene ocupadas con las clases de piano en la parroquia y las reformas de la cocina que empezaron el mes pasado. «Recuérdame que no acepte hacer obras por mucho que tu padre me traiga catálogos de Ikea, no tenemos la tenacidad suficiente para terminar en un período razonable», confesó la última vez que mantuvimos una charla decente.

—Cariño, hace mucho que no hablamos.

Lo compensamos mandando mensajes por el grupo familiar de WhatsApp a diario.

—¿Qué tal van las cosas por Detroit? ¿Cuándo es la graduación de Brinley?

—En cinco días, ¿podrás venir?

—Claro, haré un hueco.

—Te mandaré la fecha y la hora. Pero no perdamos el tiempo comentando tonterías, ¿qué hay de ti? —Su entusiasmo traspasa la línea telefónica.

No puede ser más descarada.

—Has visto las fotos —afirmo, admitirlo nos ahorrará unos veinte minutos de divagaciones hasta que se atreva a aludirlo directamente.

Salgo de la cocina para conversar y dejo atrás el ceño fruncido de mi mánager.

—Tu hermana me las ha enseñado. ¿Es cierto que sales con Greg?

—Sí.

—¿Alguna vez me enteraré de tu vida por ti en lugar de en internet?

—Mamá, es muy reciente. De ayer, para ser exactos.

—Oh. Entiendo… ¿Y qué ha pasado con el otro chico? El de Londres.

—Era un imbécil. Y lo sigue siendo a menos que esté muerto.

—Cuidado con esa boca, jovencita.

—Se lo merece —objeto.

—¿Te ha engañado? Cariño, las relaciones a distancia son complicadas, y más a tu edad. Hoy en día los jóvenes no conocen el concepto de fidelidad.

—Mamá, no es eso.

Espera en silencio, se muere por los detalles, pero no estoy preparada para ahondar en ello.

—Te lo explicaré más adelante, ¿de acuerdo? Prefiero olvidarlo.

—Claro, Sophie, pero, si necesitas hablar..., sabes que puedes llamarme cuando quieras, tengas o no cosas que contar.

—Lo sé, mamá. Nos veremos en la graduación.

—Una cosa más, cariño.

—Dime.

—Mándale un saludo a Greg.

Es la primera vez que me pide que lo haga.

—¿Un saludo?

—Asumo que no querrás que le escriba personalmente solo para decir *hola*. Y ahora que sale contigo... Siempre me ha gustado. Si te soy sincera, contaba los días para que esto ocurriera.

De hecho, fueron mis padres quienes me ayudaron a valorar entre los posibles candidatos a representante. Supongo que se ven como una especie de celestinos.

Si echo la vista atrás, volvemos a estar sentados en mi segundo apartamento de alquiler, con infinidad de aspirantes e incertidumbres.

—¿Y bien? —dudó mi madre al terminar la semana de entrevistas.

—Linoy Danes es la más profesional —opiné hojeando la pila de currículums—. Tiene experiencia en la rama administrativa, nociones de contabilidad y cinco años en agencias.

—Pero nunca ha trabajado por su cuenta —puntualizó mi padre—. Yo me decanto por el jovencito.

—Saldrá de fiesta cada fin de semana y no recordará ni su nombre. Necesitamos a alguien serio —manifesté.

—La edad no es proporcional a la capacidad para afrontar retos. Ese chico es especial. —Y no lo auguró por los cuarenta minutos de entrevista que aguantó frente al sol sin protestar ni por la comunicación no verbal que destilaba seguridad. Mi padre siempre ha sabido leer a las personas.

Ambos coincidieron en que, a pesar de tener diez años menos que el resto de los profesionales que contactaron conmigo, era el único con esa luz especial en la mirada. «Ambición», apunté yo. «Pasión por lo que hace», corrigió mi padre.

¿Qué habría sido de mí si hubiéramos tomado una decisión distinta?

Greg se acerca con sigilo por detrás y me aparta el pelo para susurrar en mi oído. Que haya optado por quedarse en casa es un salvavidas al que aferrarme.

—Nos merecemos seguir con el día libre —musita, su aliento me estremece.

—Vaya, eres un romántico. —Hago un esfuerzo por mantener un discurso coherente con sus labios dibujando un camino de besos de mi oreja a la clavícula.

—No lo soy —refuta. Su boca me roba el sentido.

—Acabas de proponerme una cita.

—Una segunda noche libre sin que te metas en líos —aclara con voz ronca, separándose de mi piel—. Tengo una idea.

Después de cenar nos deshacemos de los reporteros de la puerta llamando a un taxi, al que persiguen en busca de una imagen nuestra. Quince minutos después, tras cerciorarnos de que no queda nadie, Greg se pone al volante de mi Audi y nos adentramos en el anochecer iluminado por las farolas de tonos anaranjados y el blanco impoluto de las líneas de la carretera que resaltan entre la oscuridad.

Se niega a desvelar nuestro destino y cambia de tema al colocar una mano sobre mi rodilla izquierda y acariciarla hasta que olvido cómo terminaba la frase que estaba exponiendo.

—No vas a ganar usando tus habili… —Pero su tacto me corta la respiración.

—No pareces muy segura de ello —se mofa con expresión burlona, sin apartar la vista del frente.

Media hora después, para dar por finalizada una disputa que he perdido estrepitosamente, aparca en una calle poco transitada. Me percato de que con él no importa el destino.

Greg trenza sus dedos con los míos y me guía hacia la esquina, a un local diminuto con diez mesas en la que solo dos de ellas están ocupadas. Las paredes le otorgan un aire intimista, están decoradas con fotografías de sus clientes capturados riendo en mitad de un palique ameno, analizando los platos con deleite, besándose. La dueña, una señora altísima y de melena cobriza, nos acompaña hasta una de las mesas de la derecha, cercana a la barra y al minúsculo escenario en el que hay un piano y un pie de micro.

—¿Lo de siempre? —pregunta la mujer con amabilidad, su tono suave es similar al de una nana murmurada.

—Sí, gracias —asiente Greg.

—¿Y tú, cariño? —Coloca una mano sobre mi hombro y lo acaricia con una confianza que no me incomoda.

—¿Qué es «lo de siempre»?

Me gustaría encajar, compartir su bebida preferida y mimetizarme en este lugar simple y entrañable para acudir con él a partir de ahora.

—Agua sin gas —balbucea la mujer entre risas.

—Tomaré eso, gracias —añado examinando de reojo a Greg, que se ha sonrojado ligeramente.

—Suelo venir a terminar el trabajo cuando el apartamento se me hace pequeño —se excusa.

—Esta noche estás libre.

—Hay costumbres que me gusta mantener —confiesa con aire nostálgico—. No te cortes, sé que te fascina mi suicidio social.

Si contamos el desayuno improvisado, esta es la segunda ocasión en la que vamos a alguna parte como pareja. Greg abandona esa fachada de gruñón autoritario y sonríe con mayor frecuencia, adquiriendo la apariencia de un quinceañero bravucón que se escapa para ir a la fiesta del alumno más popular del instituto. «¿Puedo tornar este regalo en mi existencia a partir de ahora?», imploro. Nada impide que me apodere de esta felicidad con él. De él. Por él.

—En mi mente te vislumbraba en un local abarrotado de chicas operadas y dispuestas a cazarte.

—Soy la excepción del paradigma. No me interesan la

popularidad, las fiestas con mujeres ligeras de ropa ni los excesos. Soy bastante aburrido.

—El chico triunfador que se sienta a tomar agua sin gas en el sitio menos concurrido de California.

—Sin entrar a matizar eso de triunfador... Adoro la calma y la música, y este local tiene ambas.

—¿Suelen tocar? —inquiero observando el piano.

—¿Te gustaría escuchar algo?

—Claro.

Se pone en pie y, tras darme un beso rápido en los labios, sube a la discreta tarima. Toma asiento frente al piano y se acerca el micrófono hasta ajustarlo a la medida de su barbilla, a escasos centímetros de su boca. Recuerdo el teclado en el dormitorio de su apartamento. Greg me dedica una mirada cómplice en la que prima la vulnerabilidad antes de clavar la vista en las teclas que sus dedos empiezan a acariciar por inercia, hasta cerrar los ojos y alcanzar ese trance inevitable que domina tus sentidos cuando te apasiona lo que haces. Se deja llevar, se desgarra la voz en cada letra que reconozco como uno de mis primeros poemas, sin importunarle que haya ocho individuos en el local y apenas dos de ellos le presten atención.

Arrinconamos profesiones, jerarquías y obligaciones para ser, sin pretensiones ni expectativas, Greg y Sophie. Su melodía, igual de relajante e hipnótica que las ráfagas de viento acariciando mi cara en el día más caluroso de Los Ángeles, abre las puertas a una conexión que se me antojaba imposible en una zona pública. Estamos solos: él, yo, el sonido del piano, los versos finales que me mantienen al borde del asiento, escrutándole sin reservas, dando forma al amor.

No hay aplausos, el resto de los clientes charla en un murmullo aceptable. Nadie repara en que me levanto de la silla, embriagada por el talento de alguien que pone al alcance de los demás sus habilidades y oculta las suyas propias. «Solo es una canción», sugieren sus ojos al encontrarse con los míos. «Cuando creía que no podría enamorarme más de ti...», clama cada latido de mi corazón.

—Esto es lo que hago cuando no estoy trabajando para ti. —Se encoge de hombros.

—¿Poner música a mis escritos sin pagarme mi parte proporcional de derechos de autor?

—Le mandé un *e-mail* a tu equipo, pero nadie contestó.

—Tendré que despedir al inepto de mi mánager. Tú, por el contrario, eres un chico con recursos, Gregory Doherty —sentencio antes de besarle lento, al compás de las notas que ha compartido conmigo y que impregnan el aire de electricidad.

—Eres preciosa —susurra a escasos centímetros de mis labios.

—¿No se te ocurre un halago más elaborado? —me burlo. Sin ropa elegante ni maquillaje y con una simple coleta baja, nadie fijaría la vista en mí. Él, en cambio, lo hace con tal intensidad que abruma. Como si sintiera lo mismo que yo siento por él, por muy disparatado que resulte.

—Preciosa aquí, sin disfraces ni filtros. Una chica extraordinaria en el mundo terrenal. Tan atrayente como una maldita estrella de esas que te gusta contemplar, aunque no sean más que puntos luminosos de algo que murió hace millones de años. Pero a mí no me interesa el pasado, estoy expectante por los días que vendrán.

Entonces, sin planearlo o meditar demasiado la envergadura de mis palabras, lo suelto.

—No sé cómo he sobrevivido sin ti tanto tiempo.

—A duras penas, Sophie. Y la verdad es que mi vida es más entretenida desde que estás en ella.

—Entretenida —reitero con desagrado.

—Te estoy adulando otra vez. —Sonríe ante mi gesto de hastío y me cubre los labios con el dedo índice para acallar mi réplica—. Entretenida de no dejarme ni un segundo pensar en mí, entretenida de soñar a través de tus logros y hacer mío tu talento. Entretenida de ser mi evasión preferida y mi nueva realidad. Tú, creadora de sueños.

La aguja que estalla nuestra fragilidad llega tres días después, en forma de publicaciones *online*. A la décima notificación, Greg decide que es hora de plantarle cara, lee un par de artículos que le surgieren las alertas de Google que contienen mi nombre y adquiere un semblante de piedra. Me presta el teléfono para que yo misma vea el titular.

Connor Lascher, novio de la *influencer* Sophie Dylan, se sincera respecto a su relación

«No estamos pasando por un buen momento», afirma Lascher alicaído. Receloso de su intimidad, ha aparcado sus estudios universitarios para perseguir una carrera ante las cámaras.

«Confío en que compartir la misma profesión que mi novia nos ayude a afrontar mejor la relación. Hasta ahora ha sido muy complicado compaginar agendas, pasar tiempo juntos con ocho horas de diferencia y sus compromisos profesionales.»

Fuentes anónimas confirman que la pareja fue vista en mayo pasando la noche en un hotel de Londres en el cual mantuvieron relaciones sexuales. «Era la primera vez de Sophie, ha estado sometida a mucha presión con la gira para promocionar su libro y quería que fuera perfecto», nos cuenta alguien allegado a la *youtuber*. Entre los requisitos de la estrella se encuentran las velas aromáticas de vainilla, lencería de encaje y una amplia gama de alcohol. Dylan se marchó por la mañana, sola y en un estado deplorable.

Connor confirma que la joven bebió, abatida por la presión mediática, y se fue sin permitirle una conversación para arreglar la delicada situación que atraviesan: «La intención de Sophie es abandonar el entretenimiento, está cansada del acoso que recibe por parte de los medios y no le interesan las campañas publicitarias. Su mánager la obliga a asistir a eventos, sabe cómo coaccionarla para explotar al máximo los beneficios. Ella está agotada, quiere cambiar de equipo y que nos lleve la misma agencia para evitar costes innecesarios y cuadrar nuestras jornadas. Si fuera por Sophie, ya nos habríamos tomado unas vacaciones». De este modo, el londinense zanja tajantemente los rumores de ruptura y desvela que las imágenes de su novia junto a Gregory Doherty son un montaje para relanzar su carrera.

La noticia sigue con una entrevista en profundidad en la que mi ex pone de manifiesto sus planes de futuro, promociona su nuevo canal de YouTube y lo ilustra con un avance fotográfico de la sesión para Hugo Boss, que verá la luz globalmente el próximo mes. Con la visión borrosa y el pecho acelerado, lanzo el móvil contra los cojines más cercanos y me llevo las manos a la cabeza, sin creer que Connor haya vendido nuestra intimidad a cambio de dinero. Pienso en mis padres, en mi hermana, en cualquier miembro de mi familia que está lejos y desconoce los detalles de nuestra relación. ¿Qué opinarán de mí? ¿Qué tipo de comentarios tendrán que soportar de la gente? Cuchicheos en la parada del autobús, notitas en la cafetería del instituto, preguntas incómodas en la cola del supermercado. Por mi culpa.

La reacción inmediata es de Greg. El brillo de su mirada ha desaparecido y en su lugar hay un ceño fruncido, los labios curvados en una mueca de repulsión que detiene mi pulso un instante para acelerarlo al siguiente en una carrera sin fin.

—Me dijiste que lo habíais dejado —asevera con sequedad.

—Nos peleamos…

—Os acostasteis y te marchaste —apunta, y desploma el peso sobre mis hombros con su perfecta dicción del «os acostasteis» que resuena a todo volumen.

—Y se terminó.

—¿Estás conmigo para joderlo? —Sus ojos me fulminan, los míos ansían llorar. Su pregunta me lastima y se materializa en una soga dispuesta a ahogarme.

—¿Cómo puedes pensar eso?

—Hay cosas de ese artículo que son ciertas.

—Greg, por favor, sabes cómo manipulan para vender.

—¿Eso es lo que opinas de mí? —espeta bajando la vista a la pantalla y resiguiendo una línea del tercer párrafo—.

¿Que te fuerzo a firmar contratos y te exploto para lucrarme de ello?

—No, claro que no. ¡Es mentira! —Pero mis réplicas son dardos que no dan en la diana.

—Lo de la bebida es verdad.

—Yo...

—¿Dónde está la línea que separa ficción de realidad, Sophie? Dímelo para que sepa a qué atenerme. ¿Puedo denunciar al periodista por divulgar datos si son ciertos? ¿Demando a Connor por airear estupideces que le contaste? —enfatiza cada letra, lo que me provoca ansiedad, mi vientre se oprime y las piernas me fallan.

—Yo no le dije eso —aseguro con desesperación, pasándome las manos por el pelo—. ¿Vas a creer lo que publican los medios antes que mi palabra?

Su iPhone empieza a sonar, resopla antes de desbloquearlo.

—Nos ha escrito, a todo el jodido equipo. Uno por uno —explica echando un vistazo a la bandeja de entrada, abriendo el correo de Connor. Lee su contenido, que transforma sus facciones en una caricatura macabra—. Para contarnos vuestras mierdas y amenazar con más entrevistas.

Mi corazón martillea con fiereza guiado por una incertidumbre arrolladora. Los latidos, que ahora son una sucesión arrítmica, golpean mi interior al borde de la taquicardia.

—Solo le interesa la fama —musito con debilidad, sin hallar el volumen necesario para teñir de convencimiento mis argumentos.

—Te lo advertí —subraya, impasible.

—Y lo vi tarde, lo sé.

—¿Cómo pasas de planear un viaje de tres semanas retransmitido por YouTube a romper con alguien?

—Fue idea suya. Contactó con una agencia y quería abrir un canal... —Me remuevo con la inquietud de una niña pequeña que anhela caminar sola, lejos de las inspecciones de los adultos, sin alarmarse por las magulladuras que producirá el asfalto en sus piernas al caer.

—¿Firmaste algún papel?

—¿Crees que soy idiota? —reprimo las lágrimas.

Su mirada delatora presagia lo peor. La rabia se apodera de su verde esmeralda, demasiado oscuro para saber si es seguro navegar en él.

—No puedo creer que estemos en este punto después de lo que hemos pasado juntos.

—Precisamente por eso, Sophie. Tengo que hacer muchas llamadas para solucionar esto. — Niega con la cabeza, sus silencios me consumen—. Este teatro nos va a joder un sinfín de campañas, será mejor que no pierda tiempo. —Recoge el portátil, se guarda el teléfono en el bolsillo y camina hacia la salida con la mochila colgada a la espalda.

«Lo único que no deseo joder eres tú.»

—Llama desde aquí —ruego.

—Necesito espacio para pensar con claridad.

«No te cree, te está dejando.»

—Greg.

—Estaré ocupado algunos días, no respondas a ningún medio ni hagas declaraciones sin consultarme —ha adquirido el tono autoritario que me indica que ya no somos Sophie y Greg, sino Sophie's Mind y su mánager.

—Greg.

—Te llamaré cuando haya noticias. —Vuelve a alzar los muros, es imposible de alcanzar.

—Por favor —insisto, dividida entre la aflicción que le provoco y la necesidad de tenerle a mi lado.

«Quédate, quédate, quédate. Arregla mi vida, arréglame a mí.» Pero el sonido de la puerta al cerrarse impacta en mi cuerpo como restos de metralla, desestabilizándome. Las lágrimas me impiden ver con lucidez.

Al día siguiente más medios se hacen eco de la entrevista e inician debates, algunos de ellos contactan con Connor para obtener detalles íntimos que él suelta con una facilidad aplastante y promete ampliar la información en el próximo vídeo de su canal.

Tras muchas dilaciones, tomo la decisión de llamarlo con la esperanza de que una interacción privada lo calme. Porque sé que me porté mal con él, que me marché sin ser sincera. No llegué a compartir mis peores miedos, el motivo que me llevó a apartarlo de mi lado cuando sus dedos alcanzaron mi piel. Y, de repente, me ve con Greg a través de fotografías. ¿Cómo habría reaccionado yo en su lugar? Está herido, despechado, ha preferido sacrificarme antes de que lo destruyan. Si alguien se atreve a criticarlo, debería saber que yo soy peor, mucho peor.

Selecciono su nombre en la agenda, pero de inmediato me arrepiento y pulso la tecla de colgar sin dejar pasar más de un tono. Hasta que hago acopio del valor necesario y, con un suspiro que hace temblar las paredes, fingiendo que lograré vencer el miedo, me juro que esta vez sí. Un tono, dos, tres, cuatro, cinco, directa al contestador. «Has llamado a Connor, no puedo atenderte, así que deja tu mensaje después de la señal y contactaré contigo en la mayor brevedad posible», recita con jovialidad.

El discurso que había memorizado se pierde en mi garganta y se torna una mezcla de reflexiones inconexas y carentes de sentido. Espiro para alejar lo vivido a su lado: las madrugadas escribiéndole, las noches sonriendo con sus audios, los primeros besos, las esperanzas que deposité en que una cosa, tan solo una, funcionara. Y, al igual que el resto, fracasó. Por ser una inmadura, por mi incapacidad para enfrentarme a los problemas y mi osadía al menospreciar a las personas. Sin obviar su parte de culpa, su afán de protagonismo y su reacción desmesurada, que traiciona lo que tuvimos, llego a la conclusión de que no somos más que unos críos a los que las circunstancias han superado.

No dejo ningún mensaje y lo intento de nuevo más tarde, hasta en cinco ocasiones. Me rindo, llamo una última vez y suelto mi alegato tras oír la señal.

—Connor, soy yo, Sophie. Intuyo que no es casualidad que no contestes al teléfono. No te apetece charlar conmigo, lo comprendo. Fue un error no aclarar las cosas en Londres, pretendía hacerlo en esta conversación, pero no creo que sea posible. —Tomo aire—. Significaste mucho para mí, más de lo que ahora imaginas. Si te soy sincera, no sé en qué momento dejé de enamorarme de ti y lo hice de la idea de tener una relación, de no estar sola. He leído tus entrevistas, agradecería que dejases de hablar de nosotros. Si me odias, hazlo por ti, por tu carrera, no inicies un proyecto basándote en el rencor hacia alguien. Piénsalo bien, es un camino muy solitario, no sabes cuánto… Lamento que hayamos terminado así. Adiós.

La realidad me atiza con ese «adiós», la despedida de algo más que mi primer novio. Una despedida a la inocencia, a los sueños de las cosas duraderas, una prueba irrebatible de que arriesgarme por alguien es una mala opción porque siempre voy a equivocarme. Con el teléfono aún en la mano y la cara cubierta de lágrimas que brotan sin contención, me desprendo de una parte de mí misma, la soñadora. «Esto es ser adulto, aprender a convivir con el dolor, asumir responsabilidades y sobrevivir a las consecuencias de tus actos.»

El llanto humedece mis mejillas, mis labios, los dedos que, con torpeza, procuran secar el reguero de congoja que se expande por mi cuerpo. Me transporto a esa imagen de Connor todavía tumbado en la cama y yo recogiendo velas, prendas y mi mochila con nerviosismo por la habitación del hotel. La enésima tortura, una que merezco y estoy dispuesta a soportar. Si esa fue la oportunidad real para decirnos las verdades, para despedirnos, rompernos o abrazarnos, la dejé pasar, cegada por la rabia. Quizá fue como debía ser, quizá el silencio gritaba con mayor intensidad. Sin embargo, no tendré forma de averiguar si era lo correcto, lo que iba a minimizar daños y provocar menor desconsuelo. Al fin y al cabo, la vida trata de eso, de arañarnos generando marcas profundas pero curables, nada que no seamos capaces de soportar. «Tú te llevaste unos meses de mi vida, Sophie, y yo contraatacaré permaneciendo en ella a la fuerza, mediante publicaciones, vídeos, exponiendo, ridiculizando y violando cada fragmento de una historia que detestarás recordar.»

Su respuesta no llega por teléfono, sino a través de la prensa.

Sophie Dylan, un producto defectuoso más de la industria del entretenimiento

2021 está siendo el año de los *influencers*, cuyos ingresos se han triplicado en el último trimestre. Las marcas no conciben una campaña sin ellos y su *merchandising*, líneas de cosmética, ropa o libros son éxito de ventas asegurado. Sophie Dylan es la excepción en este camino de rosas para las nuevas generaciones.

Si hace unos días nos hacíamos eco de los problemas que atravesaba con su pareja, hoy les ponemos nombre. «Su adicción al alcohol ha deteriorado nuestra relación y va a hundir su carrera si sigue a este ritmo», explica Connor Lascher con lágrimas en los ojos. El londinense, que acaba de inaugurar su canal de YouTube con un vídeo muy personal, sostiene que Dylan no soportaba estar sobria y mostraba comportamientos destructivos: «Empezaba a beber a las siete de la mañana y perdía el control. Sé que era la bebida la que discutía conmigo, la que se interponía en nuestro amor, pero llegaba a ser tan cruel que no me atrevía a rebatirla. Me sigo preguntando cómo podría ayudarla, nada me haría más feliz que verla ser ella otra vez».

Este no es el primer caso de consumo de alcohol y excesos en celebridades de Hollywood. La lista de promesas que se quedaron en el camino es larga…

Dejo de leer. Expuesta, sentenciada, con la convicción de que cada una de mis elecciones empeora la situación. Llamo a Greg. No responde. Le escribo un mensaje. Contesta con un simple «Estoy trabajando, tu mejor inversión sería comprar medios de comunicación. Hay tres entrevistas más preparadas para la semana que viene».

Me derrumbo.

Saco el coche. Desgasto el acelerador. No ceso hasta que el motor produce un runrún mayor que el de las voces mentales. Aparco. Corro. Me daño los nudillos al golpear contra la madera de roble.

Kassidy abre la puerta tres centímetros, lo justo que le permite el pestillo, y vuelve a cerrarla al verme allí, frente a su hogar. No me molesta que los fotógrafos me hayan seguido hasta su apartamento, que capturen mi desesperación con objetivos de gran alcance desde los vehículos situados a diez metros. Mi amiga, la que rehúsa hablar conmigo, es mi meta. Mi salvación.

—Kass —insisto de nuevo.

Esta vez oigo el cerrojo, la puerta se abre de par en par y Kassidy se materializa recostada en ella y con los brazos cruzados a la altura de la cintura. Lleva el pelo diferente, mucho más corto y decolorado de rubio platino. ¿Cuánto me he perdido?

—¿Qué quieres? —mascula con brusquedad.

—¿Puedo pasar?

Echa un vistazo a los *flashes* antes de negar con firmeza.

—Por favor, Kass —imploro.

—¿Por favor, Kass? —repite arqueando una ceja—. Me sorprende que recuerdes mi dirección.

—Necesito hablar contigo.

—¿Necesitas? —Se recrea en cada letra mientras yo me vuelvo diminuta.

—Kassidy, por favor.

—Eres increíble. —Mueve el aire y gesticula con las manos—. Me ignoras durante semanas, no contestas a mis mensajes ni devuelves mis llamadas y esperas que el mundo gire a tu alrededor cuando decides aparecer.

—He estado ocupada.

«Torturándome, dejando que el agujero negro me arrastre al infierno, permitiendo que Greg me rescate y volviendo a caer.» Demasiado largo, demasiado complejo para contárselo sin cruzar el umbral de la puerta.

—Acostándote con Connor, acostándote con Greg y siendo el desastre que eres. Nunca vas a cambiar —dictamina de modo amargo.

—Somos amigas.

—Como si supieras lo que es la amistad, Sophie. No estarías frente a mí si tu fantasía no se estuviese desmoronando.

—Sabes que no es cierto.

—Lo es —contradice—. ¿Qué necesitas? ¿Que salga en uno de tus vídeos? ¿Que te recoja paquetes? ¿Que despiste a los periodistas de la entrada para que puedas salir sin que te hagan fotos? ¿Que llame a Connor y le pida disculpas de tu parte? ¿O en cinco segundos has descubierto que estás enamorada de Greg?

—No sabes nada acerca de mis sentimientos.

—En eso te doy la razón. He intentado aconsejarte, abrirte los ojos para advertirte lo que pasas por alto. Y te has convertido en una completa desconocida con la que no puedo contar. Sinceramente, no pensé que tuvieras el valor de presentarte en mi casa después de borrarme de tu gloriosa existencia. ¿Quién eres, Sophie? No tengo la menor idea. Solo sé que juegas y manipulas a la gente. Pero no a mí. No más.

—Si me dejaras entrar... Si me dieras cinco minutos para contarte... —suplico frotando las yemas de los dedos contra la tela de mi ropa.

—¿Contarme tus problemas? Como si los demás viviéramos en el puto paraíso.

—No puedo perderte a ti también, Kass. —Mi garganta arde corroída por la acidez de esa posibilidad.

—No me has perdido, me has dejado frente al contenedor de basura. Solo vienes a mi encuentro porque has salido a tirar más mierda que te sobra. Las personas no se poseen, Sophie. Se comprenden, se aman, se protegen, se cuidan. Es tu decisión tratarnos mal, utilizarnos hasta que ya no cumplimos nuestra función, pero no vas a transformarme en un maniquí que decore tu salón mientras llega un traje a medida que colocar encima. Yo, por mí misma, tengo valor. Aunque no sepas verlo.

Fragmentos

Se me partió el corazón
y puse un pedacito
en
cada
palabra
que
escribo.
Por si algún día las llegas a leer
y no sientes miedo al ver que hablan de ti.
De lo que me haces sentir.

CAPÍTULO 19
Una vida nueva

«Hola, caos, te echaba de menos. Toma asiento, sírvete una copa, ya conoces este lugar.»

El mismo cuento una y otra vez, el de una niña sin brújula que no se sabe orientar. Estoy perdida. No sé cómo he llegado hasta aquí, la chica mediocre de Míchigan, la que no esperaba terminar en ninguna parte, la que jamás estuvo orgullosa de sí misma y no sabe lidiar de ninguna forma ni con la fama ni con el éxito. O la demencia y el melodrama. Tampoco con las personas que la rodean. Experta en perderlas a todas ellas, en sentirse siempre acompañada por la soledad.

Mi vida ha dejado de ser una noria emocional para representar un pasaje del terror, sin luz ni salida. Porque soy yo misma la que da miedo, la que toma malas decisiones, retrocede en la dirección equivocada y se detiene a recuperar el aliento cuando debería correr, correr, correr. A sabiendas de que nunca lograré escapar de mí.

El discurso de Kassidy se repite en bucle: «Manipulas a la gente». ¿Y si tiene razón? ¿Cómo me he transformado en alguien frívolo que mueve a su antojo a quienes la rodean? ¿Porque es lo que he aprendido, lo que ha hecho esta industria conmigo? ¿O siempre he sido así?

Agarro el teléfono dispuesta a llamar a casa; mamá me calmará con frases de ánimo, aunque esté pintando, cocinando o volviendo del trabajo; papá hará una pausa en el turno de noche para acompañarme mientras lloro sin saber qué decir, pero escuchará cada palabra y me abrazará con sus silencios; Brin pedirá disculpas a sus amigos para encerrarse en el baño y darme consejos aplicables a una vida que no ha experimentado, pero que en ocasiones parece conocer a la perfección. Mis dosis de realidad, los tres comprimidos que me alejan del delirio, están ahí y, sin embargo, me niego a marcar los números. «Usas a las personas», murmura una voz que antes era de mi amiga y que ahora me pertenece. No puedo hacerlo con ellos, prefiero situarlos en un punto ciego, fingir que mañana será un nuevo día y que el contador de apoyos perdidos volverá al cero inicial.

Una última llamada a Greg, que no llega a responder. Otra a Kass, que cuelga. Otra a Vledel, que va directa al contestador. «Si vuelve a suceder, sea la hora que sea, llámame y estaré aquí. Somos un equipo.» La promesa de mi mánager resuena cual disco rayado del que solo logro reproducir esa canción. «Y una mierda», mascullo.

El diez se ríe de mí desde el espejo. Millones, superior

al aforo de un evento, superior a mi entorno, a quienes he perdido en un solo día. Una cifra fantasma. Agarro el marco con determinación, lo descuelgo de la pared y lo golpeo contra un pico de la mesa del salón con todas mis fuerzas, rompiéndolo en mil pedazos. Una. Dos. Tres. Cuatro. Pierdo la cuenta de los impactos que recibe hasta reducirse a fragmentos que debían simbolizar felicidad y no son más que veneno letal. Ahí está mi dualidad, la lucha entre dos identidades incapaces de convivir en armonía. «Solo cuento yo —le espeto al número partido en formas irregulares—. Os he destrozado, a partir de ahora no vais a coaccionarme, se acabó la dictadura; no me interesan vuestras historias o necesidades, lo que tengáis que contarme con una sonrisa inocua que es un arma infalible cuando las luces se apagan.»

Con las manos temblorosas, contagiada por el frenesí de mi decadencia, le mando un mensaje a Nia: «¿Alguna fiesta a la vista?». Me escribe a los cinco minutos: «Te mando la ubicación». El rugido de mi estómago se cuela entre la rabia, lo distingo al instante, la sensación de desfallecer que me recuerda quién tiene el control. Si alguien va a hacerme daño, seré yo. No me preocupo por ponerme una peluca y enmascarar a Sophie Dylan. Esta noche instauro nuevas reglas. Sin comida, sin seguridad, sin preocuparme por lo que ocurrirá. Me pongo un vestido granate ceñido de manga corta y escote en la espalda e ignoro las llamadas perdidas que llegan tarde. Desconecto el teléfono y me despido de todos, obedeciendo al impulso primario de asumir la cruda realidad: estoy sola y eso no va a cambiar. Ya no existo para el mundo, esta siniestra velada me pertenece solo a mí.

Beverly Hills, el vecindario en el que el novio de Nia le compró la mansión a un jugador de la NBA, me recibe con una brisa cargada de fuego. La humedad aumenta la densidad del aire que se cuela por las ventanillas medio bajadas del Audi, cada gesto supone un esfuerzo arduo que me hace sudar sin ni siquiera haber salido del automóvil. Podría aparcarlo con las llaves puestas y seguiría en mitad de la calle cuando regresara de la fiesta, el lujo que se respira por estas calles es de otro calibre. Las luces circulares que emergen del césped, tan resplandecientes como cegadoras, delimitan el camino de piedra hasta el gigantesco pórtico principal del número 28 de Road Sunset. Está abierto y da acceso a la primera de las tres plantas de la mansión. Desde él me llegan risas, música que hace vibrar los cimientos y una secuencia de destellos hipnóticos cuyos colores cambian antes de que logre capturarlos. «Este es tu universo, no tengas miedo», me aliento entremezclándome con el gentío.

Doy un par de vueltas por las inmensas estancias, juraría que he visto algunas de ellas en series de televisión. Hago un parón en mi ruta en busca de Nia para tomar una copa, gasolina con la que emprender el declive al inframundo.

—Hola, preciosa —saluda una voz masculina a mi espalda.

Me giro, una parte de mí espera que el interlocutor se haya equivocado de persona y se lamente al verme, antes de marcharse. Pero los grandes ojos grises no se extrañan al cruzarse con los míos.

—Hola —contesto.

El chico me dedica una sonrisa deslumbrante para amortizar el desembolso del blanqueamiento dental y se acerca a una distancia íntima. Lleva una melena rubia, más larga que la mía, recogida en una coleta que le cae hasta el coxis. Viste una camiseta de tirantes cedida, a conjunto con sus vaqueros azul marino desgastados.

—Sin ánimo de ofenderte, debes ser superfamosa con esa cara de angelito… Pero no tengo ni idea de quién eres —confiesa con descaro.

Y eso me gusta. El anonimato, aunque solo sea ante un individuo, resulta agradable.

—Esta noche no soy nadie —respondo, y deseo que fuera cierto—. Solo una chica en una fiesta.

—¿Has venido sola?

—Sí.

Y cuando regrese a casa seguiré sola, porque soy experta en ello.

—Puedo hacerte compañía —propone en un tono que me cohíbe—. He venido con un par de amigos, están en la parte de atrás. ¿Te apetece darte un baño con nosotros? Hay una piscina inmensa.

No me cabe duda, estoy segura de que también han montado un chiringuito de barra libre y más altavoces para que el festejo no decaiga.

—Estoy bien aquí, gracias.

—Vamos, lo pasaremos bien. Si tienes suerte, te cantaremos algo a capela. No nos gusta acaparar la atención en nuestros días libres, pero por ti haremos una excepción, sin duda.

—No me apetece —reitero.

—¿Te suena The 2008?

—No la he visto.

—No es una película, preciosa, es el nombre de mi banda. —Estira del tejido de la camiseta hasta dejar al descubierto la cara de un payaso con «The 2008» tatuado en el centro del pecho—. Somos teloneros de Justin Bieber, aunque te aseguro que cantamos mucho mejor que ese engreído.

Pierdo la cuenta de las veces que repito «no, gracias» a lo largo de la conversación. Su mirada se torna oscura, se encorva para susurrar sus propuestas al oído, erizándome el vello, jugueteando con la tela de mi manga izquierda. Doy un paso atrás y choco con una pareja que baila sujetándose de la cintura, tan inmersos el uno en el otro que no llegan a advertir mi disculpa. Pienso en marcharme, pero esta fiesta es mi vía de escape; no existe otro sitio para mí. Las manos del rubio acarician mis mejillas e ignoran mi mueca de incomodidad.

—¿Qué te parece si subimos arriba? Habrá más privacidad en una habitación para los dos solos.

—Prefiero quedarme aquí.

Sus dedos rodean mi brazo, no le costaría sujetarme la muñeca y tirar de mí. Quizá lo haga en unos segundos y nadie oiga mis gritos o los confundan con una celebración desmesurada.

—¿Vas a seguir haciéndote la difícil?

—No me apetece —objeto.

—Déjate llevar, lo pasaremos bien.

—Yo...

—¿Para quién te has puesto ese vestido?

—Para nadie.

—¿Algún imbécil al que escarmentar? Un tío que solo te llama cuando le fallan todas las opciones de su lista, que no te valora, que te promete amor eterno y se tira a cualquiera si bebe más de la cuenta... Puedo ser tu cómplice, dame un beso y caerá rendido a tus pies. —Su pulgar delinea la comisura de mis labios—. Úsame para ponerle celoso.

—Déjame, por favor. —Quizá si lo pido de modo educado, si no armo un escándalo, entrará en razón y buscará a otra. Y la incomodará como a mí, la seducirá en la piscina bajo la atenta inspección del resto de los músicos para después empaparse del cloro de su cuerpo en una cama de las plantas superiores, para arrancarle la ropa interior mojada y aprovecharse de que los sollozos y los gemidos suenan igual en este lugar. A éxtasis, a desfase, a «mañana quién sabe, solo existe hoy».

Pero en este instante nada de eso importa porque debo ponerme a salvo. Esa víctima hipotética es un borrón sin cara y yo estoy demasiado fracturada para sumar una lesión más. Iniciamos un forcejeo inútil, no logro zafarme de sus manos, que aprisionan mis costillas y suben hacia el aro de mi sujetador.

—¿A qué has venido entonces? —Se inclina hasta lamer el lóbulo de mi oreja con la punta de su lengua. Estoy rodeada de gente y me siento indefensa. No cesará hasta conseguir su objetivo, asumo, y mi cerebro se niega a idear un plan. Cierro los ojos y contengo las lágrimas hasta que unos dedos se entrelazan con los míos y tiran en dirección opuesta.

—Quita tus zarpas de ella, Darren —exclama Nia en mi rescate—. Tiene novio, un macizo que te supera con creces. —Se gira hacia mí—. Te dije que lo del mánager daba morbo.

Suspiro con la vista desenfocada y la abrazo mientras el monstruo se desliza hacia otra presa.

—¿Vamos a por bebida? —inquiero para alejar la charla del desconocido, de Greg y de las punzadas que me martirizan al pensar en él.

«Esta noche es solo mía. Mía. Mía. De nadie más.»

—Me encanta esta nueva Sophie. Sígueme, pediré que te preparen mi cóctel especial.

La primera mezcla tiene sabor a frambuesa, la segunda, a tropical con un toque ácido, la tercera solo sabe a alcohol y me quema la garganta con cada trago. Pierdo la cuenta, a partir de ahí desaparece mi capacidad de discernir ingredientes y me limito a señalar la botella de vodka.

—Es una fiesta estupenda —vocifero por encima de los temas electrónicos que nuestro alrededor corea.

—Una pequeña compensación —confiesa con un mohín triste—. Las vacaciones prometidas se evaporaron cuando convocaron a Fabri para otra concentración con el equipo.

—Podéis ir más adelante.

—Sí, eso opina él. Pero no me marcharé a ninguna parte hasta que dejen de llegarme vídeos de fans saliendo de su habitación.

—No te fíes de lo que publiquen los medios —le aconsejo.

—Lo sé por Holly. Ahora está desfilando para marcas italianas por toda Europa. Circulaban rumores y le mandé la dirección del hotel en el que se hospedan. Tres chicas en el mismo día.

—Lo siento. —Todos arrastramos cargas, unos las disimulan mejor que otros—. ¿Qué piensas hacer?

—Perdonarle sería lo más inteligente para mi carrera. Fabri tiene bastante tirón en Francia y España... Pero no me apetece tomar decisiones por el momento. Las juergas son una buena distracción. —La expresión de Nia se crispa por el efecto del chupito de tequila—. Oye, ¿tú estás bien? Leí lo de ese loco que entró en tu casa.

Las imágenes trepan del agujero negro al que las desterré hasta acudir a la claridad de mi mente, que las reproduce con la misma facilidad con la que los invitados se dejan llevar al ritmo de la música.

—Sí. Genial —confirmo por encima de los escalofríos.

—Me alegro. —Alza una copa—. Por el reencuentro de mejores amigas.

Pero el malestar no me abandona.

—¿Tienes algo más fuerte? —Necesito ser invencible.

—Has probado toda la bebida que hay.

—Lo sé.

—¿Algo que no se beba? —Una sonrisa se dibuja en su cara.

—No creo que...

—Te lo dije, en nuestro sector es frecuente consumir. Vamos, no es malo, solo hay que controlarlo.

—Yo no tomo...

—Tampoco estás colgada de tu mánager, pero sales con él, ni habías bebido nunca y te faltó poco para vomitar en la última fiesta. No es malo evolucionar, sigues siendo la misma, pero experimentas vivencias distintas. Vives, en resumidas cuentas.

—No quiero perder el control —admito.

—Pero hay partes de ti que deseas difuminar, como yo.

—Sí. —Cualquier detalle referente al amor es difícil de olvidar en circunstancias normales.

—Vamos a un sitio más privado.

Asiento. El trayecto hacia los baños es el camino más largo que he hecho en mi vida. Lo veo todo y a la vez nada. Las personas de nuestro alrededor se entregan a los decibelios, ¿cuántos de ellos se habrán drogado y no parecen mutantes? Percibo sus miradas, podrían estar observándome a mí o a cualquier otro punto perdido de la casa; en mi cabeza, me ven. Las caricias de ese desconocido contra mi voluntad, las copas que he tomado, las calorías que no he ingerido antes de venir y que he sobrepasado con creces por culpa del alcohol, el doloroso anhelo que me susurra el nombre de Greg, la descripción que hace Kassidy de mí, el juguete roto que soy.

Cierro los ojos y vislumbro una masa gritándome, con fotografías de Connor, periodistas en busca de una exclusiva para publicar mi parte de la historia y meter el dedo en la herida en carne viva hasta ahondar en temas personales: «¿Te dolió más perder la virginidad o acostarte con tu mánager dos meses después?», «¿Crees que aún le gustas a alguien o temes que vuelvan a entrar en tu casa para recordarte que el amor desmesurado se equilibra con violencia y brutalidad?», «¿Esta es tu manera de llenar de orgullo a tu familia, convirtiéndote en una muñeca de porcelana que jamás lidiará con su propia popularidad?».

Hasta que mi visión, afectada por la rapidez con la que

los latidos se aceleran, transforma la realidad en una imagen distorsionada, imposible de rectificar por más que parpadee. Asustada, pero sin nada que perder, me coloco a un lado de Nia y la contemplo sacar un pastillero del bolso. Mi alma se divide entre las rayas de cocaína que traza con una tarjeta de crédito. Y las cifras, las críticas, los titulares, la aflicción y la opresión me acorralan. Tiemblo y aspiro, mi cuerpo se estremece mientras el polvo entra por mi nariz. «Dame una vida nueva o cámbiame para que pueda soportar esta mierda», le pido.

—Hay una primera vez para todo. —Nia sonríe—. ¿Foto para el recuerdo?

Muevo la cabeza hacia ambos lados, sin saber si es mi respuesta a su pregunta o mi forma de espantar los demonios que se dan paso en mi organismo.

—Claro. —Saco el teléfono y se lo entrego—. Toma, se te da mejor que a mí.

El resto de la noche es oscuridad.

* * *

Un aroma desconocido se cuela por mis fosas nasales. Indescriptible y característico, lo he percibido antes. Cuando nació mi hermana y cuando murió mi abuelo paterno. Es el hedor de la vida y la muerte entremezclado con productos químicos para eliminar las bacterias, el perfume de los visitantes, las batas, los guantes de látex y las mascarillas esterilizadas, los resoplidos de alivio o los sollozos desconsolados. Huele a hospital.

Despierto, aunque no logro abrir los ojos. Alcanzo a oír voces a mi alrededor y trato de hablarles, pero mi boca está acartonada. Un pitido constante, proveniente de una máquina, marca los segundos que permanezco atrapada en mi mente, incapaz de llamar la atención de quienes me rodean. Me remuevo con la intención de ponerme de lado, mis extremidades se activan con lentitud, la mano izquierda duele como si le hubiesen clavado una aguja. Alzo la derecha torpemente para quitarme la vía intravenosa.

—Cariño, no —objeta la voz de mi madre.

—¿Qué…?

Los párpados ceden a las órdenes que manda mi cerebro y consigo abrir los ojos a duras penas, cegada por la luz del fluorescente. Me concentro en el gris de las nubes, apagado e inofensivo, mientras los semblantes serios de mis padres, de Brinley y de Greg me escrutan en silencio.

—¿Qué ha pasado? —demando. Al instante me arrepiento.

Si estoy aquí, si mi ser brama de dolor con cada bocanada de aire, no es buena señal. Si mi familia ha volado de Míchigan a Los Ángeles, puedo esperar lo peor. Hago un ademán de incorporarme, pero la presión de las vendas del torso me lo impide.

—Sufriste una sobredosis —precisa mi padre. Mi último recuerdo es estar en casa de Nia, bailando y riendo de cada una de mis desgracias—. Hace tres noches.

Mi madre se cubre la cara con las manos y él explica que los análisis revelaron altos niveles de alcohol en sangre, además de cocaína. Cogí el coche para regresar a casa; tuve un accidente, por suerte no hubo ningún otro vehículo implicado. «No he matado a nadie», es mi primer pensamiento. El alivio se diluye al ver la decepción en los rostros de mis seres queridos. Excusarme sería estúpido, no hacerlo, también. Les he defraudado; más que eso, les he mostrado quién soy realmente.

Por encima del daño en las costillas y de la ponzoña que sustituye a mi sangre, se cuela la imagen de mi familia. La llamada que no llegué a marcar. Cada madrugada de asfixia en la que no fui capaz de reservar un avión con destino a mi hogar, el real, en Detroit. ¿Cuántas conversaciones pendientes pudieron prevenir esta debacle? ¿Cuánto sufrimiento les he causado al quebrarme? ¿Cómo saldremos de este tanque de aguas implacables que amenazan con arrugar mi piel hasta desintegrar cada pellejo de mí? Sin escalera, atajo o salida. «Duele. Duele fuerte y no dejes de hacerlo nunca. Esto no es nada comparado con el precio que pagan ellos por mí», le ruego a mi cuerpo.

El médico me examina, repite con tecnicismos lo que ya sé: varias contusiones y tres costillas rotas, la enfermera me da calmantes para el dolor, pero mi interior continúa fracturado. Greg, que guarda las distancias, camina con la vista fija en el suelo. No saca el móvil del bolsillo ni una sola vez y se limita a estudiarme de reojo y a apretar la mandíbula como si intentase que las palabras no salieran solas de su garganta.

—No viniste a la graduación —musita Brin—. Te escribimos.

Un error más que añadir.

—Lo lamento, de verdad. —Aunque mi discurso no valga nada.

—Toma, Kass me pidió que te la diera. —Me entrega una tarjeta que no me atrevo a abrir.

—¿Ha estado aquí?

—Ha venido a verte dos veces, pero estabas sedada.

Mi madre se acerca, leo los interrogantes en sus ojos. «¿Por qué te comportas así? ¿Qué pretendías al tomar drogas? ¿Acaso no has aprendido nada de los documentales sobre famosos que se dejan consumir por el lado oscuro de la fama?» Lo que no sabe, lo que ella y todos ignoran es que el peligro proviene de mí. De mi incapacidad para estar sola, de mi falta de aceptación a las críticas, de la perfección a la que aspiro y que jamás conseguiré porque es como dibujar sobre agua. No dice nada, mi padre tampoco. Se limitan a acariciar mis brazos, a besarme el pelo y a disculparse para ir al baño, a la cafetería, a tomar aire porque no hay más que toxicidad en mi maldita habitación. Están enfadados, falta por dictaminar si conmigo o con ellos mismos por no haberme atado a una cama en Míchigan desde la que vigilarme. Le echan una mirada a mi hermana para que los acompañe fuera, dejándome a solas con Greg; él me dará la charla que nadie osa.

—Adelante —le animo.

Sigue en la otra punta de la estancia, sé que atravesaría la pared si pudiera. Da unos pasos en mi dirección, con la lentitud innata de hombres inseguros que no se asemejan a él, y toma asiento en la butaca de piel negra situada a la derecha de mi cama.

—¿Cómo estás? —Luce el peor aspecto de su vida: apariencia desaliñada, ojeras pronunciadas, barba de una semana. Incluso así, logra acelerarme el corazón.

—No es eso lo que quieres saber.

—Se acabaron los juegos de ocho preguntas —replica con una sonrisa, su afirmación está teñida de una nostalgia que me encoge las entrañas—. No sé qué habría hecho si…

Agacha la cabeza y niega para espantar la idea de perderme.

—Lo hago todo mal —admito, cuatro palabras cuyo regusto agrio saboreo.

—No. Esto es culpa mía. Por no haberte protegido como prometí.

—Tú no eres culpable de nada. Te ocupas de que cada cosa salga perfecta, solucionas mi vida, cubres mis errores…

—Y no he visto lo rota que estabas —interrumpe—. O no he querido verlo. Te he tratado mal, Sophie. Como a una máquina a la que puedes exigir sin límite.

—No he estado a la altura. Es inútil que te culpes de mis carencias, has sido el que ha mantenido a flote el proyecto durante meses.

—Olvida el trabajo. —Detecto un deje de culpabilidad en su tono.

—Tú no me has hecho esto —reitero, lo haré hasta que cambie de parecer.

—Prometí que te protegería. Si no me hubiera marchado… Me convencí de que la bebida y tus cambios de humor no eran más que un comportamiento comprensible para alguien de veinte años. No quise ver a lo que nos enfrentábamos.

Su plural de nuevo, compartiendo la adversidad conmigo. Sin alzar la vista, aprieta mi mano y murmura nuestro «equipo».

—Te traté fatal, Greg. A todos. A mí. Y solo queríais lo mejor para el proyecto.

Cierra los ojos y suspira. Nunca antes lo había visto así, abatido, apático, tan fatigado que podría atragantarse con su propia saliva.

—¿Qué ocurre? —inquiero.

—Hay algo más. Nia publicó fotografías y vídeos de la fiesta, en algunos de ellos se veía la droga. He deshabilitado tus cuentas para evitar el debate, pero la prensa se ha hecho eco de ellas y lo ha relacionado con el accidente.

—Las cifras deben haberse disparado —comento con ironía.

—No estoy aquí como tu mánager. —Acaricia mi palma de manera compulsiva—. Puedes dar la cara, grabar un vídeo para explicar la situación, enviar un comunicado, cortar las especulaciones. O no hacer nada, olvidarte de internet y volver a la vida real. Lo relevante es que salgas de esto.

—¿Qué pasará con los contratos que hay firmados?

—Pagar una indemnización es la solución más fácil. Tienes que distanciarte de este mundo una temporada. Preocuparte por ti, recuperarte para tomar tus propias decisiones. Seguiré trabajando en la sombra tanto tiempo como desees, hay contenido de sobra para un par de meses. —Su oferta es de corazón, lo percibo en su matiz amable y en el roce de sus yemas sobre mi piel, que irradian corrientes de calma a cada centímetro de mi cuerpo.

—Perderemos campañas y seguidores… Es mucho dinero.

—No te preocupes por el dinero. Lo más importante eres tú.

—No puedo hacerlo.

—Sophie.

Dejo que mi nombre flote en el aire y me distraiga de las adicciones antes de susurrar un «seguiré» rotundo. Nadie se detiene en mitad de una autopista, esto no ha sido más que una parada para tomar aire y llegar hasta el final. Ya sé qué ha ido mal, lo rectificaré, usaré las heridas a modo de recordatorio de lo que no debo repetir. Lo conseguiré.

Recibo el alta una semana después, una especie de libertad condicional a cambio de que regrese dos tardes para sesiones con el psiquiatra. Mis padres, que han vuelto a Detroit por trabajo, me escriben a diario para saber cómo estoy. O para cerciorarse de que no he vuelto a beber. Como si ese fuese el único problema y no el que enmascara al resto.

Greg me lleva a casa, insiste en quedarse conmigo, pero le pido que se marche. Quizá la soledad no esté tan mal y me haya vuelto simpatizante de ella tras días rodeada de médicos, de enfermeras y de mis seres queridos observándome sin hablar demasiado alto. Para ellos, soy una bomba a punto de estallar. Lo cierto es que ya lo he hecho y hallo gratificación en ello, un punto enfermizo que me aterra admitir. Cuando el caos termina, el contraste se traduce en volar sin obligaciones, fuera de mí, con destino a otras constelaciones.

Es una sensación indescriptible. La de saltar de un avión sin paracaídas, arriesgándolo todo, y, cuanto mayor es el riesgo, más te embriaga la emoción.

Mis sueños se han cumplido ya; descubrir lo que se me da bien, que mi familia se sienta orgullosa de mí, escribir, conectar con el público, valerme por mí misma, viajar. Cosas que ni había imaginado; premios, eventos, ver grupos de niñas recitando mis poemas y llorando cuando les firmo un trozo de papel. Las hago felices. Pero yo no lo soy. La balanza compensa dándome y quitándome a partes iguales. Lo que ansiaba se ha desvirtuado en un cataclismo sin supervivientes. Busco mi nombre en internet, esperando reaccionar, que las recriminaciones abofeteen mi corazón. Entro en una noticia aleatoria, publicada hace un par de días, y empiezo a leer.

Drogas y alcohol, los causantes del accidente de Sophie Dylan

La *youtuber* Sophie's Mind, de veinte años, ha sido hospitalizada en Los Ángeles tras un accidente cuando regresaba a su casa la madrugada del domingo. Varios testigos llamaron a la policía al alertar del choque de un Audi A3 sedán negro en mitad de la carretera. El infortunio no dejó a más heridos que a la propia Sophie, acusada de estar bajo los efectos de la droga y la bebida. Actualmente se encuentra en el centro médico Health Vans, consciente y rodeada de su familia.

La fiesta en la que pudimos verla junto a la modelo Nia Cavens fue el detonante. En imágenes compartidas en las redes sociales se las ve a ambas consumir cocaína y perder el control discutiendo con varios de los asistentes. Los vídeos, que se hicieron virales esa misma noche, cuentan ya con millones de reproducciones y han hecho saltar las alarmas entre la comunidad de fans de Dylan. Mientras algunos seguidores son comprensivos y achacan su comportamiento a las presiones de los focos, otros se muestran en contra de que una figura pública coquetee con sustancias ilegales. «El consumo de drogas es inadmisible, ha dejado de ser un ejemplo. Ni siquiera tiene la edad permitida para beber», declara la fundadora de su primer club de fans. El debate continúa y el *hashtag* #PrayForSophie sigue siendo *trending topic* en todo el mundo.

«Era previsible, las estrellas adolescentes están sedientas de fama, pero no cuentan con las herramientas para asumir los cambios que se producen en sus vidas. Hemos visto el mismo patrón en modelos, cantantes, actores y bailarines, me temo que nada cambiará a menos que cuenten con el apoyo de equipos sólidos. El trabajo de los representantes no se reduce a conseguir eventos y publicidad, hay que asegurar el bienestar del famoso», expone el director de LeFleur, agencia con la que Sophie firmó una campaña meses atrás. Su mánager, Gregory Doherty, no ha querido hacer declaraciones al respecto.

Mi declive resumido y comentado, al alcance de la humanidad.

Contemplo el suelo del salón, salpicado por trocitos de cristales rotos de mi espejo. El número diez resulta imposible de leer. Estoy segura de que la cifra ha cambiado, se me antojan dos alternativas. La primera y más coherente: la gente ha dejado de seguir a una enferma; la segunda y más retorcida: el morbo de verme consumir drogas e ingresar en un hospital les hace idolatrarme hasta un nuevo nivel que ni mi mente perturbada comprende.

Recojo los pedazos del espejo y me detengo a acariciar el filo de algunos de ellos, analizando mi reflejo en las diminutas fracciones. Fragmentos, a eso me reduzco. Las cifras de mi vida son las personas que he decepcionado, las que he perdido, el dolor, la ansiedad, las madrugadas deseando ser alguien diferente, las noches utilizando cualquier medio para alcanzar ese estado en el que evado mínimamente la presión. Cada mala decisión está justificada cuando habitas en mitad de un salto al vacío sin retorno.

La necesidad de olvidar emerge de nuevo y la neblina me traga. Anhelo beber, drogarme, lo que sea que me haga olvidar. Sin internet, sin mi familia, sin excesos ni luces, pierdo todo propósito. Esperando hallar un detonante al calvario, busco la tarjeta de Kassidy y la leo. Ella, que siempre emana una sinceridad arrolladora, cuyas palabras son tan afiladas como ciertas, me ha regalado dos líneas de caligrafía irregular:

«Yo, por mí misma, tengo valor. Y tú, Sophie, también. Aunque no sepas verlo. Te quiero».

Con una cascada de lágrimas que alteran mi visión, llamo a Greg.

Epílogo
Las cifras reales

Un año después

Alzo la vista en dirección a las alturas y esta vez no hallo un techo pintado, sino un lienzo real. Oscuro, un azul entremezclado con nubes ceniza que desaparecen paulatinamente hasta dejar una imagen limpia, de luna nueva. Se requiere paciencia para contemplar una lluvia de Perseidas, además de un punto alto y despejado que permita mirar el cielo sin obstáculos. De las distracciones para vencer el sueño se encarga Greg, a mi derecha, que coloca una manta en el terrado de su apartamento y deja la llave puesta en la cerradura para obstruir el acceso a nuestro planetario privado.

Hoy, doce de agosto, tenemos una cita con el firmamento y todas las estrellas que brillan en él. Para nosotros.

—Es magia —murmuro.

El viento cálido me despeina ligeramente y acaricia el

369

vello de mis brazos; el silencio domina la escena, apenas interrumpido por el escaso tráfico de madrugada.

—Solo son partículas de cometas y asteroides que entran en contacto con la atmósfera a una velocidad exagerada —asegura Greg, sentándose a mi lado.

—¿Y qué? —reprendo.

—Que hay una explicación científica. El aire las calienta, se evaporan y originan destellos a los que pretendes pedir deseos. De hecho, el culpable es el rastro del cometa Swift-Tuttle —explica, y añade que no volverá a pasar hasta julio de 2126.

—Valoro que te hayas tragado un libro de astronomía.

—Sé que lo hizo cuando compartí, con semanas de antelación, cómo planeaba pasar la noche—. Pero tus explicaciones no le restan emoción.

Esta velada es realmente singular, la primera que paso en libertad. No podría ser más perfecta: al aire libre, en su compañía.

Adicción al alcohol, depresión, anorexia y estrés postraumático. Ese fue mi diagnóstico. Cuatro batallas contra las que he combatido durante los últimos doce meses y que, de un modo u otro, seguirán ahí el resto de mi vida. Las heridas se curan, las cicatrices se aceptan porque forman parte de ti, de tu pasado, de las personas que estuvieron en él. De quién eres. Mi cabeza repasa con frecuencia, de memoria, el comunicado que redacté junto a Greg antes de ingresar en la clínica Mental Hewson de Los Ángeles, ese que rompió millones de corazones, incluido el mío:

Tras cuatro años intensos generando contenido y compartiendo fragmentos de mí con vosotros, anuncio mi retirada de las redes sociales y de YouTube para pasar tiempo con mi familia, cuidar aspectos necesarios de mi salud y combatir la ansiedad que se ha acentuado en esta última etapa.

Agradezco enormemente vuestro apoyo en las plataformas digitales, las oportunidades que me habéis brindado y los mensajes positivos que enviáis a diario. Gracias por acompañarme durante un camino que me ha dado y enseñado tanto.

Nos vemos pronto,

Sophie's Mind

Despedirme de mi sueño durante un año fue la decisión más dura que he tomado. Abandonar un decorado prodigioso, en especial para alguien que no había alcanzado a imaginar nada semejante, fue la peor y la mejor elección. Si me detengo a meditarlo, han transcurrido siglos desde ese día en el que llamé a Greg en busca de ayuda, acepté alejarme de la fama, rompí a llorar, deseé volver al minuto siguiente y sufrí un ataque que me llevó directa al hospital. «Lo he perdido para siempre —pensé—. Una retirada momentánea es sinónimo de debilidad. Nadie se acordará de mí en unas semanas.»

Hoy lo observo desde un ángulo diferente. El porvenir se me antoja un arcoíris, recordatorio de la tempestad y testigo del sol que estuvo ahí y que no llegué a valorar. Al fin lo hago con la misma determinación con la que lucho, segundo a segundo, por aceptarme. Las voces no se desvanecen, pero sí que lo hacen sus discursos, que sustituyen la destrucción por aprobación.

He exprimido mi primer día de vuelta a la realidad al máximo. Unas horas repletas de conversaciones en las que Kassidy me ha obligado a anotar los sitios que recorreremos este otoño en nuestra ruta en coche por un par de estados; los cientos de mensajes de voz de Vledel buscando fecha para vernos y charlar sobre dramas amorosos que ya no incluyen a Greg porque presiente que «le interesa otro miembro del equipo», y una videollamada con mis padres para informarles de mis planes y de ese viaje secreto a Detroit la próxima semana que ya no es secreto porque mi madre consigue sonsacármelo todo.

—Estamos orgullosos de ti. No sabes cuánto —ha reconocido mi padre a través de la pantalla.

En esta ocasión sé que es cierto.

—Tienes toda la vida por delante —me ha animado mi madre, su voz sigue arropándome con la suavidad de un abrazo al cerrar los ojos y evocar sus palabras.

—Voy a retomar la carrera. —Sus expresiones no han cambiado, como si necesitasen asimilarlo o como si fuese una decisión mía que no pretenden condicionar—. Tengo varios proyectos en mente.

—¿Podrás con ellos?

—Si no lo logro, pediré ayuda.

—Estaré ocupada con el segundo año de Física en Princeton —ha puntualizado Brin, que no modera su entusiasmo al haber alquilado un piso más grande en Nueva Jersey con el dinero extra de las prácticas que le ofreció el Departamento de Ciencias—. Así que, si esperas que me presente por ti a los exámenes, anula la matrícula.

Greg, al igual que mi familia, ha sido clave para mi recuperación. O, mejor dicho, ese sendero que empiezas a recorrer y nunca desaparece. A veces venzo al miedo; otras, me aterra la idea de que la historia vuelva a repetirse. «No estoy sola, no he de lidiar con el saco de piedras por mi cuenta», respiro en busca de serenidad.

—Ayer me pasé toda la tarde jugando a las cartas, es lo más entretenido que he hecho esta semana. Oh, espera, también me hice trenzas en el pelo —bromeé meses atrás con mi mánager, una de esas tardes de viernes en las que venía a verme al centro y me agarraba de la mano sin atreverse a ir más allá. Además de héroe sin capa, es un caballero andante que ha velado por mí en las peores épocas, siempre con humor. Una vez se peleó con la administrativa que anunciaba que el horario de visitas había terminado. Quiso ofrecerle dinero; verle poner billetes sobre la mesa a cambio de quince minutos es lo más cómico, desesperado y tierno que he presenciado.

—Tu creatividad es notable, pero el pelo liso te sienta bien —respondió iluminando la insulsa estancia con una sonrisa.

—Lo que quiero decir es que el reloj pasa muy despacio aquí dentro y me sobran horas para pensar. Cuando te vas, analizo nuestros diálogos, cada frase y cada silencio, tu postura corporal, las veces en que tu mirada se desvía a mi boca... Así que creo que deberías saberlo: hago un gran esfuerzo por no besarte cuando te tengo delante.

—Eres increíble —confesó negando con semblante divertido.

—Lo soy.

—¿Me estás exigiendo un beso?

—Hemos pasado mucho tiempo luchando contra la conexión que nos empuja, literalmente, a tocarnos. Y dudo que vaya a disiparse. Aunque suene a tópico, la vida es corta.

—Vamos a hacer las cosas bien —recomendó.

—¿A qué te refieres?

—Seguimos siendo un equipo, así que pon todo tu empeño en salir de aquí queriéndote, porque el amor de otra persona no es suficiente si no te quieres a ti misma. Y hay tantos motivos para hacerlo…

—Es difícil distinguirlos entre las voces. —Dejé que mis demonios se reflejasen en mis facciones. Greg los vio y no se achantó.

—No me imagino por lo que estás pasando, ojalá pudiera llevarme parte de ese dolor para restarte cargas.

—Con estar aquí es suficiente.

—Voy a ayudarte a conseguir lo que te propongas. —Supe que se repetía ese mantra a diario.

—Mi sueño ya se cumplió. Y tuve que renunciar a él.

—Cuando pones tu corazón en algo, los sueños se cumplen una vez, dos, las que sea. —Y en su franqueza encontré la voluntad para soportar unos meses más—. Voy a quedarme a tu lado hasta que me eches a patadas, hasta que te quedes sin preguntas que hacerme.

—Tengo alguna cuestión más —repuse viajando entre la memoria y añorando los instantes inocentes y genuinos que habíamos compartido.

—Habrá tiempo más adelante, ahora solo importas tú. Y, si no tienes nada que rebatir de mi discurso, voy a besarte hasta que las enfermeras se escandalicen y me obliguen a marcharme.

—Nada que objetar. —Levité con millones de mariposas batiendo sus alas en mi pecho tras un largo letargo.

Para mi sorpresa, su boca se posó en mi mejilla.

—Ni un crío se escandalizaría con un beso así. —Me palmeé suavemente el pómulo con frustración.

—No vamos a ser nada que no te haga feliz. —Su aliento siguió acariciando mi rostro—. Tu recuperación está antes que esto —añadió señalándonos.

Su promesa me reconfortó, me obligó a creer de nuevo en la posibilidad de encarrilar mi rutina.

—¿Adónde te llevo? —ha preguntado esta mañana, en el aparcamiento de la clínica. Ha venido a las diez menos cinco, dispuesto a que no pasara allí ni un segundo más de lo necesario.

—A tu apartamento.

Hace un mes le pedí que pusiera mi casa en venta, dejé que Brin y Kass escogieran ropa y accesorios, doné el resto. Mi futuro cabe en una maleta.

—¿No crees que vas un poco deprisa? —ha indicado, incorporándose al tráfico.

—No pensarás que voy a acostarme con un amigo...
—Así lo defino, el término medio entre mánager y exnovio al que contemplo mordiéndome el labio inferior para no lanzarme a sus brazos. No estamos saliendo oficialmente y tampoco me urge ponerle nombre a lo que tenemos—. Esperaba que durmieras en el sofá, como la última vez.

—¿Quién dice que vaya a dormir? —ha comentado arqueando una ceja.

—¿Qué…?

—Me refería al trabajo que tengo pendiente.

Le encanta tomarme el pelo.

En apenas un susurro, su voz, el eco que ha repetido quién soy durante los últimos años, me devuelve a este amanecer que se asemeja a una utopía. No remarca lo que sé, que estoy rota, dolorida, desgastada, sino que me dibuja un presente distinto.

—Es hora de que compartas tus planes conmigo —considera.

Adoro que no haya dudas ni imposiciones, que me crea capaz de tomar las riendas y reconducir mi destino.

—Sí, debemos hablar de negocios —recalco sin apartar la vista del cielo—. Mi intención es seguir creando contenido para el canal de YouTube, con ciertos cambios. Utilizaré las redes sociales para interactuar con seguidores, pero se acabaron la publicidad y las sesiones fotográficas. Si caigo en picado por no compartir imágenes retocadas y profesionales, asumiré que internet no es el sitio idóneo para mí. —Tomo aire y confío en que mi proyecto pueda modificar las reglas del juego, ser diferente. Real—. Seré yo quien redacte los textos de los vídeos, y pretendo revisar las tallas de Sophie Style. Nada demasiado pequeño. Me gustaría destinar los beneficios de cada prenda a centros especializados en trastornos alimenticios.

—Está todo claro. —Oigo a su cerebro anotar mis propuestas.

—Le he dado vueltas durante siglos —admito.

—No tienes por qué precipitarte, estaré al mando los meses que consideres.

Aun así, me apetece regresar, darle connotaciones positivas a ser *influencer*. Depositar algo de fe ciega en los usuarios tras una pantalla.

Las luces de los edificios palidecen en comparación con el cielo, una pizarra en la que manos invisibles trazan finas trayectorias móviles de tiza que resigo con la mirada hasta que se difuminan. Sonriendo a las primeras estrellas fugaces, converso con el universo igual que lo hice con mis seres queridos mediante cartas que jamás envié. «Escribe un párrafo para cada uno de ellos —me aconsejó mi doctora como parte de la terapia—, no es necesario más. Un texto sincero, no tengas miedo de herir a alguien, es para ti. Te ayudará a canalizar tus sentimientos y comprenderlos». Esta noche les pongo un broche final, un deseo para cada uno de ellos:

«Kassidy, mi espontánea, divertida y alocada Kass. La verdad amarga e incómoda que no queremos escuchar, los dedos que te sujetan fuerte para que las fisuras del suelo no te aprisionen o el frenesí del viento no te arrastre sobre el nivel del mar. Tu sinceridad arrojó sal a mis heridas y hoy las cura con su amistad incondicional. Que tu honestidad sea más celebrada que la aflicción de un consejo que refutamos aceptar».

«Vledel, me enseñaste que la belleza no está reñida con el peso, que podría ser quien quisiera y tú encontrarías la imagen adecuada que me haría triunfar sin esconder mi identidad. Agradezco tu trabajo, que compartieras tu pasión conmigo y tuvieses una visión para mí cuando nadie más me aceptaba. Mi problema ha sido considerarme insuficiente, proyectar esa inestabilidad en cada comentario, escrutinio o suspiro. Tú nunca me hiciste daño; me respetaste y me diste alas para que volase alto, hasta que los temores pesaron más que mi cordura. No dejes de ver la belleza en la gente, pero, sobre todo, advierte la tuya propia».

«Nia, tú y yo somos familia de inseguridades, dos chicas a las que su profesión ha sumado años en apariencia y se los ha restado mentalmente. Te culpé los primeros días, era más sencillo que aceptar que la que sucumbió a los excesos fui yo. Hoy comprendo que quien bebió las copas y consumió drogas era una extraña, la parte que no conocía de mí misma, un monstruo que preferí encubrir en lugar de afrontar. No volví a llamarte, no podía, resultaba duro enfrentarme a esa puerta que conduce a la oscuridad. Soy consciente de lo duro que debe ser también para ti, por eso ruego que no te pierdas a ti misma incluso cuando otros no aprecien tu valor».

«Connor, pensé que nuestro amor se traduciría en amor a mí misma. Confié en que formar parte de una relación fortificaría mi armadura y sería un elemento más de mi perfecta historia de éxito. No fue así. Nos traté mal, nos hice añicos y no pude corresponderte. Ahora que albergo estima por los que me rodearon en lugar de recriminarles mis fracasos, agradezco tu compañía, tu paciencia, ese cuento de hadas que alguna chica afortunada sabrá mimar hasta el final. Ojalá alguien te llegue a querer como yo no supe hacerlo».

«Greg, llevo tanto tiempo admirándote y desafiándote que, por inercia, confundí amarte con luchar contigo para ver quién ganaba el pulso. Temía que, si los motivos para estar juntos se desvanecían, no existiera un lugar para ambos. Subestimé tu capacidad de ver lo mejor de las personas. Gracias por tomarme de la mano e insuflarme tu energía para allanar la desnivelada travesía de vuelta. Que tu luz llegue a brillar tanto como la que enciendes en los demás».

«Mamá, papá, lamento no haberme convertido en la hija que esperabais. Creí que, si era perfecta, o lo intentaba, obtendría vuestra aprobación. Y me equivocaba. Con ser yo, Sophie, era suficiente. Nunca pedisteis nada más, las voces me hicieron creerlo. Brin, tenías razón respecto a tu manera de contar los números: unos tienen más peso que otros y vosotros sois, sin duda, cruciales, mi dosis de realidad y amor absoluto. Gracias por la confianza que he hecho mía y permite que me mire al espejo, un cristal en el que no hay cifras, en el que solo estoy yo. Sin ecos ni imágenes distorsionadas ni aspiraciones inalcanzables. Nada volverá a separarnos».

Mi último mensaje, quizá el más esencial, es para mí. Una disculpa por haberme fallado, por no haberme querido, por haber pasado por alto mi potencial. Por haberme negado el lujo de ser humana:

«Siento que hayas necesitado tanto esfuerzo para llegar hasta aquí, Sophie».

—Voy a volver a la universidad —enuncio con convicción, hipnotizada por los diminutos puntos que resplandecen en esta atmósfera idílica. Greg sujeta mi mano en silencio, su respiración se acelera—. El proyecto no será todo lo que ocupe mi mente. En el pasado me faltó balance, entre otras muchas cosas; saber que el éxito no depende de una sola decisión. Ambiciono más, no dejar que mi profesión sea lo único que me defina. Quiero ser Sophie la estudiante, Sophie la emprendedora, una nueva Sophie altruista. Y, por encima de todo, quiero ser feliz. Si la situación me supera y no logro continuar, lo abandonaré antes de arriesgar mi salud.

—La Sophie de veintiún años ha madurado muchísimo. Regresas más fuerte, derrochando talento, dispuesta a ayudar desinteresadamente. No paras de sorprenderme, transformas dolor en belleza.

—He tenido ayuda.

—¿Cuántas veces tengo que repetírtelo? —murmura, sus labios rozan el lóbulo de mi oreja—. Tú eres la creadora, la que esbozó el mapa sobre un folio en blanco.

La corriente de electricidad que conquista mis sentidos no tiene que ver con sus palabras. Es fruto de la proximidad que compartimos.

—Me gustaría buscar piso cerca de la facultad. —Hago acopio de todas mis fuerzas para que mi voz no me traicione—. Llego justa para hacer entrevistas de acceso.

—¿Tienes predilección por alguna rama?

—Cine suena bien. Quiero cambiar de aires, no creo que sea buena opción estudiar en Los Ángeles. Pero antes necesito saber algo.

—Dime.

—¿Pintarás otro cielo en mi nuevo salón? —Sin titubeos, recuesto la cabeza en su hombro.

—En cada lugar que visites.

Su ofrecimiento se me antoja una fantasía.

—Ven conmigo —sugiero—. Como mánager o como amigo. Será más fácil a tu lado. Sé que es egoísta pedirte que abandones tu vida aquí y te mudes para hacer de canguro, pero…

—Tengo un problema, Sophie. —Por sus comisuras se entrevé una media sonrisa—. Los amigos no se ponen tan nerviosos al reencontrarse, no se hacen temblar ni se desvisten con la mirada. Los amigos no se dan la mano y cuelan los dedos por las mangas o cualquier hueco entre la tela y la piel con el objetivo de recorrerla sin dejar un centímetro virgen. Los amigos no llevan doce meses reprimiendo el impulso de besarse, y yo es lo único que deseo hacer.

Su declaración me produce un cosquilleo en el vientre.

Se inclina despacio, sin apartar sus ojos de los míos, estremeciendo mis entrañas con bocanadas que se escapan de su boca y tiñen de rubor mis pómulos. Disfruto de la cercanía, dilato el preludio hasta que mi nombre pronunciado en forma de súplica desgarradora me invita a que sea yo la que tome la iniciativa. Sus labios saben a primer beso, conciliador y comedido al principio, recuperando la memoria con pasión irrefrenable segundos después. La caricia me envuelve, irradia excitación a cada una de mis extremidades. Nos recreamos en cada contacto: narices que se rozan con dulzura, dientes ávidos que muerden sin timidez, dedos que se entrelazan antes de avanzar por mechones de pelo y terminan en mejillas enardecidas por el tacto del otro. La invasión de una lengua intrépida, una punzada de placer que recorre mi espalda como un rayo que divide el cielo con su fulgor. ¿Cuántas primeras veces atesoraremos en este comienzo renovado?

No hay recelos, solo honestidad. Mis manos, guiadas por la añoranza, se aventuran bajo su camiseta y tantean a la espera de una reacción. Greg no se queja; al contrario, su beso cobra confianza con los trazos que mis dedos dejan sobre su torso, ascendiendo por su clavícula hasta que se quita la prenda para darme mayor acceso. Me observa satisfecho mientras recorre mi silueta por encima de la ropa, y no me pregunto si es por la lujuria que domina la situación o si es mi imagen la que le produce ese brillo en la mirada.

Nos queremos. La corriente de felicidad instaurada en mi pecho es la misma que experimenta él. Hay tanto por decir y precisamos de tan pocos términos que no hay lugar para las dudas. Con Greg puedo comunicarme a través del silencio, leyendo su rostro, el vello que se eriza de placer, los párpados que caen rendidos al éxtasis de nuestra fricción, su boca emitiendo mensajes en un idioma que solo yo sé descifrar.

—Vas a perderte la lluvia de estrellas. —Las chispas de luz se reflejan en sus ojos y salpican el verde esmeralda de fuegos artificiales.

—He visto suficiente —admito. Ahora necesito vernos a nosotros, sentir cómo se materializan los hilos que nos unen desde hace media vida, recordándonos si nos alejamos el uno del otro, que nos pertenecemos.

Nos recostamos en la manta y me aferro al cuello de Greg en un abrazo cómplice, disfrutando con el peso de su musculatura sobre mí. El deseo contenido de meses fluctúa en las promesas que atraviesan nuestros labios entreabiertos. Aspiro su aroma y cierro los ojos unos segundos, embriagada por cada viaje de oleadas que me sacuden. Sus manos veneran los rincones de mi ser, incendian cintura, caderas, muslos, delinean la figura que he vuelto a querer con cada marca de nacimiento, cicatriz, estría y curva que no va a arrebatarme el recién recuperado respeto.

Nuestra intimidad se ve interrumpida por la certeza de que, si hay algo que hice bien en el pasado, fue enamorarme de Greg. Ni su aspecto de modelo desaliñado ni su humor insaciable fueron los culpables, tampoco su disposición para volcarse en mi proyecto o la eficacia y minuciosidad con las que realiza cada tarea. Ni siquiera hubo un instante clave, un consejo o una expresión que se alzó ante mis ojos a modo de señal irrevocable. Sucedió con el transcurso del tiempo, a pasos agigantados, confirmando que él poseía lo que más anhelaba: no que quieran salvarme, sino que tengan la compasión necesaria para seguir amándome tras cometer errores, sin importar lo bajo que caiga o las marcas que queden en mi cuerpo. En mi alma. Greg las advierte, podría apretar sobre ellas y desgarrarlas con facilidad, examinarme con repulsión o alardear de tantas cosas que él domina y yo no comprenderé jamás. En lugar de eso, besa mis inseguridades con indulgencia, fortalece mis articulaciones convulsionándose contra mi ser en una danza rumbo al placer y reta a la razón con juramentos desesperados que confiesan que esto no es pasajero, que no se trata de un rocío transitorio que se evaporará al alba. Somos un concepto y su adjetivo en mitad de la descripción más ansiada de la novela, protagonizando la unión perfecta.

Juntos. La oscuridad nunca ha sido tan luminosa.

Nuestros cuerpos despiertan bajo el sol, aún entrelazados, cubiertos por una fina manta que los protege de la brisa veraniega. Correría escaleras abajo, rumbo a su apartamento para darme una ducha que aliviase el calor. Sin embargo, no me muevo ni un milímetro y replico con una sonrisa a su fisonomía relajada, resiguiendo con un dedo la vereda entre sus cejas hasta el mentón, pasando por su nariz y recreándome en sus labios. El amor es esto: no querer distanciarme de él bajo ninguna premisa. Poder huir de la combustión que desprendemos después del sexo, pero hundirme en el sudor de su frente, juguetear sobre su piel y enroscarme anidada en su pecho, mi lugar favorito.

—¿Qué te apetece hacer hoy? —demanda.

Cuando me mira, me regala también destellos de cómo me ve. Y es fascinante abandonar mi subjetividad y embarcarme en la suya.

—No hay un sitio en el que me apetezca más estar que aquí, a tu lado. —Insatisfecha con mi imprecisión, rectifico—: No hay sitio en el que quiera estar si no es a tu lado.

Y podría estar separada de él y no escuchar las voces; esa es la diferencia respecto a meses atrás, deseo tenerlo en mi día a día, pero no me ahogo sin él.

—En ese caso, ¿qué te apetece hacer a mi lado? —expone.

—No lo sé, ¿dormir más?

Su carcajada resuena agitándole el pecho y se propaga con el viento.

—Hace una mañana estupenda para desperdiciarla cerrando los ojos —apunta.

—Te despiertas de buen humor.

—Soy feliz.

—¿Eres feliz? —reitero.

«Por si las cifras han pesado demasiado y prefieres desterrarlas, por si un cambio laboral ronda por tu mente en las últimas semanas, por si tu trabajo era darme ánimos y ahora que estoy fuera has concluido tu misión.»

—Estoy enamorado de ti —musita con emoción contenida.

Sin esperar una respuesta, se inclina hacia la derecha, mete la mano en su mochila y rebusca hasta encontrar mi teléfono.

—¿Sigues queriendo lo mismo? —Sus dedos toquetean el móvil y luchan contra la inquietud.

—Estoy decidida.

—Bien.

Inspiro y agarro el iPhone. Pesa más de lo que recordaba, han pasado meses desde la última vez en que lo utilicé. Incluso introducir el PIN se me antoja raro. Lo primero que hago es entrar en la galería e inspeccionar las imágenes, los reportajes fotográficos y las poses forzadas para las redes sociales; nada de valor, ni una sola imagen de mi familia, de Greg, de Kassidy o de Vledel. Solo yo, una versión antigua y desfasada de mí misma. Descargo Facebook, Twitter e Instagram, le pido la nueva contraseña a Greg, esa que modifica cada mes por motivos de seguridad. Abro las notas del móvil y tecleo: «Cada fracaso nos enseña algo que necesitamos aprender» antes de compartirlo en mis perfiles. En honor a Dickens y a los últimos libros que he leído en el centro de desintoxicación; gracias a él he aprendido lo que la universidad no me enseñó, lo asombroso que es vivir tantas vidas como historias puedan soportar tus manos.

Con la vista fija en la pantalla, me pongo la coraza. El mundo cibernético está repleto de pétalos y espinas. Sin esforzarme en ahondar en mi búsqueda, recibo notificaciones con comentarios sobre mi estado desde que se filtró mi diagnóstico:

«Es triste que aproveche su adicción para ganar popularidad».

«Para quienes la defienden, las drogas y la bebida no son una enfermedad, sino una opción».

«Lo que haga es su responsabilidad, de nada sirve buscar agentes externos. ¿Quieres estar sana? No bebas. No te drogues. No te mates de hambre. No te pongas en peligro al volante. Tan simple como eso».

«¿Esto es noticia? Una famosa más que acaba mal».

«Sophie tomó sus decisiones, nadie la forzó a drogarse. En lugar de hacerse la víctima y retirarse, que dé la cara y ayude a quienes no disponen de medios para recuperarse en una clínica».

«Esta chica solo busca atención».

«Cuando eres famoso, ser drogadicto está bien. ¡Pobre Sophie! Pero qué repulsivo nos resulta un yonqui apestoso que mendiga en la calle...».

«Alejarte de las redes sociales es lo más acertado. Tus verdaderos fans te estaremos esperando, Sophie».

«Es triste leer mensajes tan destructivos y sin empatía alguna hacia una chica de la que no sabemos nada aparte de los vídeos de cinco minutos que vemos».

«Deberían meterla en la cárcel por consumo de sustancias ilegales».

«Lo que hay en internet es ficción», me digo. Los juicios de valor no me definen. Las cifras de mi vida, las reales, son las que soy incapaz de contar. El cúmulo de momentos que consiguen empañar mis ojos y conmoverme; las risas que ejercitan cada músculo de mi cara y me causan una vibración agradable en el estómago; los latidos que alguien aceleró en el instante más inesperado y que no han vuelto a normalizarse porque el amor es igual que el dolor, nos afecta de manera irremediable. Cada recuerdo que me ha pertenecido, poseído, cambiado, hecho crecer. Todo esto resonará años después; no en forma de números, sino como una experiencia que acaricia la piel y viaja directa al corazón.

—¿Estás bien? —se preocupa Greg.

—Sí. —Y es cierto. Hoy sí.

Las opiniones jamás cesarán. Podré sobrellevarlas si no dejo que mi cabeza se apropie de las críticas ajenas.

—Tengo algo más para ti.

—Demasiadas emociones condensadas. —Río.

—Esta te gustará. —Baja la cremallera del departamento más grande de su mochila y saca, con sumo cuidado, un paquete rectangular envuelto con papel ocre. Me lo entrega, en él se encuentra un libro de portada azul claro degradado. El título, *Pensamientos de Sophie*, en letras de color blanco, me corta la respiración.

—Tu primer libro —anuncia posando el mentón sobre mi hombro.

—Segundo —corrijo.

—Ese no tenía nada de ti. Este, en cambio, te gustará —promete convencido—. Es tan especial que solo existe una copia.

—¿Lo he escrito yo?

—Por supuesto.

—¿Cuándo?

—En otra vida. Es el que habrías querido publicar. Con tus poemas y cavilaciones, tú en papel —confiesa el centelleo de sus pupilas.

—¿Crees que alguien estará interesado en esto en lugar de en una biografía con detalles escabrosos sobre mis adicciones y trastornos?

—Su contenido no es para el público, sino para ti. Para que te veas con perspectiva, desde la distancia, y cojas aire y lo retengas con orgullo, sin asfixia. Sophie de acero sensible. —Sonríe—. Me he tomado la libertad de dejar mi pequeña huella en él, espero que no te importe.

En una página en blanco, justo antes de dar inicio al contenido, está su dedicatoria escrita a mano.

Sophie:

No hay estrellas suficientes para perder de vista dónde estás tú. La más brillante, la que nunca debió menguar, apagarse, ceder su luz. Siempre fuiste la artífice de todo esto, de la magia y los sueños que se cumplen. No un cometa pasajero ni una estela fugaz. Eres un maldito eclipse que sucede cada mil años y que medio mundo pretende retratar para la posteridad. Viniste para quedarte porque está escrito en este libro, en el que cada palabra contiene reflejos de tu alma. Esta vez no se trata de que te compares, aspires a la excelencia o busques una validación externa. Esto es para ti, tu segunda oportunidad, prepárate para el año de tu vida.

Tuyo,

Greg

P. D.: No soy romántico.

—Tú me ves —afirmo perdida en su verde.

—Y tú, a partir de ahora, también lo harás.

Rompo a llorar y descubro que las lágrimas tienen un sabor distinto cuando son de felicidad.

Agradecimientos

«¿Esto es real?»

He perdido la cuenta de las veces que me he hecho esa pregunta. Supongo que sí, que en mitad de un 2020 caótico y de giros inesperados, este sueño se ha cumplido y puedo respirar, seguir escribiendo con una visión de futuro más optimista y retener cada detalle de esta etapa que recordaré siempre.

Gracias al jurado de la 8.ª edición del Premio Literario La Caixa / Plataforma Neo por darle una oportunidad a mi historia; me quedo corta al expresar lo que significa para mí que las luces y las sombras de Sophie emprendan su vuelo.

Xènia, tu llamada se queda grabada en mi memoria como uno de los instantes más bonitos que la literatura me ha regalado. Y, mientras redacto estas líneas, las emociones vuelven, se me empañan los ojos y tiemblo igual que cuando recibí la noticia del premio. Me siento muy afortunada de tenerte como editora y de poder disfrutar del proceso de publicar junto al equipo de Plataforma Editorial. Gracias por ser un hogar, por confeccionarle un vestido a medida a este libro, por mimarlo y por hacerme sentir en una nube.

Gracias infinitas a mi familia por el apoyo constante para que continúe escribiendo. Mamá, tú confiaste en que este momento llegaría. De un modo u otro, adivinas qué sucederá después, así que ojalá que tus ganas de leerme no desaparezcan nunca y puedas tener en tus manos cada uno de los manuscritos de los que te he hablado.

Cristina, ¿te acuerdas de las meriendas dulces y de las conversaciones interminables en las que charlábamos sobre deseos imposibles? Yo sí, tus ánimos me ayudaban a coger aire y desconectar. Recuerdo una tarde paseando por Barcelona en la que miré una librería con la cara más triste del mundo y tú me aseguraste que publicaría. Pese a no estar muy convencida por aquel entonces, me di cuenta de que no había nada que quisiera más en el universo que eso. Y se ha cumplido, por lo que volveremos a esa librería, buscaremos a Sophie y celebraremos con chocolate que las estrellas de Hollywood se hayan alineado.

Gracias a mis tíos Leli y Marcelino por ser la generosidad personificada, una mano altruista y la certeza de que hay personas que estarán a tu lado ocurra lo que ocurra. Gran parte de la dedicatoria de esta novela va para vosotros, por dar sin esperar nada a cambio y por convertiros en unos relaciones públicas excepcionales de mis libros.

Gracias a mis abuelos Trini y Rafael por seguir conmigo en la memoria y por haberme dejado recuerdos imborrables, tesoros que me acompañarán siempre. Sé que ella se conformaría con ver mi nombre en la portada para sentirse orgullosa de mí y que él se gastaría la vista leyendo cada letra, como hacía con sus novelas del Oeste. Ojalá estuvieran aquí para celebrar esto, ojalá Fali también.

Gracias a Rubén, Andrea, Óscar y Alba por apoyar mis inicios, por las palabras preciosas que les dedicasteis a Alan y a Olivia, por visitar las librerías del centro para hacer fotos e incluso planear un viaje rumbo a Italia con un ejemplar en la maleta.

Rocío, ¡menuda locura! Parece que fue ayer cuando te enviaba un Word con capítulos sueltos, tú lo abrías y, contra todo pronóstico, lo que había allí escrito te gustaba. Gracias por haber leído el primero, alguno más y cada fragmento de los siguientes que todavía no he terminado. Sigo guardando tu meme de Matt en favoritos por si algún día se me olvida cómo empezó esto. Y sí, el nombre de Connor es en honor a John.

Gracias, L., por pintar arcoíris en aquel marzo de tonos grises y obligarme a escribir tus locuras cuando lo que menos me apetecía era reír. Te prometo que algún día tú y B. traspasaréis el papel y la gente comprenderá por qué el azul es uno de mis colores preferidos.

Ana y Nina, gracias por escuchar mis dramas y aconsejarme sobre prólogos incompletos. Quedar con el Buque es sinónimo de creer que acabamos de licenciarnos y que merece la pena ilusionarse por proyectos que suponen un mapa de coordenadas para nuestra generación, a la que la crisis no se lo ha puesto fácil.

Un millón de gracias a Cristian Martín, Alexandra Roma

y Andrea Tomé por dedicarle frases maravillosas a la historia de Sophie, leeros me produjo una sensación indescriptible.

Gracias a esas madrugadas de insomnio e inspiración con «Steve McQueen» de M83 sonando fuerte a través de los auriculares mientras describía los cielos que Sophie observaba desde su habitación de hotel. Gracias a cada duda y a cada instante en el que las probabilidades jugaban en mi contra; os volvería a repetir una y mil veces.

Hay ideas que acuden a tu mente y las anotas en la libreta para darles forma más adelante y, sin embargo, hay otras que llegan en el momento menos indicado, cuando estás agotada, el mañana es un interrogante y eres consciente de que deberías tomarte un descanso después de los dos manuscritos que te dejaron exhausta. Pero no logras sacarte de la cabeza a esa protagonista que representa a tantas chicas, y te das cuenta de que esta es la historia que quieres y necesitas contar. Para mí, *Sueños sin brújula* no ha sido una elección, sino un camino que debía recorrer y que me ha enseñado a ser más empática, a detenerme antes de juzgar esa imagen distorsionada que la frivolidad de la fama e internet dibujan. Gracias a Sophie y a Greg por hablarme de ansiedad, resiliencia y de comentarios mordaces que se escudan en el anonimato para atacar a alguien de carne y hueso.

«Las cifras de mi vida, las reales, son las que soy incapaz de contar», resalta Sophie, y me parece una reflexión perfecta para concluir los agradecimientos. Las opiniones de otros no miden nuestro valor ni nos definen; lo que importa es cada experiencia que te acelera el pulso y te eriza la piel sin necesidad de alcanzarte con crueldad a través de una pantalla. Espero que tú, que estás leyendo esto y has invertido tu tiempo en mi libro, distingas lo que suma de lo que está de más. Ojalá las adversidades te hagan fuerte, sueñes en grande y jamás te conformes con un techo pintado teniendo la posibilidad de arriesgarte y alzar la vista hacia un firmamento de verdad.

Tu opinión es importante.

Por favor, haznos llegar tus comentarios a través
de nuestra web y nuestras redes sociales:

www.plataformaneo.com
www.facebook.com/plataformaneo
@plataformaneo

Plataforma Editorial planta un árbol
por cada título publicado.

«El debut de Cristian Martín es más que
una novela fresca, actual, adictiva y entrañable.
Es una declaración de intenciones. Ha venido para quedarse,
y los lectores tenemos suerte de que así sea.»

Javier Ruescas